# 文学の歴史をどう書き直すのか

## 二〇世紀日本の小説・空間・メディア

日比嘉高 Hibi Yoshitaka

笠間書院

# 文学の歴史をどう書き直すのか

## 二〇世紀日本の小説・空間・メディア

日比嘉高

笠間書院

# 文学の歴史をどう書き直すのか
二〇世紀日本の小説・空間・メディア

## 【目次】

## 第Ⅲ部　メディアが呼ぶ、イメージが呼ぶ

## 凡例

○引用に際して漢字は新字体に、変体仮名は現行の平仮名に改めた。傍点・圏点などは必要でない限り省略した。
○本文中の引用は「　」で括った。引用文中の日比による補いは〔　〕で示した。引用文中の〔…〕は前・中・後略を、／は原則として原文改行を表す。用字あるいは意味上明らかな誤りと認められるものは〔　〕で訂するか、〔ママ〕のルビで示した。
○作品名は「　」で表記した。ただし書名を指す場合は『　』を用いている。雑誌・新聞名は『　』を用いた。
○〈　〉内は概念語かキーワードを示し、引用・作品名以外の「　」は強調か留保を示す。
○引用文中に一部、今日では不適切と考えられる表現が含まれるが、歴史的文献の調査研究という本書の性格をかんがみ、当時の表現のままとした。

# 空間・文学史・メディア

## 何に出会い、どう書いていくのか

森鷗外の「追儺《ついな》」▼注[1]は次のように言っている。

一体小説はかういふものをかういふ風に書くべきであるといふのは、ひどく囚はれた思想ではあるまいか。僕は僕の夜の思想を以て、小説といふものは何をどんな風に書いても好いものだといふ断案を下す。（五八八頁）

鷗外の名高いこの言葉を書き写しながら、私は試みに「小説」を、「文学研究」と言い換えてみる。文学研究というものは、何をどんな風に書いてもよいものだ――。

たしかに、そのとおりだ。「文学研究」とはかくあるべし、という綱領や規約の類は、どこにもない。どの作家を取り上げてもいいし、どの作品を選んでもいい。切り口も、方法論も、着地点も、文体も、どのようであってもよい。だが現実には、「文学研究」は〈枠〉の中にある。それが「研究」を名乗る以上、学界が要請する〈枠〉の中で読み、書くことが求められる。要請は命令としてはなされない。それは教育として行われ、文学研究者はその制度の中で自己形成し、そのルールと価値観を内面化していく。文学研究は、何をどんな風に書いてもよいというわけではない。

ひるがえって鷗外の言葉に戻ったとき、「小説」そして「文学」もやはりそうだったのだろう、と思い至る。たしかに小説はどのように書いてもよい。だが、作家とその予備群が、文壇や周囲の文学サークルの中で読み、書き、そして雑誌などの媒体を通じて作品を発表しようとするとき、有形無形の〈枠〉が「作者」のあり方と、「作品」のあり方とを規制する。「作者」は制度の中で自己形成し、時代のルールと価値観を内面化していく。鷗外の「断案《だんあん》」は、こうした桎梏《しっこく》――「囚はれた思想」――への抵抗だったはずである。

「囚はれ」から自由になることは容易ではないが、自由になるための第一歩が自身の不自由さに気づくことにあるのだとすれば、「文学」および「文学研究」を縛り付けている〈枠〉を明らかにすることが、まずは重要だろう。〈枠〉

の外に出ようとする試みは、〈枠〉の検討と相補したとき、より力強さを増すに違いない。

本書は、これまで私が発表してきた論考をまとめたものである。通底している問題意識は、外部的な状況や装置の中に置いて「文学」を考え直すということである。先ほどの例で言えば、〈枠〉との関係の中で文学の表現を考えるという方向である。もちろん、これは振り返ってこう述べているのであって、当初からそのように進んできていたわけではない。実際、執筆した時期や、考察の対象とした作品、資料の種類、着想の角度によって、個別の論考の形はかなり異なっている。

文学作品が社会環境やテクノロジー、言説の型、隣接する芸術の表象などをどう取り込んでいるのかという観点から考えた論考がある一方、人間が外部環境の中で生きるときに起こる応答的反応を文学のテクストの中に探るという試みも行っている。中には、意味のレトリカルな形成を分析するという文学研究の手法を保持しつつも、文学作品自体にはまったく、あるいはほとんど触れていないものもあるし、文学関連の資料を用いるものの、分析の主眼は別にあるものもある。雑多といえば雑多だが、論の変遷や多方向性は、それ自体、私が「文学研究」を取り囲む〈枠〉と格闘し、もがいてきた軌跡だと言えば言えるかもしれない。

論じた対象をテーマ別に集約してみるならば、「**空間**」「**文学史**」「**メディア**」となる。以下、それぞれの内容と問題意識を概観しておく。

## 空間

**第Ⅰ部**は空間を考えた論考である。いずれも京都を扱っているところに特徴がある。それぞれ力点は異なるが、どれも小説の言葉が、空間をどのように捉え、そこに埋め込まれた身体や心のあり方をいかに描出したのかに注意を払ったものである。主な発想の源になったのは、メルロ＝ポンティの身体論・知覚論と、▼注[2] 前田愛の都市空間論、▼注[3] ジョージ・

レイコフの認知意味論[注4]、ヴォルフガング・シベルブシュの交通文化論[注5]だった。とりわけ、空間と身体と心の相関を、人間の認知形式と比喩の型の力という観点から再考しようとした第一章は、私にとって新しい挑戦だった。

**第一章**は、梶井基次郎《かじいもとじろう》「檸檬《れもん》」を読み解きながら、身体と空間と心とが取り結ぶ関係を、どのように小説の言葉が捉えたのかを考察した。街の上をさまよう青年を描く小説には、彼の身体が生きた京都の街が織り込まれている。「あがる／さがる」や通り名のような京都固有の空間の表現、身体と空間と心の連関性、その変動のようす、複数の潜在する身体の交代、またそれを切り替えようとする主体の能動性、読者の読書行為と空間表現の結びつきなどに着目している。

**第二章**は、菊池寛《きくちかん》「身投げ救助業」と京都・岡崎という場を分析した。文学テクストの分析によってしかわからない土地の風景を、また逆に、土地を読むことによって新たに浮かび上がる文学テクストの姿を追求した試みである。疏水《そすい》工事、第四回内国勧業博覧会など、岡崎の地に近代京都の象徴的な景観が造りあげられていく過程を一方におきながら、菊池の作品は「身投げ救助業」という奇妙な生業と、それにささやかな望みをかける老婆の生活を、冷徹な視線で描いていく。その二つの対比構造を、「貯金」という近代の新しい装置の分析を補助線としながら考察した。浮かび上がるのは、菊池のテクストが照射した、京都近代の傍流の風景である。

**第三章**では、近松秋江《ちかまつしゅうこう》の「舞鶴心中」を材料としている。鉄道というテクノロジーは、近代小説の表現とどう出会ったのか、舞台となった軍港・舞鶴、および舞鶴線の歴史を背景におきながら考察している。心中の道行《みちゆき》が、近代に入りどのような展開を迎えたのかが、ここでの焦点である。浄瑠璃の道行は〈歩行のリズム〉で描かれていた。一方鉄道は、距離と時間だけでなく、そこにあった今生《こんじょう》の名残をも抹殺して走り抜ける。

### 文学史

一九九〇年代から、いわゆる「文化研究」の潮流が日本近代文学研究にも流れ込んできた。それ以前からのミシェル・フーコーの影響もあって、文学の言葉（言説）と、それ以外の領域の言葉（言説）との区別を廃し、大きな言説のシステム変動の中で文学作品や作家のふるまいを捉えようとする研究が目だってきた。この時期に、二〇代後半の研究者としてスタートの時代を過ごした私にとって、この潮流を踏まえて文学の歴史をどのように書き直すかは、一貫した関心事だった。

そのささやかな報告は前著『〈自己表象〉の文学史』『ジャパニーズ・アメリカ』の二冊のなかで行ってきたつもりだが、[注6]共通する方向性としては、「文学」をそれを可能にしている社会的な制度や慣習との関係のなかで考えるということがあり、そして同時代の言説編成のなかで文学作品や文学者の言葉を考えるということがあった。第Ⅱ部に収めた諸論考は、このうち文学作品と同時代の言説編成との関係を考えたものである。

**第四章**は、二葉亭四迷の「浮雲」論である。「浮雲」に笑いを呼び戻そうというのが出発点であり、そのために参照されるのが同時代の官員表象の体系である。先行論が「浮雲」の笑いを無視してきたわけではないが、「浮雲」というテクスト自体が備えている笑いの質を十全には説明していないし、笑いが存在するというところから見えてくる論の射程も、十分に展開されていない。この章では、挿絵や同時代の官員小説などに言及しつつ、類型的性癖描写、言葉遊び、列挙・百癖、〈当世官員気質〉などを鍵概念にして、「浮雲」の笑いを再考した。

**第五章**は、夏目漱石「吾輩は猫である」の続編や追随作を扱っている。文学作品は、現在の研究の体制において、多くの場合その作者との関わりに重点をおいて考察される。しかし、実際の社会内における文学作品のあり方を考えるとき、作者に関わる部分に注目するだけではなく、作品が産み出された後、社会内で送ることになる長い生――ヴァルター・ベンヤミンはそれを作品の「死後の生」と呼んでいる[注7]――のありさまを捉えることが必要だと考えた。

**第六章**は夏目漱石「野分《のわき》」と同時代の人格論の交差を論じた。「野分」の登場人物白井道也が展開する人格論は、漱石自身の思想と重ねて考えられることが多い。これに対し、この章では同時代の〈人格〉をめぐる言説の水準と照らし合わせることの重要性を指摘し、具体的な資料をもとにその異同を確認している。「野分」は、当時の修養論系の人格論を援用しつつも、それを相対化する視点を含んで小説化されているのである。

**第七章**は、文芸用語としての「モデル」の来歴についての考察である。現在われわれが一般的に用いる、「この小説のモデルになった人」などといういい方は、どのようにしてできたのか。この章では、明治三〇年代の出版社であり文学結社的な集団でもあった新声社と、日本画の青年画家の集まり无声会《むせいかい》とに注目し、この言葉の歴史から浮かび上がる明治期の文学と美術の交渉のありさまを論じた。

**第八章**は、横光利一の「機械」が、同時代の文化現象としての〈機械主義〉とどのような関わりにあったのかを明らかにする。文学のみでなく、板垣鷹穂《いたがきたかお》の美術論や写真・絵画も視野に入れ、機械に「美」が見出されていく時代における、機械・人間・ロボットをめぐる境界のゆれ、そして運命論のあり方を考察している。

### メディア

文学史に対する関心について述べた箇所で、「文学」をそれを可能にしている社会的な制度や慣習との関係のなかで考えるという方向性について言及した。第Ⅲ部に収めた各章は、こうした関心から追いかけた諸課題のうち、メディアに関係が深いもの二篇、そして観衆について考えたもの一篇となっている。

近代文学研究がメディア研究そして文化研究（カルチュラル・スタディーズ）と接触することによってえたものは、一つには作品の掲載媒体の前で立ち止まる姿勢であり、関連メディアの分析へと果敢に乗り出していく姿勢であり、そして読者を動的なものとして把捉し直そうとする姿勢ではないかと思う。メディア論的な転回以後の文学研究は、新聞であれ雑誌であれ単行本であれ、それを単なる作品を掲載した透明な乗り物として考えることを止めた。メディアはそれ自体、周囲のコンテクストとの葛藤のただなかにあり、同時に周囲のコンテクストそのものの形成や変容に関わっていく要素である。それは社会を変え、人を変える。そして文学作品は、社会の動的な構成要素としてのメディアの主要なコンテンツだった。

**第九章**は、スポーツ——とりわけ野球——を伝えた初期のラジオ放送と活字メディアのあり方に注目し、「声の複製技術時代」について考えた。スポーツ・ジャーナリズムは、ラジオの登場以降、既存メディアとの競合時代を迎える。このとき、松内則三《まつうちのりぞう》など人気アナウンサーの〈声〉が、諸メディアの競合の焦点となった。ラジオ放送の録音が不可能だったこの時代には、たとえば野球試合の実況放送が、文字として「録音」され、複数の活字メディアに「転載」＝「再複製」され、レコードとしても発売された。広がりつづける〈声〉の「転載」＝「録音」が創り出す、〈スポーツ空間〉について考えた。

**第一〇章**は、明治期の総合雑誌『太陽』に掲載された挿画写真を論じた。一八九五年創刊の『太陽』は、日本の雑誌が写真をその誌面に取り込み始めた初期の例となっている。日清戦争期に現れたこの巨大雑誌が、どのような外国像・日本像を読者の前に差し出したのか、また戦争への熱狂の後、『太陽』はいかなる被写体をもってその代替としたのか、創刊期の挿画写真の全体を概観したあと、そのうち風景写真に論点を絞って考察した。外国風景、日本風景を検討し、最終的に風景挿画写真の機能と効果について分析を試みた。

**第一一章**では、文部省美術展覧会（文展《ぶんてん》）の観衆を、文学資料——小説・文芸雑誌の記事・川柳などを扱った——を検討することにより分析した。通常の美術関連資料だけを用いていては見えにくい観衆を、可視化しようとした試みである。美術の大衆化のはじまりと評価される文展には、その当初から多様な種類の観衆が集まっていた。これを四層に切り分け、それぞれ文学資料の分析により浮かび上がる特質を指摘した。また、文展という作者・批評家・メディア・画商・国家・観衆がからみあって成立しているシステムが、いかに人々を「観衆化」したのかという考察も行っている。

小説は何をどのように書いてもよいと、鷗外が言ったとき、彼は「夜の思想を以て」と付していた。ここまで私は、文学研究は何をどのように書いてもよいといい、文学研究と隣接領域との交通の重要さを主張したわけだが、しかしそもそも「文学（研究）」の内／外という物言い自体が、既存の思考の呪縛のうちにある。「文学」と「研究」がその姿を変えないまま「外」といくら交渉を重ねても、一時しのぎの意匠が増えていくだけだろう。

本当に新しいものは、見晴らしのきく昼の世界においては見つからない。わかりきったルーティーンの作業と、それに慣れきった思考が支配するのが昼の世界である。鷗外は役所勤めでへとへとになった自分を一度眠らせ、深夜に起き出して原稿を書いた。「昼の思想と夜の思想とは違ふ」（「追儺」五八七頁）。昼の怠惰《たいだ》な明澄《めいちょう》さを眠らせ、文目《あやめ》も分かぬ「夜の思想」にいかに分け入るか。そこで何に出会い、どのように書いていくのか。もちろん、夜の冒険は昼の冒険よりも格段に難しい。

【注】

［1］森鷗外「追儺」は、初出『東亜之光』四巻五号、一九〇九年五月。引用は『鷗外全集』第四巻（岩波書店、一九七二年二月）による。

［2］メルロ＝ポンティ『眼と精神』みすず書房、一九六六年一一月。同『知覚の現象学1』みすず書房、一九六七年一一月。

［3］前田愛『都市空間のなかの文学』筑摩書房、一九八二年一二月。

［4］ジョージ・レイコフ『認知意味論――言語から見た人間の心――』紀伊國屋書店、一九九三年一月。

［5］ヴォルフガング・シベルブシュ『鉄道旅行の歴史――19世紀における空間と時間の工業化――』法政大学出版局、一九八二年一一月。

［6］日比『〈自己表象〉の文学史――自分を書く小説の登場――』翰林書房、二〇〇二年五月。日比『ジャパニーズ・アメリカ――移民文学・出版文化・収容所――』新曜社、二〇一四年二月。

［7］ヴァルター・ベンヤミン「翻訳者の使命」『エッセイの思想』筑摩書房、一九九六年四月、三九一頁。

# 第I部
# 言葉と空間から考える

第一章●

# 身体と空間と心と言葉の連関をたどる

## ——梶井基次郎《かじいもとじろう》「檸檬《れもん》」——

### 1 〝上ル下ル〟から京都と「檸檬」を読む

些末《さまつ》な一節にこだわるところからはじめてみたい。

そして私は活動写真の看板画が奇体な趣きで街を彩つてゐる京極を下つて行つた。（一三頁）

「檸檬」[注1]末尾の一文である。最後の「下つて行つた」は「さがっていった」と読む。「くだっていった」ではない。「檸檬」論は数多いが、この結末はそれほど重要視されているわけではない。作品の焦点はやはり主人公の「私」が丸善にレモンを置き、立ち去った後そこが爆発することを想像するところにあり、「私は活動写真の」云々というくだりは街をさまよう「私」の一連の行為の連続性を語るだけのものとして考えられたからかもしれない。

もちろん、いくつかの分析はなされており、「自己の精神をたえず極限の位置にさらしながら、必死になって崩壊を防ぎとめようとしている一人の男の夜のように暗い内部」を描いていると捉えた日沼倫太郎や、[注2]「近代知識人の殿堂たる丸善を出た〈私〉が歩み去ったのが、大衆文化の代表たる活動写真の看板に彩られた街だったという「檸檬」の結末に、梶井文学が、近代知識人の芥川を超えた時点から出発した事実が、見事に対象化されている」とする神田由美子の論がある。[注3] また、梶井作品の映画的想像力を分析しつつ、この場面を「「私」が自分を「活動写真」の主人公として熱心に「想像」している、ということを、現実の空間にあるものによって、象徴的に表現している」とした今泉康弘の論考もある。[注4]

だがわたしがまずこだわってみたいのは「さがる」という表現である。

京都の土地に関して多少の知識を持っている者であれば、この街が南北方向の移動について、あがる（北へ行く）、さがる（南へ行く）と呼び習わしていることは知っているだろう。三高時代を京都で過ごした梶井基次郎も、このことを知らなかったはずはない。それゆえ、この箇所「下つて行つた」には、武蔵野書院版の単行本『檸檬』において、「下《さが》つて行つた」（一五頁）とわざわざルビが付されている。[注5] ほかにも「たうとう私は二條の方へ寺町《てらまち》を下《さが》り」（九頁）という箇所もあり、これは「檸檬」の「私」が京都の街を歩く際には自然と呼び出される表現だと言っていい。

街を歩く際に「あがる」もしくは「さがる」で進行の向きを確定できる感覚は独特のものだ。わたし自身は別の土地の生まれであるため、この呼び方を京都に住むようになってからはじめて意識するようになった。だからかつて新潮文庫版で目にしたときには、「檸檬」末尾は「くだっていった」と読んでいた。いや、それ以外の読み方がありえるとは考えもしなかったために、正確に言えば読んですらいなかった状態であったろう。それが京都へ来てしばらくして「檸檬」を読み返し、この箇所の読みが「さがっていった」以外ではありえないことを発見し、以来わたしの「檸檬」の読みは多少変わった。

一般的な現代の日本の街では、ある通《とおり》をどちらに向けて歩くかは、その先にあるランドマークもしくは目的地の名前を出し、「〇〇の方へいく」「〇〇に向かって歩く」というように表現する。あるいは方角を用い、「南へ向かう」「東へいく」などという。これに対し、京都市の中心部では「××（通）をさがる」「××（通）をあがっていく」などという言い方ができる。××には、烏丸《からすま》や河原町《かわらまち》、千本《せんぼん》、東洞院《ひがしのとういん》などといった固有の通の名前が入る。この縦（南北）の通に対し、横の通にも三条、蛸薬師《たこやくし》、松原などといった名前が付いているため、たとえば「烏丸三条をあがったところ」などという言い方で、おおよその地点の指定が可能となる。慣れれば、非常に便利である。

この慣習がもたらす空間の認識が一般的な街におけるそれと異なるのは、街のマッピングが「点」や「エリア」の集積としてではなく、南北／東西それぞれに固有の名を持った線分が伸び、それが直交しあうことによって創り出される方眼紙のようなマトリクスとして現れることにある。たとえば東京や名古屋といった都市であれば、人々の心的な地図は駅やそれに代わるランドマークを中心にして構成され、それに路線図や道路が重ねられ、エリアが結びついてできる大小様々な円の連鎖―結合体としてイメージされるだろう。地形そのものに特徴のある土地ならば、これに河川や丘、湾などの形状が加わる。

京都の中心部では、エリアやランドマーク、鉄道やバス路線、自然物による認識はさほど優位ではないように感じられる。むろん四条河原町、祇園といった著名なエリアや御所や京都駅などのランドマーク、また鴨川や吉田山などの自然物も存在はする。が、先に述べたすべてに名の付いた直交する通たちが構成するマトリクスの便利さが、それらの必要性をあまり感じさせないのである。たとえばエリアの例にあげた「四条河原町」は、エリア名としてとおっているが本来的には四条通と河原町通の交差点（付近）を指す言葉である。

「あがる」「さがる」について付け加えれば、これはこの一言だけで方位を示さずとも進行者の進む方角を示し、街のどちらを向いて進んでいくのかを物語る興味深い言葉である。京都の通はそのほとんどが南北、東西にまっすぐに伸びる。それゆえ、「堀川通をあがっていくと」「柳馬場六角《やなぎのばんばろっかく》をさがると」などというだけで、街のなかを行くその行為者のようすや足どりが具体的に指し示されうるのである。しかもこの言葉は単独で使われることはなく、必ず通の名前と組み合わせて使用される。通はそれぞれに固有名をもつため、その名を呼ぶだけでその通にまつわる一定量の知識や記憶を呼びさます。その通が有名であったり、特別な思い出が存在する場合にはなおさらである。

「京極を下《さが》つて行つた」、「私は二條の方へ寺町《てらまち》を下《さが》り」、などという一文を読むとき、わたしはその一節に京都の街でかつて生きていた青年の空間的・身体的な記憶とでもいうようなものを感じ取らずにはいられない。この青年にとって、「二條」も「寺町」も「京極」もただの通だったのではあるまい。それは数々の光景と記憶が堆積し、その名だけで風景が立ち上がり、ときに匂いまでもが甦る、生々しいほどに身体に密着した空間だったはずである。

本章が目的とするのは、身体と空間と心との取り結ぶ関係を、小説の言葉がどのように捉えたのかを考えることである。「寺町《てらまち》を下《さが》り」、「京極を下《さが》つて行つた」青年を描く小説の中には、彼の身体と空間が生きた京都の街が織り込まれている。「下《さが》」るという表現一つをとっても、青年の語りは自身の京都を生きた経験を踏まえて語っているし、ルビをもって顕示するテクストもまたそう読まれることを欲しているとわたしには思われるのである。梶井基次郎の短篇「檸檬」は、こうした身体と空間と心、そして言語の連関を考察するための宝庫である。

## 2 身体と空間と心を言葉はどう語っているか

空間と身体と心、そしてそれを言語化する小説の言葉は、どのように分析が可能だろうか。まず空間を生きる身体のあり方について、モーリス・メルロ＝ポンティ『知覚の現象学』（法政大学出版局、一九八二年五月）から補助線を引いておこう。

身体像の理論は、実はひそかに知覚の理論でもあるのである。われわれはわれわれの身体を感ずる仕方を、すでに学び直した。つまり、われわれは身体についての、客観的な、距離を隔てた知識の下に、身体がつねにわれわれと共にあり、われわれが身体であるからこそわれわれがもつところの、身体に関するこの別の知識を、再発見したのである。これと同様にわれわれは、身体によって世界に臨んでおり、身体でもって世界を知覚する以上、われわれに現われるがままの世界の経験を、再び目覚めさせなくてはなるまい。しかし、こうして身体ならびに世界との触れ合いを取り戻すことによって、われわれがやがて再発見するもの、それもまたわれわれ自身なのである。（三三八―三三八頁）

われわれが世界に向き合うとき、その対象を客観的な数値に置き換えられるようなそれとして経験しているのではない。メルロ＝ポンティは立方体を例に出している。われわれはそれを六枚の正方形の辺同士がとなりあい、六面をなすことによって構成する角柱の一種であることを知っているが、われわれは立方体の知覚を、いまわたしがくだくだしく述べたような仕方で行っているのではない。われわれは、いやわれわれの身体はどこかでかつて出会った一つか、あるいはいくつかの立方体の経験をもとに、すでにあの均整の取れた「四角の箱」を知っており、その身体的な経験と記憶を下地として立方体を認識する。身体がすでに知っているのである。「客観的な、距離を隔てた知識の下に、身体がつねにわれわれと共にあ」るとはそうした意味である。

そしてこうした沈潜しながらもつねにともにある身体は、われわれが世界を知覚するときにその媒介となる。われわれは「身体によって世界に臨んでおり、身体でもって世界を知覚する」。この二つは切り離すことができない。メルロ＝ポンティは、別のところでこうも言っている。「物と世界とは、私の身体の諸部分といっしょに私に与えられている。それも「生れ持った幾何学」のおかげではなく、私の身体そのものの諸部分の間に存する連関にも比すべき、いやむしろこれと同じ、生き生きとした連関においてなのである。／外的知覚と自己の身体の知覚とは、同じ一つの作用の二つの面であるから、いっしょに変化するのである」（三三五頁）。

「生まれ持った幾何学」とは、数値や定義でもって理解しようとする場合における先の立方体の例を考えればよい。われわれはそうした無機質な知識によって、その立方体に臨んでいるのではない。そうではなくメルロ＝ポンティは、その立方体はわれわれの身体の諸部分と一緒に与えられ、われわれの手や足や体などが密接に連関し合っているように、その立方体とわれわれの身体とも同様の「生き生きとした連関」においてあると主張する。であるから、外的な知覚と自己の身体の知覚は、「同じ一つの作用の二つの面」であり、であるからその二つは「いっしょに変化する」。

このことをさらに一般化して述べているのが、フリードリッヒ・ボルノウ『人間と空間』（せりか書房、一九七八年三月）の次の箇所である。

人間は空間において受肉しているということ、あるいは人間は空間に住んでいるということは、人間がそこである状況のなかにいるということ以上のことを意味しているのである。それは、人間がある媒体のなかにいて、この媒体のなかで移動することができるということだけではなく、人間自身がこの媒体の部分であるということ、すなわち境界によってこの媒体の他の部分から分離されてはいるが、なおその境界をこえてこの媒体と結びついており、この媒体によって担われささえられているということを意味しているのである。（二八六頁）

人は「空間のなかへ埋めこまれている」（同頁）というボルノウの主張は、世界と身体の生き生きとした連関を説いたメルロ＝ポンティの言葉と通じ合うものである。ボルノウは、ただしメルロ＝ポンティの身体の考察よりもより広汎に、「人間」と「空間」の関係一般を考察しようとしていた。それゆえ、彼が「人間」というときには身体の問題だけではなく、心の問題も含まれている。その考察は難解ではない。たとえば、ある部屋のもつ雰囲気によって人はたやすく気分を左右され、快適にもなり不快にもなる。また時々の気分に応じて、ある同じ部屋が、明るさに満ちた空間になることもあれば、息苦しくいたたまれない空間になることもある。われわれが空間とが取り結ぶ相互的な関係を想起すれば、ボルノウのいうことはおのずと理解できる。

　梶井基次郎の「檸檬」は、こうした響き合う心と身体と空間の連関を緻密に描き出す。読者は登場人物である青年を媒介にしつつ、それを読み取り、感受していくわけだが、その具体的なあり方の考察をはじめる前に、もう一つだけ考えておかねばならないことがある。文学テクストは言語によって構築されている、という点である。

　メルロ＝ポンティの議論にせよ、ボルノウの議論にせよ、それらは現実の空間に生きる、現実の人々の経験を対象にして考察している。これに対し、文学研究が向かうのは、作品を構成する言葉である。世界を媒介する身体、それに連動して揺れ動く心を、言葉のみによって構築するのが小説という言語芸術である。

　田口律男は『都市テクスト論序説』（松籟社、二〇〇六年二月）において、都市を表象するテクストの分析を行うに際し、「Ｉ 物語内容の身体／都市／政治力学の水準と、Ⅱ 物語言説の表象／テクスト／読書行為の水準とをどう交差接合させるか」（三三頁）という課題が存在することを指摘している。これは重要な指摘である（ただし、読書行為の水準はまた別に置くべきだとわたしは考える）。この着眼点をわたしなりに組み替えつつ展開すれば、上の(1)～(5)のそれぞれの水準で、心と身体と世界の絡み合いは考察できると思われる。

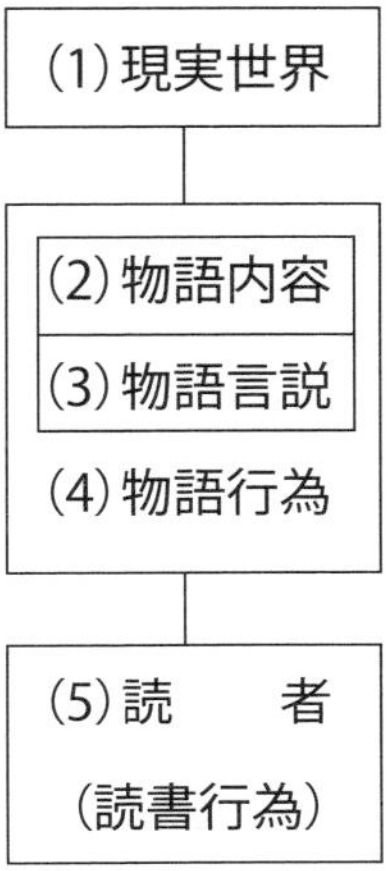

(2)から(4)がテクストの水準である。(1)はテクストと対応する現実世界（作者のレベルも含む）の水準、そして(5)はテクストと向き合う読者の水準である。

(1)では作者の生きた時代、場所において、あるいは作品が舞台としている時代、場所において、空間と身体がどのように構成されているか。(2)は作品の物語内容において登場人物の身体や物語世界の空間がどのようなものとして描かれているか。(3)は物語内容を描き出す言葉がどのように用いられているか。(4)はその物語を語る語り手が、どのように世界や身体を捉え、それをいかに語りに織り込んでいるか。(5)はテクストとして差し出されるその物語を、読者が自身の世界認識や身体感覚と交差させながら、どのようなものとして立ち上げていくか、である。

梶井基次郎の「檸檬」に即してこれらの問題系を発展的に展開し直せば、たとえば次のような課題群が浮かび上がるだろう。大正末の京都の街とはどのような空間であり、その中で人々の身体はいかにそこに住まったか。テクスト内で行為する「私」の心と身体は、作品中の街や場所と、いかなる相互的関係をもっているか。またその関係は、現実の京都という街とそこに生きた梶井基次郎やその友人の三高生たちとの関係と、いかなる関係にあるのか。そして「私」の心と身体が京都の街と連関しあうありようは、どのような言葉で描き出されているのか。語り手である「私」は、登場人物「私」と周囲の空間との関係を、どのようなものとして言葉に置き換えていっているだろうか。「私」の語りの現在時における心と身体は、その語りにどのような影を投げているだろうか。そして最後に、われわれ読者は、語り手「私」の紡ぎ出す言葉を媒介にして、京都の街、「私」の行為する身体、そして心を、どのようなものとして受け取り、また構築していくのだろうか。

以上の問いは、ここでそのすべてに個別に答えられるべきものとして提示されているわけではなく、立てうる可能な課題として、本章の構想を押し広げるべく示されている。では以下、「檸檬」というテクストで展開される空間・身体・心のかたちのいくつかを取り上げ、具体的に検討していくこととしよう。

## 3 「街の上で」という表現が示す身体と空間

「檸檬」のテクストに特徴的なのは、空間内で振る舞う身体を把握するさいに用いられる「街の上」という言葉である。

それからの私は何処へどう歩いたのだらう。私は長い間街を歩いてゐた。始終私の心を圧へつけてゐた不吉な塊がそれを握つた瞬間からいくらか弛んで来たと見えて、私は街の上で非常に幸福であつた。（一〇頁、傍線引用者、以下同）

——それをそのままにしておいて私は、何喰わぬ顔をして外へ出る。——

私は変にくすぐつたい気持がした。「出て行かうかなあ。さうだ出て行かう」そして私はすたすた出て行つた。

変にくすぐつたい気持が街の上の私を微笑《ほほゑ》ませた。（一三頁）

内田照子は、この「私は街の上で」と「街の上の私」に注目し、「これは束の間の幸福に「微笑んでさえいる「私」とは別に、もう一人の「私」という目が遠くから、まるで「街の上」にいる一個の人間という物体を眺めることによって可能になった表現である。「私」はこの時点で分離してしまっている」▼注[6]と指摘した。「私」の分離を指摘し、一方が遠くから他方を眺める視線が存在するというわけである。語る「私」・見る「私」と語られる「私」の関係のあり方を考察する手がかりとなる、重要な指摘だろう。

だが、考察の対象をテクスト内の身体と空間の描かれ方にむけたとき、問題となるのは「分離」ではなく、「街の上」という表現のあり方にあるように思われる。

人が街に含まれて位置しているとき、標準的な日本語の言い回しでは、「街の中に」という。街の「中」にと言ったときに表現している状態は、その身体を街が取り囲んでおり、包んでおり、身体はその中に立体的に含み込まれているという状態である。この言葉遣いは通常われわれは意識しないほどに自明で透明だが、空間の認識としてそれを解きほぐせば、われわれは街を三次元の、身体を取り巻く大きな容器のようなものとして認知していることになる。空間と身体はここでは容器と内容物の関係にたとえられるだろう。

これに対し、では街の「上」でという表現は、どのような状態を示しているだろうか。すぐさま気づくのは、街はそこでは身体を包むものとしては認識されていないということである。街は、立体的に取り囲むのではなく、身体の下に、平面的に広がるものとして認知されている。空間と身体の関係は平面とその上にあるモノの関係といえるだろう。ここで気づくのは、こうした平面とモノとの関係は、別の場面でも繰り返し変奏されていたということである。

以前私を喜ばせたどんな美しい音楽も、どんな美しい詩の一節も辛抱がならなくなつた。蓄音器を聴かせて貰ひにわざわざ出かけて行つても、最初の二三小節で不意に立ち上つてしまひたくなる。何かが私を居堪らずさせるのだ。それで始終私は街から街を浮浪し続けてゐた。（七頁）

ある朝――其頃私は甲の友達から乙の友達へといふ風に友達の下宿を転々として暮してゐたのだが――友達が学校へ出てしまつたあとの空虚な空気のなかにぽつねんと一人取残された。私はまた其処から彷徨ひ出なければならなかつた。何かが私を追ひたてる。そして街から街へ先に云つたやうな裏通りを歩いたり、駄菓子屋の前で立ち留つたり、乾物屋の乾蝦や棒鱈や湯葉を眺めたり、たうとう私は二条の方へ寺町を下り、其処の果物屋で足を留めた。（九頁）

> 私はもう往来を軽やかな興奮に弾んで、一種誇りかな気持さへ感じながら、美的装束をして街を闊歩した詩人のことなど思ひ浮べては歩いてゐた。〔…〕
> 何処をどう歩いたのだらう、私が最後に立つたのは丸善の前だつた。（一一頁）

居堪らず、立ち上がってしまいたくなり、転々とし、追い立てられ、浮浪し、彷徨う。あるいは軽やかな興奮に弾み、詩人のように街を闊歩する。この落ち着きなく移動する身体は、街に取り囲まれている身体よりも、やはり街という平面の「上」をふらふらと放浪する身体のあり方として考えた方がふさわしい。

そしてテクストは平面上を浮動する身体として青年の体を描き出しながら、そこに心の変化を連動させて語っている。身体と心と空間は、「何かが私を追ひたてる」、「往来を軽やかな興奮に弾んで、一種誇りかな気持さへ感じながら、美的装束をして街を闊歩した詩人のことなど思ひ浮べては歩いてゐた」というように、連関のもとにおかれて描き出される。同じ平面の上のモノであっても、それが憂鬱な心とともにあれば、焦燥感の中で追われるように浮浪するありさまとなり、晴れやかな気持ちと共にあれば軽やかに弾み、闊歩するありさまとなる。

テクストは、登場人物の身体を媒介にしながら空間を心理化／感覚化し、また心理／感覚を空間化する。「檸檬」において、空間は青年の身体を介して、ときに不安や焦燥で居堪れない彼を追うものとして描き出され、またときに軽やかな心に弾む彼の歩みを受け止めるものとなる。

## 4 身体を読む——潜在と顕在の劇のなかで

「檸檬」の「私」の振る舞いや心理を追いかけていて気づくのは、それが非常に起伏に富んでいるということである。

目まぐるしく猫の目のように切り替わる心象の上昇／下降の運動は、「檸檬」というテクストを読む醍醐味であるが、このことはひるがえって、先の身体と心と空間の問題を再考するときに、一つのアイデアをもたらしてくれるように思う。

メルロ＝ポンティとボルノウを導き手にしながら考察してきた本章において、「身体」はここまで一つの身体を暗黙のうちに前提に進めていた。統合的で、亀裂のない、その変調や違和、分裂に言及する必要のない、健やかな身体。不具合なく統御され、欠落なく均整の取れた一つの身体。だが、身体とはそもそもそのようなものだろうか。

市川浩の『〈身〉の構造――身体論を超えて――』（講談社、一九九三年四月）は次のようにいう。「われわれの身の統合というのは、今現実化している統合だけではなく、さまざまの統合可能性があるわけです。そのなかから一つの統合が選ばれてくる。一つの現実的統合の背後にも、いわば無数の可能的・潜在的な統合がある。われわれの身体はこうしたさまざまの統合可能性を含んでいるわけですが、こうした潜在的な統合可能性を含めた身体を私は錯綜体と呼んでいます」（一九六頁）。

この概念を援用するならば、「檸檬」は青年の身体のうちに、いくつかの「可能的あるいは潜在的な統合」がめまぐるしく反転し、交代して出現するようすを記述するテクストだといえるかもしれない。そしてむろん、それらの可能的・潜在的な身体の統合は、それが埋め込まれる空間と連動しながら描かれる。いくつか検討してみよう。

## （1）錯覚の街と病う身体

まずは錯覚と想像の中の身体／空間である。

何故だか其頃私は見すぼらしくて美しいものに強くひきつけられたのを覚えてゐる。風景にしても壊《くづ》れかかつた街だとか、その街にしても他所他所《よそよそ》しい表通よりもどこか親しみのある、汚い洗濯物が干してあつたりがらくたが転してあつたりむさくるしい部屋が覗いてゐたりする裏通が好きであつた。〔…〕

時どき私はそんな路を歩きながら、不図、其処が京都ではなくて京都から何百里も離れた仙台とか長崎とか——そのやうな市《まち》へ今自分が来てゐるのだ——といふ錯覚を起さうと努める。私は、出来ることなら京都から逃出して誰一人知らないやうな市へ行つてしまひたかつた。第一に安静。がらんとした旅館の一室。清浄な蒲団。匂ひのいい蚊帳と糊のよく利いた浴衣。其処で一月ほど何も思はず横になりたい。希はくは此処が何時の間にかその市になつてゐるのだつたら。——錯覚がやうやく成功しはじめると私はそれからそれへ想像の絵具を塗りつけてゆく。何のことはない、私の錯覚と壊れかかつた街との二重写しである。そして私はその中に現実の私自身を見失ふのを楽しんだ。（七―八頁）

ここでは映画の表現手法に起源がある「二重写し」という言葉を鍵としながら（前掲の今泉論を参照）、現実の空間と身体とが、想像の中の空間と身体とに重ね合わせて描き出されている。

引用部では、いくつかの不可思議な重ね合わせが行われている。京都の裏通を歩く身体は、旅先の旅館で横になる身体と想像的に重ね合わされる。同じように、京都の裏通は、仙台や長崎などの遠い「市《まち》」と置き換えられようとする。ここで不思議なのは、歩く身体が横たわる身体と重ねられ、みすぼらしくも美しい裏通が、がらんとして清浄な旅館と蒲団に重ねられているということである。「私」自身の解説するところによれば、それは「出来ることなら京都から逃出して誰一人知らないやうな市へ行つてしまひたかつた」からであり、「現実の私自身を見失ふのを楽し」みたかったからということになるのだろう。

だが、清浄な蒲団で、「安静」に「一月ほど何も思はず横になりたい」という記述が暗示するのは、前景化して語られることはないが、放浪する彼とつねに共にある、彼の病う身体である。蝕まれた生活がもたらすものか、過度の飲酒によるものか、肺尖カタルによるものか、神経衰弱によるものかは判断できないものの、いずれにせよ彼の身体は「一月」の「安静」を必要とするほどに病んでいる。彼一流の審美感覚によって飾られた心象の向こうには、潜在する病んだ身体があったといえるだろう。

## （2）大正の京都、生きられた京都

ここで考えようとするのは、先の図でいえば(1)の「現実世界」にあたる。この水準は、定義上テクスト内には描かれていないレベルである。

言葉は、現実世界の事物と全き対応をしているわけではない。小説の言語は虚構であることを許された言語であるから、それはなおさらである。梶井基次郎の小説は、かなりの程度の「私小説性」を有しており、作者梶井基次郎が経験し、思考したものごとが登場人物の造形やストーリーに利用されている。たとえば、「檸檬」は梶井の第三高等学校時代、一九二二年ごろの京都を舞台にしていると考えられ、梶井自身にレモンを買った経験があり、寺町や京極を遊び歩いた経験がある。[注7]だがそのことは、必ずしも作品の言葉と梶井の経験と大正末期の京都がぴったりと重なるということを意味しない。問題は、それら相互の距離である。

ボルノウは「等質性」を決定的な性質とする「数学的空間」に対し、「空間にたいする人間の関係」を問う「〈体験されている空間〉」（前掲ボルノウ論、一六頁）というアイデアを提出する。「この空間が、その中で生活している人間と相互関係にあるものとして人間にどのくらい強くむすびついているかは、この空間が異なる人間に対して異なる空間であるということだけではなく、個人にとっても、その人のその時その時の構えや気分の状態によって変化するということからおしはかることができる。人間の「なかの」変化はいずれも、その人間の〈生きられている空間〉の変化を条件づける」（二九頁）。われわれの目の前には事物が場所を占め、その位置や距離を数値に置き換えられる物理的な空間が広がるが、われわれ自身の生きて経験する空間は、必ずしもその物理的な空間と一致するわけではない。距離に換算すれば同一の道のりでも、通い慣れた道であれば近く感じ、始めて歩く道であれば遠く感じる。萩原朔太郎の「猫町」（『セルパン』五四号、一九三五年八月）が劇的に描いたように、同じ街であっても、なんらかの気分や錯覚のもとに、そこがあたかも別の街であるかのように経験することがある。そうしたわれわれの知覚や身体が経験する、物理空間とは別のレベルの空間を、ここでは「生きられた空間」と呼ぼう。

小説は、現実の物理空間と、「生きられた空間」との双方を、テクストの中に織り込む。

小説「檸檬」に含まれる地名や通、商店などの名称は、現実のある地理的一地点、歴史的一時点に存在した京都を指し示しうる。それは、テクストが名指さないうちに前提とする時代相や、地理的配置を準備する。「檸檬」に関しても、この種の現実の空間や事物を起点に読みかえる試みが存在する。本田孔明は京都市議会が一九二二（大正一一）年に決定した「京都都市計画概要」を引きながら、この時期の京都における都市の拡大が、「交通網の整備による〈表通り〉の誕生でもあった」ことを指摘している。▼注[8] 中河督裕も、丸善、寺町、鎰屋《かぎや》、新京極などの歴史的状況を、『京都日出新聞』の調査をもとに明らかにしている。▼注[9]

こうした先行する論考は、「檸檬」のテクストの背後に広がっていた大正末の現実の京都のありさまをあぶり出してくれる。その街は市街地の再整備にともなう道路の拡張や市電の路線変更に揺れており、青年が歩いた寺町はまさにその焦点の一つとなっていた。またそこは、繁華街とはいえ、「夜ともなればまだ連なる街灯の明かりもなく、雨ともなれば足元は泥濘に変わる」（前掲中河論、二〇七頁）、街灯以前、舗装以前の古い町筋であった。

こうした現実の物理空間の上に、梶井の生きた京都はかつて営まれ、テクストはその「生きられた梶井の京都」の手触りを今に伝えている。梶井の京都は、われわれには不可知である。読者は、海野弘が行ったように、「檸檬」の記述と地図や回想といった当時を語る資料をもとに、そこに想像と推定によってにじりよることができるだけである▼注[10]。

ただ、いくらかの補助線は引くことができる。作者梶井基次郎や同時代の友人の三高生たちの生きた京都にまつわる回想が残されている。大宅《おおや》壮一《そういち》「三高のころ」は次のように振り返る▼注[11]。

　とにかく京都の学生はよく散歩をした。そのコースも決まっていて電車があっても乗らず、河原町筋から京極へ出て、祇園、円山公園を通って、また元の吉田山へ帰って来る。全部歩けば二里ぐらいの道を、毎日々々、時にはその逆のコースをとったりしていた。

大宅の回想は、当時の学生たちのよくある散歩コースを語っている。それをもとに推定すれば、彼らは三高や京都帝大のある吉田山、北白川、百万遍のあたりを出発し、出町か荒神橋で鴨川をわたり、河原町通を下がっていく。それから京極へ入り、四条通を東進して鴨川を再度渡り、祇園を抜け円山公園を通り、知恩院、青蓮院《しょうれんいん》、岡崎などを抜けて北上、もとの下宿へともどる、〈回遊コース〉をもっていたことになる。

梶井自身が頻繁に四条や京極界隈に出かけていたことはすでに触れたが▼注[12]、おそらくはこのとき彼も同じような〈回遊〉を行っていたことだろう。草稿「雪の日」▼注[13]には「それはなにか涙で心を洗ひ浄めたい様な、そしてそんなことが出来そう〔ママ〕な気持ちであつ〔ママ〕た。それに触れると、彼の心は敏感に身構へした。／黒谷、鹿ヶ谷、法然院、若王子、南禅寺。その道筋が直ぐ頭へ来た」という一節がある。出来事に触発され、動き出した心がいつも歩む散歩の道筋とそこに展開する風景を心のうちに呼び起こす。黒谷《くろだに》、鹿ヶ谷、法然院、若王子《にゃくおうじ》、南禅寺は、いずれも東山の山麓にそって流れる琵琶湖疏水《そすい》の分線（今日「哲学の道」として知られる）の近辺にあり、先の〈回遊コース〉に重ねていえば、一周分ほど外〈東〉に位置する。梶井基次郎の身体には、こうした日々の〈回遊〉の経験と記憶が蓄積していたと考えてよい。

もはや言うまでもないが、「檸檬」の「私」のたどる道筋も、大宅の言ったような学生たちのお決まりの散歩コースをほとんど忠実と言っていいほどになぞっていた。友人の下宿をさまよい出た青年は、鴨川をわたり河原町と並行する寺町通をたどって南下し、三条麩屋町《ふやちょう》西入ルで丸善に立ち寄り、そこから京極へと下がっていくのである。

青年のたどった道筋が、〈回遊コース〉の一部であることは間違いない。だが、テクストの語り手は、そうした慣習的ともいってよいだろう主人公の振る舞いを、あえて意識の空白を織り交ぜながら語っている。ここに、小説「檸檬」の身体と心と空間を語る言葉の、もう一つの特徴がある。

――結局私はそれを一つだけ買ふことにした。それからの私は何処へどう歩いたのだらう。私は長い間街を歩いてゐた。始終私の心を圧へつけてゐた不吉な塊がそれを握つた瞬間からいくらか弛んで来たと見えて、私は街の上で非常に幸福であつた。（一〇頁）

何処をどう歩いたのだらう。私が最後に立つたのは丸善の前だつた。（一一頁）

この語りをそのとおりに信じるわけにはいかないが、仮にそうだったとした場合、青年の身体は、「私は何処へどう歩いた」かわからないうちに見知った丸善の前に立つ。それは知らず知らずのうちに、体に染みこんだルートを、あるいはなじみ深いエリアを、無意識のうちにさまよい歩いたということを意味するだろう。住まわれた街のなじみ深さと、そこを生きる身体のなじみ深いがゆえに半ば自動化した振る舞いを、その語られざる間隙のうちに見ることができる。

## 5　身体の模倣と抵抗――想像の「大爆発」とは

ここまで、一つの身体という発想では捉えきれない、「私」の身体の中に潜在し、共存する、可能的な身体についてみてきた。市川浩の〈錯綜体〉の概念は、たしかに「檸檬」が描いた心と体と空間のありさまを考える有効な補助線になりえたようである。

だが、レモンを手にし、自らを悪漢《あっかん》に擬して街へと消えていく青年の身振りは、そうした身体の内部に浮かんでは消える潜在と顕在の劇よりも、より能動的に自らの身体を切り替えていくあり方を示しているようにも思われる。そして、「檸檬」というテクストの焦点が、そうした彼の能動性の発揮におかれているのだとしたら、その出来事を回顧的に振り返る語り手の企図もそこを起点に再考しうるかもしれない。

「私」はレモンを買い、軽やかな気持ちで街を歩き、丸善の前に立つ。そこに足を踏み入れると、しかしながらまた「憂鬱が立て罩《こ》めて来る」。引き出した画本も元に戻すことができない。「私」は本の山の上にレモンを置くことを思いつく。

私にまた先ほどの軽やかな昂奮が帰つて来た。私は手当り次第に積みあげ、また慌しく潰《くづ》し、また慌しく築きあげた。新しく引き抜いてつけ加へたり、取り去つたりした。奇怪な幻想的な城が、その度に赤くなつたり青くなつたりした。

やつとそれは出来上つた。そして軽く跳《おど》りあがる心を制しながら、その城壁の頂きに恐る恐る檸檬を据ゑつけた。そしてそれは上出来だつた。

見わたすと、その檸檬の色彩はガチヤガチヤした色の階調をひつそりと紡錘形の身体の中へ吸収してしまつて、カーンと冴えかへつてゐた。私は埃つぽい丸善の中の空気が、その檸檬の周囲だけ変に緊張してゐるやうな気が

した。（一二頁）

私は、さらにそれをそのままに出て行くことを思いつき、丸善を後にする。

　変にくすぐつたい気持が街の上の私を微笑ませた。丸善の棚へ黄金色に輝く恐ろしい爆弾を仕掛て来た奇怪な悪漢が私で、もう十分後にはあの丸善が美術の棚を中心として大爆発をするのだつたらどんなに面白いだらう。
　私はこの想像を熱心に追求した。「さうしたらあの気詰りな丸善も粉葉みぢんだらう」（一三頁）

一連のシーンを身体と心と空間の織りなす劇として読もう。

「気詰りな丸善」の空間の中に、青年は「奇怪な幻想の城」という彼自身の手によるもう一つの空間を創りあげる。丸善の空間をはじめ、「其頃」の「私」の心は「不吉な塊」が「始終圧へつけ」られており、取り囲む空間はそのすべてが「居堪らずさせ」られるものであったことを想起しよう（七頁）。彼がレモンを買い、そのレモンを幻想の城の上に置くことは、そうした圧迫する空間に対する抵抗としてである。

ここで重要なのは、彼がその空間およびそれに圧迫される身体に抵抗するに際し、「美的装束をして街を闊歩した詩人」（一二頁）や「黄金色に輝く恐ろしい爆弾を仕掛て来た奇怪な悪漢」（一三頁）というように、別の身体のイメージを借り受けながらそれを行っているということである。

他者の身体のイメージを借り受け＝引用し、反復することによって自らの身体と心に抵抗の契機を創りあげていくこの彼の行為に注目しよう。彼が行ったのは、「不吉な塊」に圧迫され「居堪らずさせ」られていた身体を、レモンという触媒をテコにしながら、別の身体の振る舞いを想像的になぞり置換しようとした試みに他ならない。その試みは身体と連動する空間の置き換えにもむろん連動する。気詰まりな空間の中に、想像力によって自らに親和的な空間＝城を準備し、レモンという触媒を添えて配置する。彼の想像する「大爆発」とは、こうして対峙する二つの空間と二つの身体の拮抗の暴力的な無化の喩えに他ならない。

末尾の一文にある、「活動写真の看板画が奇体な趣きで街を彩つてゐる京極」という描写は、これまでにテクスト内に出たどの街の描写とも異なる。さびれた裏通でもなく、想像のなかの遠い市でもなく、賑やかだが澄んだ感じの寺町でもない。彩る、という表現が示すように、街はその表面を外部的な色彩により上塗りされている。文字どおりにとればそれは看板画が数多くかかっているようすを指しているが、「奇体」と「彩」という表現に注目すれば、明らかにこれは直前の場面にでてくる、丸善の中に「奇怪な悪漢」としての彼が配置した「奇怪な幻想的な城」、およびそれを構成する「本の色彩」の「ゴチヤゴチヤ」と響きあう。すなわち、爆発によって飛散した奇怪な城の色彩と、末尾に登場する空間の彩りとが連関するようなテクストの運びとなっているのである。とすれば彼の下る京極とは、彼自身が能動的に仕掛けた空間と身体の置換を引き受け、その想像的かつ暴力的な抵抗の延長上に幻出した、彼による／彼のための空間に他ならない。

もちろん、それは想像力による一瞬の爆発にすぎず、閃光のあとすぐに消え去るような抵抗には違いない。それでもなお、この出来事を通じ、「私」は彼の病う身体と蝕まれる心とが、きっかけさえつかめばたとえ一時であっても晴らす可能性はある可変的なものだということを知ったのではないだろうか。だからこそ、この事件のあった時代を「あの頃」として振り返る語り手は、今この檸檬の話を語るのであり、その話を語るのに際し、めまぐるしいまでに身体と空間と心とを錯綜させて語ったのであろう。

図1-1（参考）大正末期の新京極風景（『写真でみる京都100年』（京都新聞社、1984年11月）

## 6 読者の身体、読者の街

空間にまつわる名は、記憶の媒介のトリガーになる。それはたとえば梶井の京都をわれわれ読者が今日に引き継ぐ媒体となり、われわれ読者の京都を「檸檬」というテクストに接続させる経由点となる。

鎰屋は、マンションになった。丸善は少し前までは河原町四条上ル東側にあり、その時代にも現代の悪漢たちによりレモンの爆弾をしばしば仕掛けられていたそうだが、▼注[14] その後数年の店舗閉鎖をへて、二〇一五年に再び開店した。三条麩屋町の丸善跡はその後銀行が建ち、さらにいまマンションへと変わり、新京極の映画館も次々と姿を消している。八百卯《やおう》も、とうとうなくなった。

二〇〇四年からわずか五年間この街に住んだだけであるわたしは、ノスタルジーを語るつもりはないし、その資格もないだろう。だが、梶井の言い草ではないが、それにしても心という奴は何という不思議な奴だろう。われわれ読者の心と身体と空間が、テクストという回路を通じて、「生きられた梶井基次郎の京都」と接続できるということは、ほんとうに不思議なことというほかないではないか。

むろん、それは錯覚だ。だが、錯覚こそがここでは驚異であり歓びではないのか。八百卯《やおう》と丸善のあった街角を訪ね、古い都市計画について調べ、京都の街の上を歩きまわるとき、わたしは「二條の方へ寺町《てらまち》を下《さが》」(九頁)っていく青年の横顔を見、奇怪な土産物屋が街を彩っている京極を下って行く青年の後ろ姿を見るような気がする。あるいは、ひとり机に座りゆっくりとページめくる、その言葉と言葉のあわいに、ふと自分自身を埃っぽい丸善の中に発見する気がする。

心と身体と空間が、言葉を通じて幾重にも積層する。その堆積が、啓示のようにひらめく瞬間である。

**【注】**

[1] 梶井基次郎「檸檬」は『青空』創刊号(一九二五年一月)に掲載、のち単行本『檸檬』(武蔵野書院、一九三一年五月)に収録された。「檸檬」本文の引用は『梶井基次郎全集』第一巻(筑摩書房、一九九九年一一月)による。

[2] 日沼倫太郎「梶井基次郎」『現代作家論』南北社、一九六六年六月、引用は鈴木貞美編『梶井基次郎『檸檬』作品論集』クレス出版、二〇〇二年九月、一七頁。

[3] 神田由美子「梶井基次郎「檸檬」の丸善」『梶井基次郎 表現する魂』新潮社、一九九六年三月、引用は前掲『梶井基次郎『檸檬』作品論集』、三三〇頁。なお、神田同論は、同じ箇所について次のような指摘も行っている。「この時〈私〉は、芸術と実人生を対照させ、芸術を実人生の上位に置く近代作家の古い精神構造を超克し、芸術と実人生を合体させ、さらにそれを破壊した後に生まれるまったく新しい芸術と人生の可能性を見出して、「活動写真の看板画が奇体な趣きで街を彩っている」新時代の空間への一歩を踏みだした」(三三九頁)。

[4] 今泉康弘「時計じかけの檸檬——梶井基次郎と映画的想像力——」『法政大学大学院紀要』第四八号、二〇〇二年三月、一三五頁。

[5] 初出の『青空』掲載形(八頁)ではルビは付されていない。

[6] 内田照子「『檸檬』」『評伝評論 梶井基次郎』牧野出版、一九九三年六月、引用は前掲『梶井基次郎『檸檬』作品論集』、三〇一頁。

［7］年次の推定に関しては、同年のものと推定されるノートに、小説「檸檬」の原型の一つとなった詩「秘やかな楽しみ」が書かれている事実がある。鈴木貞美『梶井基次郎の世界』作品社、二〇〇一年一一月、二四一頁。京都時代の梶井については、中谷孝雄「「檸檬」の思ひ出」をはじめとする『梶井基次郎全集』別巻（筑摩書房、二〇〇〇年九月）所収の回想、および鈴木貞美編著『年表作家読本 梶井基次郎』（河出書房新社、一九九五年一〇月）、柏倉康夫『梶井基次郎の青春 檸檬』の時代』（丸善、一九九五年一一月）などを参照。

［8］本田孔明「幻の街――梶井基次郎「檸檬」論――」『文学』五巻四号、一九九四年秋号、一〇七頁。

［9］中河督裕「梶井基次郎「檸檬」に見る大正末・モダン京都――『京都日出新聞』の紙面から――」竹村民郎・鈴木貞美編『関西モダニズム再考』思文閣出版、二〇〇八年一月。鎰屋《かぎや》とは「檸檬」の八百屋の舞台とされる八百卯の向かいにあった菓子司・喫茶店である。新京極の映画館街については加藤幹郎『映画館と観客の文化史』（中公新書、二〇〇六年七月）。

［10］海野弘「レモンの街――京都モダン・シティ紀行――」『旅』一九八八年一〇月、前掲『梶井基次郎『檸檬』作品論集』所収。

［11］大宅壮一「三高のころ」『月報』②（昭和四十一年版筑摩書房全集）、引用は前掲『梶井基次郎全集』、三七〇頁。

［12］たとえば中谷孝雄「「檸檬」の思ひ出」には「その頃、僕たちは殆んど毎日のやうに連れだつてゐたので、何時もゆく鎰屋の給仕女たちからは「邯鄲の兄弟」など、呼ばれてゐた。邯鄲といふのは鎰屋にある菓子の名で、坊主枕のやうな形をした、大きさは太い拇指位の餅菓子である」（二六頁）などとあり、飯島正「梶井君の思ひ出」にも「ある晩、四条の大橋を、梶井君と散歩してゐた時だ」（五三頁）とある。引用はともに前掲『梶井基次郎全集』別巻による。

［13］一九二五年ごろ、引用は『梶井基次郎全集』二巻（筑摩書房、一九九九年一一月）、八二頁。

［14］旧丸善京都店店員の方の筆者への直話による。

第二章◉

# 文学から土地を読む、土地から文学を読む

## ――菊池寛《きくちかん》「身投げ救助業」と琵琶湖疏水《そすい》――

### 1 土地の歴史、文学の記憶

土地をめぐる記録や歴史の残し方には、さまざまな道がある。地誌や記念碑、地図、統計、新聞・雑誌記事といった公的な性格を持ったものもあれば、日記や記念写真、メモといった私的なものもある。その土地の歴史が呼び起こされるとき、その輪郭や濃淡、焦点は、それを記述したテクストの性格に大きく依存する。写真が喚起する歴史もあれば、統計のみが掘り起せる歴史もあるだろう。テクストが何を記録し、何を記録しないか。そしてそれに読み手がどう向き合うかによって、歴史の姿はさまざまに変わる。

文学作品が書きとどめたその土地の歴史にも、それ固有の興味深い性格がある。それは必ずしも〝正確な〟歴史叙述ではないかもしれないが――時には何年何月にどこで何が起こったという「事実」のレベルで不正確なことさえあ

るだろうが――、だからといってそれが描き出す土地の姿がまったく無意味だということにはなるまい。小説は、個人的で狭隘《きょうあい》だが思い入れに満ちた情景を、少ないが熱心な読者に深く刻印する力をもつ一方、商品として流通し、読まれ、残るというジャンルの性質から、公的なイメージを広い範囲に拡散し、かつ堆積させる能力もまた持ち合わせている。テクスト内に登場する場所が、プロットの構成の中である役割を受け持ったり、登場人物の性格づけを担っていたり、フィクション化されていることによってかえって現実との間に緊張関係を創出したりすることも、小説に登場する土地描写の固有の機能かもしれない。小説テクストは、ジャンルが許容する制限のなかでではあるが、虚構の自在さを存分に利用して土地の表象を行い、他の資料たちとは異なったそれ固有の歴史を描く。ここに、文学から土地を読むことの価値と面白さがあるといってよいだろう。

一方、逆のベクトルも忘れることはできない。土地から文学を読むという方向である。地誌、統計、新聞・雑誌記事、その他種々の性格を異にするテクスト群と、文学テクストとを交差させることによって、思いもよらない作品の読みの風景が立ち現れる。背景に退いていた土地や都市、建築、家屋などが、あたかもそれ自体、主役であるかのような複雑で生き生きとした相貌を現わす。テクストのなかに、土地が息づきはじめる瞬間である。

本章は、文学テクストの分析によってしかわからない土地の風景を、また逆に、土地を読むことによって新たに浮かび上がる文学テクストの姿を、追求してみる試みである。取り上げるテクストは、菊池寛の「身投げ救助業」、土地は京都・岡崎である。菊池は第一高等学校を卒業間際で退学した後、京都帝国大学英文学科に入学し、一九一三〜一六（大正二〜五）年を京都で過ごしている。「身投げ救助業」はこの京都時代の経験が下地となっている短篇で、一九一六年九月に第四次『新思潮』第一巻第七号に発表された。小説としては彼の第一作となる。

この作品を専一に取り上げた論文はほとんどなく、わずかに片山宏行「「身投げ救助業」――小説への転身――」[注1]を数えるのみである。片山論は菊池の戯曲から小説へという「転身」を、芥川との比較を行いつつ、漱石からの評価という軸を設定しながら論じたもので、作家の個人史・作品史を明らかにする上で重要な研究といえよう。また日高昭二『菊池寛を読む』（岩波書店、二〇〇三年三月）は、単独の作品論ではないが、〈心〉〈金銭〉〈共同体〉をキーワードに「身投げ救助業」を論じ、無名の個人が法や制度の介入してくる場において直面するリアルさ――立場の反転――を描いたテクストとしてこれを読解している。「身投げ救助業」は作家菊池寛の小説としての第一作となるため、注目度は比較的高い。だが、この作品をその舞台となった土地との関連で読み解いた研究は今のところ出ていないというのが研究の現状である。▼注[2]

簡単に作品のあらすじを整理しておこう。岡崎を流れる琵琶湖疏水《そすい》のほとりに、ひとりの老婆が住んでいた。彼女は茶店を営むかたわら、疏水に身を投げる人々を救助し、そのことを誇りにしていた。彼女は褒賞としてもらう賞金を貯蓄し、将来の楽しみにしている。ある時、老婆の一人娘が旅役者と恋仲になり、老婆の貯金を引き出して逃げた。老婆は悲嘆し、疏水に身を投げるが、救助される。日ごろ助けた人々が自分に礼を言わないことを不満に思っていた彼女は、そのときはじめて自分が救助した人々の心のうちを知った。

短いながら、老婆の感情の振幅や視野の反転の様相がくっきりと描き出されている佳品と評価できるだろう。実際、これまでの作品の読解も、主人公である老婆をめぐる分析がその中心となってきた。だが、老婆の心理を焦点化しようとするテクストの語りからいったん身を引き離し、作品に描かれた京都――岡崎および琵琶湖疏水――の姿を丹念にたどってゆくと、近代京都の景観の変貌と新しい制度の登場、そしてそれにともなう人々の経験の変化を、一風変わった視点から切り取った小説として読めてくる。

作中、次のような一節がある。

明治になつて、槇村京都府知事が疏水工事を起して、琵琶湖の水を京に引いて来た。此の工事は京都の市民によ

き水運を具へ、よき水道を具へると共に、またよき身投げ場所を与へる事であつた。[注3]

言及されているのは、「水運」「水道」のために備えられた疏水という装置を、「身投げ場所」としていわば奪用する人々のありさまである。ここに描き出されている人々の姿は、疏水をめぐる公的な言説や、京都の近代史の中には表だって登場しないものであるはずだ。

琵琶湖に発して県境の山塊をくぐり、蹴上《けあげ》から鴨川脇へ出て京都市内を縦断し、宇治川へ流れ落ちるこの人工の川は、この後述べるように近代における京都の再出発を直接的に担った都市基盤となるべく設計され、かつそのプロジェクトを象徴的に視覚化した新しい景観であった。そのかたわらに、それを造成した公的時間・空間とは別種の、しかしそれと密接に絡み合った人々の時間・空間がある。「身投げ救助業」を用いながらここで読み解こうとするのは、そうした疏水端の小さな物語である。傍流に生きる——疏水の傍らに、そして近代の主流文化の脇に仮構された、もう一つの物語をすくい上げてみたい。

## 2　京都、岡崎の近代と物語の時間

「身投げ救助業」の物語内の時間は、次のように規定される。

老婆は第四回内国博覧会が岡崎公園に開かれた時今の場所に小さい茶店を開いた。駄菓子やみかんを売るささやかな店であつたが、相当に実入もあつたので、博覧会の建物が段々取り払はれた後もその儘で商売を続けた。（一四頁）

老婆は斯のやうにして、四十三の年から五十八の今迄に、五十幾つかの人命を救うて居る。（一五頁）

これにもとづけば、作品内の時間の振幅は、博覧会開催の一八九五（明治二八）年から、作品発表の一九一六（大正五）年の間にあるどこかの一五年間＋αということになるだろう。さりげなく書き込まれたこの時間設定は非常に重要である。一八九五年を起点にして始まるこの物語の時間的振幅は、まさに京都の近代を文字通り創りあげていった大規模なイベントや公共事業の数々と、歩調をそろえるかのような設定となっていることがわかるからだ。

岡崎はそもそも平安期から貴族の別荘が営まれ、また葬送の地でもあった土地だが、中世に起こった戦乱と天災で一度は荒廃していた。近世になり人々の営みが戻るものの、それは「典型的な京郊農村のひとつ」としてのそれであったにすぎない。▼注[4] こうした岡崎のあり方が、明治期に入り劇的に変わる。その起爆剤となったのが、明治二〇年代から開削が進んだ琵琶湖疏水事業と、一八九五年に足並みをそろえて開催された第四回内国勧業博覧会、平安遷都千百年紀念祭だった。

東京遷都後の京都市の衰微は激しく、近世を通じて町家と公武社寺あわせて四〇余万あった京都の人口は、一八七三、四（明治六、七）年ごろには二二万六〇〇〇人ほどにまで激減していたという。▼注[5] この衰勢を立て直すべく発案された起死回生の事業が、琵琶湖疏水の建設である。北陸方面からの物資は、それまで琵琶湖を舟で運び、大津や坂本で陸揚げして、その後陸路で京都へ運んでいた。これを琵琶湖から京都まで直接水路で結ぶことにより、大量輸送を実現しようとしたのである。もともとこのような計画は近世からあったが、工事の大規模さゆえに実現されていなかった。これを第三代の府知事北垣国道《きたがきくにみち》が着手したのである。工事は第一期である琵琶湖から夷川船溜《えびすがわふなだまり》（岡崎の西）までが五年の歳月をかけて完成した。さらにこの後、運河の延長が計画され一八九五年には鴨川に沿って南下し伏見を経て宇治川に至る鴨川運河が竣工、これにより大阪までの通船が可能となった。さらにこの後、水力発電の増強と水道用水の確保を図るために、第一疏水に平行する第二疏水が京都府三大事業の一環として計画され、一九一二年に完成している。当初、水運と動力利用を目的としていた疏水だが、その後飲用水と水力発電にその主たる用途が移行したとはいえ、この事業が近代京都の安定的な発展の基盤となった最大級の基幹事業であったことは間違いない。

図 2-1 上　疏水南側から岡崎を見る（1893 年頃）
『写真集成 京都百年パノラマ館』淡交社、1992 年 7 月より

図 2-2 下　東山から疏水沿いに西を望む（1895 年頃。出典同前）

鴨川運河が完成した一八九五年には、「明治以降の京都を復興と近代化に導いた最大のイベント」ともいわれる、第四回内国勧業博覧会と平安遷都千百年紀念祭が開催されている。[注6] 第四回内国博は、それまで東京で開かれていた内国博がはじめて地方開催となった回であり、四月から七月までの会期中の入場者数は一一三万人を超えたという。平安遷都千百年紀年祭は内国博を京都に呼ぶ計画の途中で誘致の切り札として起案されたもので、同年一〇月、京都市の主催で開催された。

この二つの大イベントは、京都の観光都市としての志向を明確にし、そのための基盤整備――衛生事業、社寺と道路の整備、旅宿・人力車問題の矯正など――を加速させたものと捉えられている。[注7] とりわけ、岡崎にまつわる点としては、京都駅から岡崎の博覧会会場を結ぶ電車（疏水の水力発電を利用した）が日本ではじめてとなる営業運転を開始し、会場付近の道路が整備計画を前倒しして造成されるなど、周辺の再開発が一気に進められたことが重要である。先に鴨川運河が一八九五年に完成したと述べたが、これも地域の利害対立で延期されていた工事が、博覧会を機に再開されたものだ。竣工は、会場を訪れる訪問者たちに近代京都の大事業の完成した姿を示すために急がれたものだったと考えてよいだろう。笠原論（注［6］）が指摘するように、第四回の京都内国博は、それまでの東京における三回の内国博が上野という一区域でのイベントであったことに比べると、町全体の再設計、再整備をも連動させて進めようとした点において、大きくその性格を異にしていた。一八九五年の二つの祭典――内国博と紀念祭――は、都市としての京都そのものを変貌させていくまさにターニングポイントに位置していたといっていいだろう。

疏水と内国博・遷都紀年祭によって新しい意味を与えられ、「近き頃までは田圃にて在りたる地」[注8] であった岡崎の地には、この後、明治後半期を通じて、平安神宮（一八九五）、武徳殿《ぶとくでん》（一八九九）、動物園（一九〇三）、府立図書館（一九〇五）、岡崎公園（一九〇四）、市勧業館（一九一一）などといった大規模な施設や建造物が次々と建設・整備され、現代にまで引き続く、市内でも特色ある一域と化していく。まさにそこは、京都近代の「記念碑的景観に満たされている」[注9] 空間なのである。

## 3 菊池寛は岡崎・疏水に何を見たか

ではこの岡崎の変貌、およびその象徴的な存在である琵琶湖疏水を、菊池寛はどのように見たのだろうか。冒頭少し触れたが、「身投げ救助業」は菊池自身の経験がヒントとなっているという。菊池寛「あの頃を語る」(『現代』一五巻一〇号、一九三四年一〇月)は次のように言う。

今より二十年前のことである。
京都大学文科の学生だつた僕は、その頃大学の裏の方に住んでゐた。学校へは余り通わなかつたし、友達はなし、それに金もなかつたから、大抵毎晩図書館で過した。下宿を出て三高前を過ぎ、疏水の畔を通つて、岡崎公園の図書館へ行くのである。
或る冬の夜のことである。時刻も九時を過ぎてゐたから、多分その図書館からの帰りであつたかも知れない。例の如く疏水の畔に差しかかつた時、突然異様な物音と水声とを聞いた。驚いて駈け寄つて見ると、その近くにある茶店のお婆さんが、棒を突き出して身投げしたらしい男を助けてゐるのである。むろん、僕もそのお婆さんに、手伝つて引き上げてやつた。その時助かつたのは二十五六の若い男で、寒さに慄へてゐた。僕は自分の着てゐたネルの白い襦袢をその男に着せ掛けてやつたが、僕としては襦袢を脱いだために後で少し風邪をひきさうになつたのを覚えてゐる。身投げの理由は、何でも店の主人の金を五十円とか使ひこんだためだとか云つてゐた。〔…〕
かうした事件から『身投げ救助業』のテーマは思ひついたのであるが、あの小説の後の方は全く創作で、お婆さんが身投げ救助になれ切つて、仕事にしてゐると云ふやうなことや、娘のことなどは考へたものである。しかし、その夜身投げ救助に使つた棒は、その後ずつと茶店の後に立てかけてあつた。つまり、それは助ける用意のものらしかつた。茶店は今もあるかも知れない。そのお婆さんも或はまだ生きてゐるかも知れない。（一六九―一七〇頁）

この回顧に従えば、作品の原型になる出来事は実際に菊池自身が岡崎で体験したものであり、また作品の後半は彼の「全くの創作」であったこともわかる。

実際、疏水では入水自殺や転落事故がたびたびあったらしい。当時の新聞記事から、そのいくつかを紹介しておこう。

◎華族溺死す　京都在住の華族従四位子爵豊田健資氏は去る十九日親戚の家より帰宅せんとて歩行中太《いた》く酩酊したれば水を掬はんとて誤ツて疏水運河に陥り終《つひ》に溺死したりと云ふ（『読売新聞』一八九二年三月二四日）

●疏水の溺死　昨朝疏水インクライン下の舟溜《だむ》に年頃二十七八の男子溺死居れりとの報あり河原町警察署より直ちに臨検の為め出張したる処木綿縞の衣服を着し紺の前垂を掛け職人体の男なりしが袂に中澤と彫りたる換印ありしのみにて住所氏名不明なりしかば取敢えへず上京区役所へ引渡したる由医師の鑑定にては全く誤て溺死せしものならんといふ（『日出新聞』一八九五年三月二八日）

女同士の心中

▲両人とも都撚糸工場の工女▲義姉妹の契りを結ぶ▲姉は救かり妹の死骸は今猶不明〔…〕

河原の小石数個を両人ハンカチに包みて携へ十一時過川端通を辿り〳〵疏水運河にて投身せんものと身を進むる

内何時しか昨朝一時半頃川端孫橋上る仁王門通閘門分水路の辺りに来懸りしが恰かも通行人のなきを幸に両人は愈々此所を死に場所と定め〔…〕（『京都日出新聞』一九〇九年七月二八日）

事故と心中の記事だが、新しく開削された人工の川が、人々の生活の空間のなかで生きられていく——この場合、その方向が生とは逆の方向になってしまっているわけだが——ありさまが、かいま見えてくるだろう。

図 2-3　老婆の家の位置　（地図は 1915 年のもの）

もちろん、実際にあった出来事や習慣を下敷きにしているものの、「身投げ救助業」には基本的な事実の誤認もしくは仮構もまた含まれていたことは指摘しておくべきだろう。たとえば、「槇村京都府知事が疏水工事を起して」とあるが、これは槇村《まきむら》正直《まさなお》（第二代府知事）ではなく北垣国道（第三代）が正しいし、「京都にはよい身投げ場所がなかった」「自殺するものは大抵疏水に身を投げた」「多い時には百名を超した」とあるが、『（京都）日出新聞』『読売新聞』などを見ていけば、入水自殺の場所は井戸、二条城のお堀、淀川筋、琵琶湖など、ほかにも複数確認できる。「身投げ救助業」は事実もしくは歴史の忠実な再現をめざして書かれているわけではないのだ。

ただし改めて確認すれば、本章が注目しようとしているのは、こうした菊池個人の経験や些末な誤記ではなく、「身投げ救助業」というテクストが見せた鋭い洞察の部分である。

明治になつて、槙村京都府知事が疏水工事を起して、琵琶湖の水を京に引いて来た。此の工事は京都の市民によき水運を具へ、よき水道を具へると共に、またよき身投げ場所を与へる事であつた。（一三頁）

疏水工事を始めた府知事の名前は誤っているものの、作品はたしかに岡崎と疏水の歴史を背景として踏まえている。それは前節で確認したように、大がかりで華やいだ近代京都の公の歴史であり、オモテの景観である。

ところが、作品において菊池が前景としたのは、そうした岡崎と疏水の公的な歴史ではなく、その横に伏流した、名も無き人々の歴史、あるべき方法とは異なる仕方で疏水を利用し始めた人々の歴史だった。本章が注目したいのは、疏水を思わぬ角度から切り取る、この視点である。それはまさに、近代の象徴を利用して自死するという意味において、京都近代のウラ側の風景である。人々の生活に利便をもたらし、現代を生きる証左ともいうべき輝かしい景観に向けて我が身を投げる。そのとき投身者にとっては、電力と飲用水を給する疏水の流れは、単なる暗流にすぎまい。疏水をめぐって織りなされる人々の光と影を、テクストは浮き彫りにする。

この観点からすれば、本業である茶店の位置も面白いところに設定されているといえる。「第四回内国博覧会が岡崎公園に開かれた時今の場所に小さい茶店を開いた」というその場所は、「武徳殿のつい近くにある淋しい木造の橋」の「四五間位の下流」に位置しているという（一三―一四頁）。それはまさに、設計しつくされた広壮な人工空間の裏脇に、寄生するように張り付いた場所であり、蹴上から降り下った水流が岡崎からまさに離れていこうとするその境界に位置している。

「身投げ救助業」は、京都近代の記念碑的景観の裏側で生起した出来事を扱い、公的な意図、公的な設計にはおさまりきらず、それを予想もつかないあり方で利用してしまう、人々の振る舞いを描きとった作品なのである。

## 4　物語のもう一つの伏流——金銭をめぐって

だが、テクストが張りめぐらした岡崎の変貌と人々の経験にまつわる物語の網の目は、それだけにとどまらない。老婆のなりわいは茶店であるが、「副業」として〈身投げ救助業〉を行っている。自殺者を一名救うのにつき、褒状《ほうじょう》と一円五十銭の褒賞金がもらえる。これが彼女の家計に、余剰の収入を与えている。この褒賞金に関して、テクストを読解するもう一つの要素が浮上する。金銭である。

その時の一円五十銭は老婆には大金であつた。彼女はよく〳〵考へた末、その頃や、盛んになりかけた郵便貯金に預け入れた。（二四頁）

「貯金」は近代になって登場した制度である。明治政府は銀行および郵便局という社会基盤を整備していくとともに、「貯金」という発想と手段を人々の間に広めていく。政府にとっては国富の増大と経済の安定というメリットがあったためである。しかも、郵便貯金にはさらに加えて、低所得者層の生活を安定化し、社会的なコントロールを効きやすくするというもくろみもあった。経済問題に造詣《ぞうけい》の深かった衆議院議員井上角五郎《いのうえかくごろう》は、著書『貯蓄奨励の方法』（井上角五郎・発行、一九〇二年一〇月、三頁）において、次のように述べている。

郵便貯金の各国に採用せられたる所以は経済上、自存に堪えざる貧民と雖も其精力の許す限りに於て少額を恥づることなく収得の幾分づゝを容易に貯蓄し得るに至らんことを期するに在り。而して一旦貯金の効能を了得するものは或は自信の念に駆られ、或は自立の望に励まされ、多少の艱難に遭遇するも克く勇を鼓舞して其の苔〔笞〕に堪えんと努むるなるべく貯蓄を継続するの久しきに及んでは漸次に生活の状態を進むることを得るなり。

もちろん、「身投げ救助業」の老婆の、わずかな収入を大切に郵便貯金に預け入れるという行為は、こうした井上が述べるような国策的意図とは直接の関係はない。しかしながら、一見まったくの個人的な行為であるかのように見える彼女の貯金の背後には、国家的な――あるいは国策的な〈装置〉が控えていたというこの構図は、実はこの後の作品の展開およびその読解とも深く関わるのである。

井上の論説が述べるように、貯金の増大は貯蓄者の「自立」を促進するとされているわけだが、注目したいのはこれはたんに蓄積される金額の量を問題にしているようにみえるが、それとともに金銭にまつわる「時間」のコントロールを含んでいるという点が重要である。このことを、よりはっきり述べた同時期の資料を引用する。

貯蓄には必ず未来の観念なかるべからず、此観念は貯蓄の根本的観念なり、労働者が其賃金の一部を貯蓄するは、現在の快楽を犠牲に供して、以て未来の安寧幸福を得んが為に外ならず、手工者が好良なる器具を購求せんが為に、其金員を貯蓄するは、将来其器具に由つて以て人力を節約し、又は製品を好良にする希望あるが為なり〔…〕是等は皆未来に於て安寧幸福を望む観念の旺盛なるに基く（岡崎遠光『貯蓄要論』経済書店、一九〇一年一〇月、一〇頁）

「貯金」とは、金銭だけに関わる操作ではない。それは同時に、現在の節制を担保に未来の実りを手にするという、「時間」を操作する行為である。それは銀行貯金や郵便貯金という社会基盤によって支えられているという意味において、そしてその基盤が人々の生のありようを意識的、無意識的に規定していくという意味において、まさに時間の制御を行う近代の〈制度〉なのだ。

では、この金銭と時間にまつわる操作を、作品はどのように織り込んでいるだろうか。

老婆の貯金行為に注目すると、テクストには、方向においても規模においてもまったく異なる二種類のお金が存在していることに気づかされる。一つは〈貯蓄〉の方向性である。老婆の賞金一円五〇銭は、「五十幾つかの人命を救」(一三頁)った結果として「三百幾円」(一六頁)にまで上っている。もう一つは、〈濫費《らんぴ》〉である。疏水総工事費一二五万円、遷都紀念祭への寄付金は三〇万円である。一方は長期間をかけて積もり積もる、個人の零細な貯金。もう一つは開発と一時的イベント(「祭」)のために一度に投下される莫大な資金。「身投げ救助業」のなかには、こうした二つのお金が存在する。

そしてこの金銭の対比は、時間の対比へと拡張することができる。「老婆は遠縁の親類の二男が、徴兵から帰つたら、養子に貰つて貯金の三百幾円を資本《もとで》として店を大きくする筈であつた。之が老婆の望みであり楽しみであつた」(一六頁)。老婆は、現在ではなく、養子を迎え店を発展させる未来にかけている。一方、岡崎を急変させた近代のテクノロジーはどのような時間を作り出すのか。水運、電車敷設、道路整備などという新しくこの地に整備された交通機関は、時間を短縮し、現在に余剰の時間を産み出そうとするものである。現在を節約し未来に賭けるか、現在の余剰にこそ価値を見い出すか。金銭の対比は、こうした時間の対比とも対になっている。

さて、「身投げ救助業」はこうした二つの対比を準備した上で、貯金の盗難という老婆の悲劇を語り出すのだ。

今年の春になつて、老婆の十数年来の平静な生活を、一つの危機が襲つた。夫は二十一になる娘の身の上からである。娘はや、下品な顔立ちではあつたが、色白で愛嬌があつた。
老婆は遠縁の親類の二男が、徴兵から帰つたら、養子に貰つて貯金の三百幾円を資本《もとで》として店を大きくする筈であつた。之が老婆の望みであり楽しみであつた。

処が、娘は母の望みを見事に裏切つてしまつた。彼女は〔…〕嵐扇太郎と云ふ旅役者とありふれた関係に陥ちて居た。扇太郎は巧みに娘を唆《そその》かし、母の貯金の通帳《かよひちやう》を持ち出させて、郵便局から金を引き出し、娘を連れたまゝ、何処ともなく逃げてしまつたのである。(一六頁)

「三百幾円」は庶民としては意外なほどの高額とはいえ、岡崎の開発費と比べれば取るに足らない。その目眩がするほどの落差の中に置いてみると、老婆の悲劇はひときわ際だつ。

しかも、それが貨幣である以上、実際には老婆の金と岡崎開発の金には隔てがないともいえる。老婆の貯金は、岡崎の近代化の果実として彼女にもたらされた。一方、彼女の貯金は為替貯金局から大蔵省へと預託され、国家予算として運用される。彼女の郵便貯金は戦費となってもしかしたら例の遠縁の兵士に届いたかもしれないし、日本銀行から民間銀行へと融資され、新たな京都開発に使われているかもしれない。

彼女の貯金と未来は消え失せたが、貨幣そのものは環流しつづける。テクストの背後には、そうした資本の流れもまた横たわっていたのだといえるだろう。

## 5　京都近代の傍流の風景

テクストは金銭をめぐるもう一つの物語を紡いでいた。それはとりわけ「貯金」という近代の制度がもたらした悲劇である。老婆の「貯金」は本来彼女の未来を担保するものであった。しかし、「貯金」という制度の中で、その預金の盗難は、彼女の未来の盗難と等価になる。「身投げ救助業」の苦さは、そうした彼女から「未来」がなくなったと語らないところにあろう。そこにおいて、繰り延べられた未来は、到達地がなくなったままその道程だけが残されるのである。

老婆はそれ以来淋しく、力無く暮して居る。彼女には自殺する力さへなくなつてしまつた。娘は帰りさうにもない。泥のやうに重苦しい日が続いて行く。（一七頁）

岡崎の景観は、ますます壮麗なものとなっていき、繰り返し文化的・政治的なイベントの会場となっていくが、老婆の日常は、もはやそのほとりでただ重苦しく続くだけだ。

こうした彼女の生は、あるいは彼女と同じように疏水に身を投げ、投げようとした数知れぬ者たちの生は、歴史の表舞台に決して現れることはない。「身投げ救助業」は虚構を含んではいるが、こうした疏水・岡崎という輝かしい場所においてひそやかに織りなされた〈別の歴史〉、すなわち個人によって生きられた固有の時間、個別の歴史たちを、記述しようとしている。

加速度的に開発の速度を速めていった岡崎の地で、老婆の時間だけが疏水の端でよどんだまま流れ続ける。菊池のテクストの照射した、京都近代の傍流の風景である。

**【注】**

［1］片山宏行「「身投げ救助業」——小説への転身——」『文芸もず』四号、二〇〇三年六月。また片山『菊池寛の航跡——初期文学精神の展開——』（和泉書院、一九九七年九月）所収の「ロマンチストの変貌（二）」も「身投げ救助業」を「幻覚」から「幻滅」へという作家の転身の観点から論じている。本書第三章で論じる近松秋江「舞鶴心中」と関連させて論じた石割透「京の町を騒がせた、二つの〈身投げ〉」『近松秋江全集　月報3』（八木書店、一九九二年八月）もある。

［2］河野仁昭『京都　現代文学の舞台』（京都新聞社、一九八九年九月）が、作家と作品、および舞台岡崎について簡略にまとめている。

［3］菊池寛「身投げ救助業」『菊池寛全集』第二巻、高松市菊池寛記念館、一三頁。以下本作からの引用は同書により、頁のみ記す。

［4］『史料　京都の歴史　第8巻　左京区』平凡社、一九八五年一一月、一〇〇頁。

［5］『京都市の地名』平凡社、一九七九年九月、二二一頁。

［6］笠原一人「イベントと都市演出」高橋康夫・中川理編『京・まちづくり史』昭和堂、二〇〇三年七月、一四三頁。

［7］國雄行『博覧会の時代　明治政府の博覧会政策』岩田書店、二〇〇五年五月。

［8］「博覧会案内記（一）」『日出新聞』一八九五年四月一日、三面。

［9］前掲『京都市の地名』、二三三頁。

# 第三章◉鉄道と近代小説

## ――近松秋江《ちかまつしゅうこう》「舞鶴心中」と京都・舞鶴――

### 1　道行《みちゆき》はどこへ――近代テクノロジーと心中

一つのテクノロジーが、それまでに存在したある営為のかたちを決定的にそして不可逆的に変えてしまうことがある。人々のコミュニケーションのあり方は、携帯電話の登場以降、あるいは電子メールの登場以降、大幅にその姿を変え、もはや元に戻ることはない。「以降」が自明になれば、「以前」の姿はそれがいかなるかたちであったか正確に想起することとすら難しくなる。

ここで考えようとするのも、テクノロジーと人々の生活との相関にまつわる、些細ではあるが興味深い一つの変化の姿である。心中の道行。江戸の観衆を美しくも悲しい詞章《ししょう》と音曲《おんぎょく》で魅了したこの世話《せわ》浄瑠璃の一定型は、明治以降、どのような展開を迎えたのか。

神山彰が幅広く作品を渉猟しつつ明らかにしたように、[注1]文芸上の様式としての道行が、明治以降に新しい隆盛を迎えた事実はない。だが、近代に入ってなお、情死ならびにそこへと向かう道行は、愛のある種の究極的な形として、一部の人々を魅惑してやまなかった。ここで検討する近松秋江も、その一人である。「それにしても心中は羨ましい」▼注[2]といい、近松門左衛門《ちかまつもんざえもん》への崇敬から改名に際し近松の姓を選んだほどの彼は、その憧れを幾度か作品化しようと試みている。ここではその具体化の一つ、「舞鶴心中」という中篇小説を検討することを通じ、江戸浄瑠璃の創出した劇的様式が、近代のテクノロジーによっていかなる変容をたどったのかを考えてみたい。

元禄の昔、お初と徳兵衛は寂滅為楽《じゃくめついらく》と鐘の響くなか露天神《つゆのてんじん》へと歩みだし（「曽根崎心中」）、享保の小春と治兵衛は天神橋をかわ切りに数多の橋を越えていったのであるが（「心中天の網島」）、大正の二人は、はたしてどうだったか。彼らお京と欽之助は、全通後まもないとある路線の、汽車に乗車した。

## 2
## 「舞鶴心中」の踏まえるもの——実話・世話浄瑠璃

「舞鶴心中」は一九一五（大正四）年一月『中央公論』に発表された。▼注[3] 作品のあらすじはこうである。京都の老舗旅館楓屋《もみじや》の跡取り欽之助は、大学卒業のあと家に戻り手伝いをするようになるが家業になじめない。そうこうするうち、まだ若い見習い格の女中お京とねんごろになる。縁を切らせたい父親らはお京に暇を出すが、欽之助は部屋を借りてそこに彼女を住まわせ、通いはじめる。お京は、妊娠する。一方欽之助には許嫁があり、結婚の時日も迫っていた。未来の妻を愛することもできず、かといってお京との将来も描けない欽之助は嫌気がさし、父親から息子と縁を切れと迫られたお京が「死ぬ」（三三頁）と口走ったのをきっかけに、心中を覚悟する。二人は祇園祭のころ、旅館の別荘のある舞鶴へ向かい、海へと身を投げる。

江戸期の心中物と同じように、この作品も実際に舞鶴で起こった心中事件を大筋で踏まえている。一九一一（明治四四）年七月二六日に起こったこの事件は、名の知られた京都の老舗旅館を舞台としたこともあり、同時代的にも少しばかり話題になったらしい。▼注[4]

秋江はこの時期〈別れた妻もの〉など一群の自分自身の経験に取材した作品を書き終え、新たに客観小説を目指そうとしていた。▼注[5] また、もともと江戸作者への尊敬の念が深かったこともあり、彼はこの事件を近代の心中物として小説化しようと思い立ったようだ。実際、「舞鶴心中」には世話浄瑠璃を踏まえた仕掛けがふんだんに施されており、「曽根崎心中」「心中天の網島」への言及をはじめ、「近頃河原達引《ちかごろかわらのたてひき》」の引用、また作品全体を上中下と分かって下に道行を配置するなど、形式面までも踏襲を試みている。

もちろん、異なる部分も多い。世話浄瑠璃のプロット的な駆動力を担う敵役や義理のしがらみは、弱くしか出てこない。そのかわりに秋江は、遺伝の発想を用いた。欽之助の父は女中を二人妾とし、子までもうけ、店を任せている。正妻の長子欽之助はこの父の所業を嫌うが、自身も結局同じ轍を踏んでいくという仕立てになっている。明治中期のゾライズム小説や家庭小説の用いた遺伝の枠組みを援用しているといってよいだろう。

## 3 描かれる鉄道の利便と愉楽

だがもっとも興味深いのは、やはり道行の部分である。冒頭ふれたようにこの作品の道行は、鉄道に乗せて語られる。▼注[6] 詳細な検討に入る前に、先に作品中の他の部分における鉄道の表象についても簡単に整理しておこう。

登場人物たちが乗る列車は結末部の舞鶴行きのそれだけではない。さほど長くもない作品の中で、欽之助は、冒頭「七条のステーション」で出迎られ、親戚や許嫁をたずねて大阪や神戸をまわり、気晴らしに旅館の別荘のある舞鶴へと遊びに出かける。その移動はめまぐるしい。神戸や大阪は日帰りであったし、当初「一週間ほど」の予定だった舞鶴も、一泊しただけで次の日の夕方の汽車で発っている。欽之助の落ち着きのない性格のあらわれともいえようが、むしろ高速度の移動機関としての鉄道が、人々の親戚付き合いや余暇の過ごし方まで変容させているとみるべきだろう。

秋江自身も、汽車好きであった。作品発表に近い時期でも、「夜汽車」（『読売新聞』一九一七年五月一三日）、「汽車の中」（『読売新聞』一九一九年一月二六日）などの文章を書いており、「春は何処かへ汽車に乗つていつて見たい。汽車に乗るそのことが慢性の神経衰弱の心を少時でも転換せしめるに好い」（「夜汽車」）[注7]と述べる。舟運や人力による輸送に置き換わる高速度輸送の手段として導入された鉄道は、その初発期から、その実利的な目的とは必ずしも一致しない部分で、愉楽の対象となった。作中でも、欽之助が神戸大阪へ許嫁や妹を訪ねる車中で「汽車に乗つて旅行《たび》らしい気持ちにな」（二二頁）る場面や、妹弟たちが舞鶴へ向かう道筋の沿線の風景を楽しむようすなどが描かれている。

> 京都の西郊は、丁度今鮮麗な秋の色に寂しく彩られてゐた。汽車は嵯峨野を過ぎてやがて隧道《とんねる》を一つ通りぬけると、保津川の絶壁の上を駛つてゐた。絵に見るやうな深い杉木立に燃るやうな紅葉の点綴した嶮岨な山と山とに狭められた渓の底を青く澄んだ清流は岩に激して白い泡沫を飛ばして流れてゐる。
>
> 芳子や小さい弟達は皆な車窓《まど》から顔をその方に出して、見馴れた景色ではあるが、飽かぬ奇景に声を立て、悦んだ。（七頁）

「明け放した車窓から青田の上を渡つて来る風」（二二頁）、食堂車で飲むサイダー、車窓から見渡す秋景など、鉄道のもたらす楽しみがテクストのそここに散りばめられる。「舞鶴心中」はこの新しいテクノロジーがもたらした利便性と愉楽を存分に描き出す。

## 4　鉄路の道行——心中と軍港

さて、欽之助らきょうだいを乗せて舞鶴へ向かった汽車は、作品末尾で再び同地へ発つ。しかし今度のそれは、気散じの遊山ではなく、お京欽之助の死出の旅路であった。テクストは二人の道行を次のように描出する。

やがて列車が京都《みやこ》の郊外をめぐり、藪畳みの蔭を駛《は》せ、花園、嵯峨の停車場を過ぎてこれから亀山隧道に入らうとすると、欽之助に寄り添ふてゐたお京は忽ち男の肩に凭れかゝつて泣き崩れた。〔…〕それを欽之助に窘《たしな》められたり慰められたりしてゐる間にいくつもの隧道をぬけたり、目の覚るやうな蒼い深淵《ふち》の上を通つたりして、美しい保津川の峡谷《たに》を向へ出放れてしまふと、お京には始めて見る、知らぬ山や田がつゞいてゐた。そして淋しい山の裾に藁屋根の家が二三軒立つてゐて、大原女のやうな風俗《なり》をした赤いものを身に着けた若い田舎の女が青田の畦に立つて何かしてゐた。お京は引入れられるやうな心地で白布《はんけち》で眼をおさへおさへそつちの方を見てゐた。（三五頁）

テクストは、欽之助に寄り添い、凭れかかり、泣き崩れ、そして外へ目をやるお京に、次々と行き過ぎる嵯峨野、亀岡から園部、綾部へという沿線の風景を対置する。めぐり、駛《は》せ、過ぎ、ぬけ、通り、出放れて疾走する汽車は、車中に滞留する心理的な空間と、車外に流れ過ぎる地理的な空間を、車窓という透明なしきいをはさんで並置させながら、瞬く間に走り抜ける。風景は、乗客の心を引きつけはするが、その思いを十全に引き受ける間もなく去ってゆく。それゆえに、車内の人の心は、窓の内と外を往還しつつも、その双方を継続的に繋ぎつづけることはない。車窓の風景に目をやった後、人は自らの心の内側の風景に閉じこもり、またふと目を上げて眼前に展開する光景に新しい注意を注ぐだろう。保津川《ほづがわ》を越えて始めて舞鶴へ向かうお京もそうであり、神戸・大阪へ行ったときの欽之助も、明け放った車窓からの風に身をなぶらせながら、自身が落ち込んでしまった窮境を振り返っていた。

車外の風景は、見られ、また見られない。だが見られないのは、流れ去る車窓の景色だけだろうか。鉄道を起点にこの作品を読みなおしたとき、車窓の風景のさらに外、登場人物たちの視野の外にもまた、別の風景が広がっていることに気づく。テクストが忘却した素振りをする近代京都のもう一つの風貌が、道行の外部にはある。

舞鶴は軍港である。江戸期には周辺の宮津や岩滝《いわたき》、由良の方が港としては栄えており、一僻港にすぎなかった舞鶴（田辺）だが、一八八九（明治二二）年に鎮守府の設置が決定されたあと、劇的な変貌を遂げる。とりわけ日清戦争をへた後、海軍の軍備が急速に増強され、かつ三国干渉に象徴される隣国ロシアとの外交的緊張の高まりを受けて、日本海側の備えが急がれたことが、軍都・軍港としての舞鶴の姿を決定した。▼注[8] 舞鶴鎮守府《まいづるちんじゅふ》の開庁は一九〇一年、横須賀、呉、佐世保に続く日本で第四番目、日本海側としては初の軍港、常備《じょうび》艦隊司令長官は東郷平八郎中将だった。

都市部と港湾とを結ぶ物流には、鉄道が必須である。軍需物資・兵士の陸送の必要に加え、来るべきシベリア鉄道開通（一九〇二年）にともなう対岸貿易に備えるため、舞鶴と京阪神の各都市とを結ぶ路線の整備もまた要請された。京都と舞鶴を結ぶ路線（近畿線）は早くからその必要性を認められたが、京都鉄道株式会社が一八九九年に京都—園部間を敷設したところで、主に資金難を理由にいったんストップする。一方、阪神地域と舞鶴を結ぶ鉄道として、阪鶴鉄道株式会社が一九〇〇年に大阪—福知山間を全通させ、同時に福知山から大阪を経て京都へ至る直通列車を走らせた。さらに一九〇一年の舞鶴鎮守府開庁およびありうべき日露戦争に備えるため、福知山—舞鶴間を官設で急ぎ敷設することが決定、日露戦争のさなか一九〇四年一〇月に完成する。これにより大阪—舞鶴が結ばれ、これまで西回り航路で二週間かかっていた輸送が、六時間半に大幅に短縮された。ただし、京都—舞鶴間は、なお京都—園部で止まっていた。綾部—園部間がつながり、京都—新舞鶴に直通列車が走るのは、一九一〇年八月のことであった。舞鶴町編の冊子『舞鶴』は、これを「従来京都、東京方面に出づるに非常の迂回線をとつて居た不便を補ふことが出来て、

図3-1　「舞鶴心中」関連路線 略図

交通上一段の進歩を見るに至り、京都との関係も旧時の状態に復するの機会を得たのである」[9]と述べている。

お京欽之助の道行は、わずかにこの一一ヶ月後のことだった。もともと丹後の岩滝、加悦、峰山一帯は機業地であり、京都の西陣と結びつきが深かった。京都線が舞鶴とつながったことにより、経済面での流通がより容易となった。経済、軍事、そして観光、京都―舞鶴を結ぶ路線は、さまざまな人とモノを乗せて営業を開始していたはずである（図3―1）。

だが、お京欽之助の目はその姿を捉えない。彼らだけではない。テクストもまた、次のただ一カ所を除いて、こうした舞鶴の変貌を黙殺しようとするかのようである。

> 六蔵は表の入口を明けて石段を下りて行つて波打つ際に立つて見渡した。海も空も真暗である。小山の麓に沿ふた軍港に往《かよ》ふ里道を東に行つたり西に行つたりして見たが、人のゐさうな気配もせぬ。（三九頁）

姿が見えぬのを不審がった別荘番の六蔵が、二人を探す場面である。地元の人間である彼は、むろんそこが軍都であることを知っている。彼の住む集落には「軍港に往《かよ》ふ里道」が存在する。象徴的なことに、同じ風景のなかにいたはずのお京の眼は、美しい湾の風景しか捉えない。「入江の周囲《ぐるり》を取巻いて、段々遠くの方へ行つて高くなつた山と山とに鎖された輝く水の上を白い小形の蒸汽船が黒い煙を揚げて緩く滑つて行つた。それは宮津の方へ出て行くのであつた。対岸の小山の裾に雛壇のやうに切開かれた畑の傍に家が五六軒立つてゐるのが頼りなさゝうに見えた。／『ま

あ、まあ。好え処どすえなあ。』」（三七頁）

テクストはこの直後に、「お京には此処が自分の生命を棄てる恐しい場所といふやうな心持ちはしなかつた」（三七頁）と、彼女の盲目性を指摘するのだが、実際のところ、大正も四年を数えるころに心中の物語を語ることそのものが、相当な規模の盲目あるいは黙殺を伴わないでは不可能だったはずである。

## 5 距離と時間、そして今生《こんじょう》の名残の抹殺

むろん、江戸の心中劇が、何の盲目性も伴っていなかったなどと言いたいのではない。多くの心中物が「実説」と呼ばれる現実の心中事件を踏まえていたとはいえ、虚構化、審美化のプロセスなしに作品化・舞台化ができたわけはない。たとえば道行で列挙される地名も、実際の地理的な位置とは食い違う作品が少なくない。道行の行文の美しさは、現実世界における冗漫さ冗長さ、そして情死の醜悪さを抑圧することなしには達成しえないだろう。

世話浄瑠璃の道行の役割は、死者の世界と生者の世界をつなぐことにあるという。▼注[10] 主人公たちは、すでに死した者たちであり、浄瑠璃は彼らを呼び出し、語らせ、また死者の国へと送り出す。その道程が道行である。別役実が指摘するように、ドラマとしての論理的な展開は道行の以前ですでに完結しているのであるから、▼注[11] 道行の場面とはプロットの面では余計なつけたりにすぎない。ではなぜ道行はあるのか。人々が死者を呼び返し、彼らがまた死者の国へと帰っていくのを、祈りをこめて送り出すためである。凄絶な相愛の、悲哀極まりない姿を舞台上の人形に、あるいは人に見出しつつ、そこへ仏教的な追善回向の祈念を重ねる。だからこそ、道行は、それを見るものの心を打つのであり、だからこそ道行は、ゆっくりと進まねばならない。

此世のなごり。夜もなごり。死にに行く身をたとふればあだしが原の道の霜。一足づつに消えて行く。夢の夢こそあはれなれ。

あれ数ふれば暁の。七つの時が六つ鳴りて残る一つが今生の。鐘の響きの聞納め。寂滅為楽と響くなり。（「曽根崎心中」▼注[12]）

近松門左衛門の文章は、死に向かうお初徳兵衛の道行を、歩行のリズムで描き出す。それは一足づつに進行するのであり、踏みしだかれた霜が消える速度で進む。それはまた静寂の中に響く鐘の音の、響いては減衰しまた鳴り渡る一撞きごとのリズムでもある。であるからこそ、お初と徳兵衛は七つのうち残る一つの鐘を待つことができ、わずかではあるがその残余の時間に今生の名残を惜しみ、それを聞く観衆はその間に死者への祈りの時をもつことができたのである。

一方、鉄道で行く道行はどうだろうか。「一駅づつに消えて行く――」では残念ながらやはり恰好にならない。鉄路の道行はあまりにあっけなく、風景は書き割りのようにお京の前を行き過ぎた。個々の土地々々は登場人物の思いを乗せ語りの文飾を託すにはあまりに高速度で通り過ぎ、一瞥のあと、乗客は自分自身の内面に回帰するほかない。〝名残の橋づくし〟は徒歩であるからこそ可能なのであり、鉄道は距離と時間を抹殺するだけでなく▼注[13]、死にに行く者の今生の名残の残照までも消し去って走り抜ける。蒸気機関の速度は名残も祈りも許さない。鉄道以後、歩行の速度はもはや道行の時間に帰ってくることはないだろう。

商品と兵器に取り囲まれた人々を乗せ、鉄道は走り始め、今なお走り続ける。「舞鶴心中」は江戸的な道行の不可能性を示して終わった。しかしその悲劇化と聖化を封殺された先の風景こそ、近代の風景だろう。道行を終えた欽之助とお京は、早く着きすぎたためというわけでもないだろうが、舞鶴の街と別荘で二日を過ごす。短縮されて得られた時間は、名残の余韻に置き換えられるでもなく、ただ行き場のない湿った会話で無益に埋められる。鉄道というテクノロジーは余剰の時間を生み、近代小説は内面を語る言葉を生み出したが、創り出された時間と内面がいつも充実するとは限るまい。その意味で、散文的な、速度の時代としての近代は、「舞鶴心中」の味気ない道行の線路上にたしかに刻まれているといえるだろう。

**【注】**

[1] 神山彰「「道行」はなぜ近代劇で消滅したのか」『文芸研究』明治大学文芸研究会、九三号、二〇〇四年三月。

[2] 近松秋江「舞鶴心中と鷗外氏の『心中』」『新潮』一九一一年九月、引用は『近松秋江全集』第9巻、八木書店、五二五頁。

[3] 「舞鶴心中」からの引用は以下『近松秋江全集』第2巻（八木書店、一九九二年八月）により、頁数のみ記す。

[4] 『大阪朝日新聞』『大阪毎日新聞』『京都日出新聞』などに記事がある（一九一一年七月二八〜二九日）。高浜虚子「舞鶴心中の事実」（『ホトトギス』一五巻一号、一九一一年一〇月）および石割透「京の町を騒がせた二つの〈身投げ〉」『近松秋江全集　月報3』（八木書店、一九九二年八月）も参照。

[5] 中島国彦「客観小説への夢――『舞鶴心中』前後の近松秋江――」『文芸と批評』四巻五号、一九七六年一月。

[6] 笹瀬王子「「舞鶴心中」覚書」（『地上』一号、一九八八年一一月、一一頁）は、この道行の場面を「現代風にアレンジした趣」「作者の心象との交流の上に成り立っていた」と指摘している。

[7] 引用は『近松秋江全集』第10巻、八木書店、三四〇頁。

[8] 舞鶴については、舞鶴市編さん委員会編『舞鶴市史』通史編（中）（舞鶴市役所、一九七八年一〇月）および同書、各説編（一九七五年三月）を参照した。

[9] 京都府舞鶴町編『舞鶴』一九一三年四月、四三頁。

[10] 諏訪春雄『心中――その詩と真実――』毎日新聞社、一九七七年三月。

[11] 別役実「「心中もの」の道行」『国文学』二〇巻八号、一九七五年六月。

[12] 近松門左衛門「曽根崎心中」『近松浄瑠璃集　上』岩波書店、一九九三年九月、一二四頁。

[13] ヴォルフガング・シベルブシュ『鉄道旅行の歴史――19世紀における空間と時間の工業化――』法政大学出版局、一九八二年一一月。

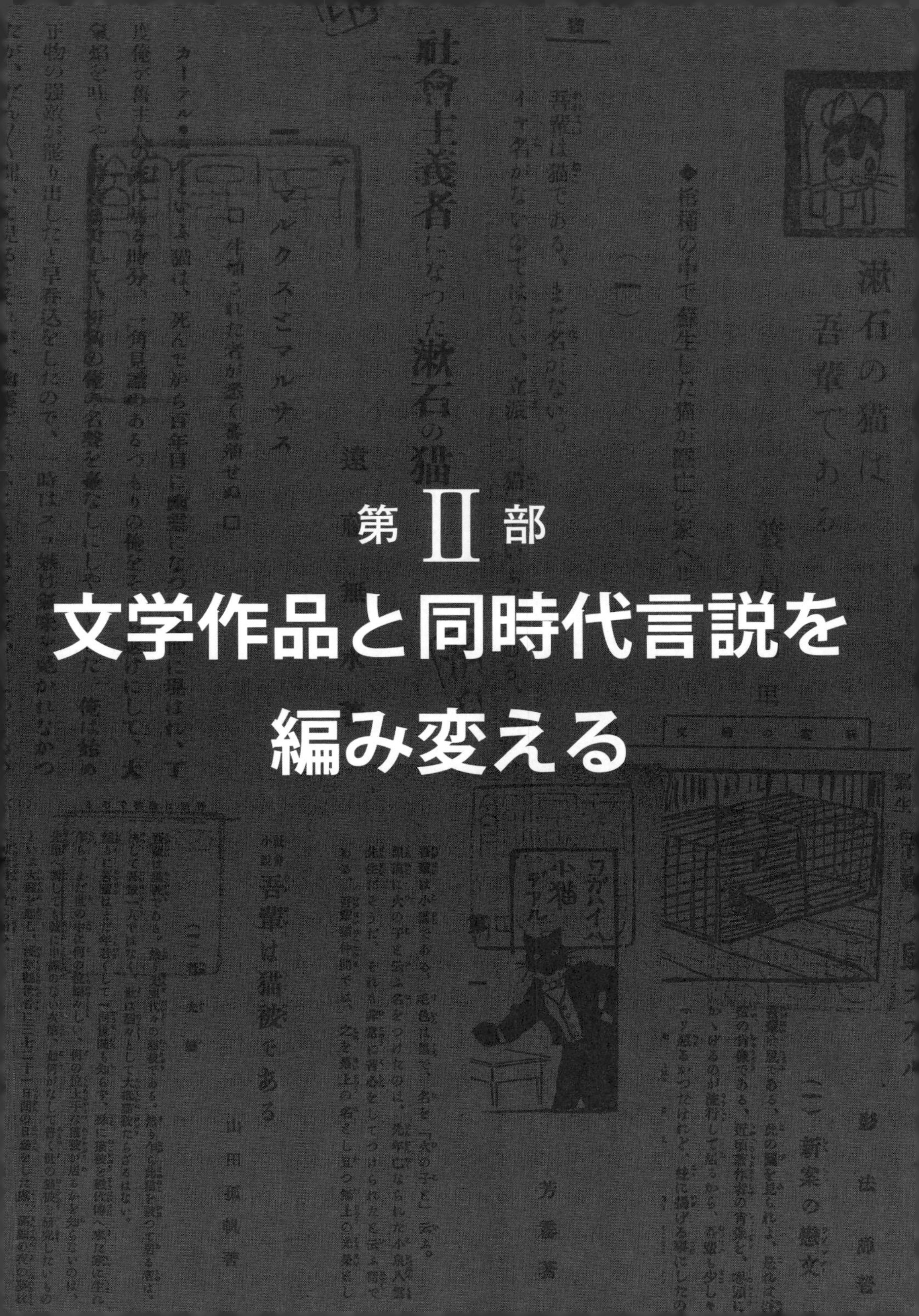


# 第Ⅱ部
# 文学作品と同時代言説を編み変える

第四章●

# 笑いの文脈を掘り起こす

## ――二葉亭四迷《ふたばていしめい》「浮雲」――

### 1　笑いから見る「浮雲」

「浮雲」は笑える小説なんじゃないか、というのが本章の出発点である。

もちろん、「浮雲」第一篇が滑稽本の影響下にあり、江戸戯作の語りを引き継いでいたことはとうに指摘されているし、そもそも滑稽味溢れる「浮雲」前半の語りを一読すれば「浮雲」に笑いの要素があることは自明であるから、「浮雲」と笑いの取り合わせそのものに発見はない。

これまで「浮雲」の笑いは、おおむね（1）戯作との類似性から説明されるか、（2）近代文学における〈笑いの喪失〉（またその反措定としての再発見）、の文脈で論じられてきた。このあと詳しく検討するが、（1）には滑稽本の笑いと対照しながら、発話者の無知や認識欠如、現実性からの逸脱ぶりに共通性を見い出した林原純生の研究などがあり、（2）としては中村光夫の評論を受けながら第一篇から第三篇へといたる「浮雲」の行程の中に〈笑いの喪失〉があることを論じた羽鳥徹哉や綾目広治の研究などがある。どちらも重要な指摘であり、本章においても主要な論点となるだろう。

だが、いずれの方向の先行研究も、「浮雲」というテクスト自体が備えている笑いの質を十全には説明していないし、笑いが存在するというところから見えてくる論の射程も、十分に展開されていない。

「浮雲」と滑稽本とのかかわりについては、二葉亭自身が次のような言及をしている。

> 文章は、上巻の方は、〔式亭〕三馬、風来〔山人〕、〔芝〕全交、饗庭〔篁村〕さんなぞがごちや混ぜになつてる。▼注[1]

> 僅に参考にしたものは、式亭三馬の作中にある所謂深川言葉といふ奴だ。「べらぼうめ、南瓜畑に落こちた凧ぢやあるめえし、乙うひツからんだことを云ひなさんな」とか、〔…〕「何で有馬の人形筆」といつた類で、いかにも下品であるが、併しポエチカルだ。俗語の精神は茲に存するのだと信じた▼注[2]

戯作との関連についての研究は、二葉亭のこの二つの言及を参照することが多い。前者の引用では、『浮世風呂《うきよぶろ》』などで知られる江戸後期、文化期に活躍した滑稽本作者の式亭三馬《しきていさんば》、江戸中期の本草学者、戯作者の風来山人《ふうらいさんじん》（平賀《ひらが》源内《げんない》）、江戸後期の黄表紙作者芝全交《しばぜんこう》、そして明治期の小説家饗庭篁村《あえばこうそん》の名前が挙げられており、それらの「ごちや混ぜ」が自分の文章だと述べている。後者の引用では式亭三馬がとくに取り上げられて、その「深川言葉」の下品だが詩的なありさまに「俗語の精神」を見ている。

この滑稽本との関係を掘りさげて追求したのが、林原純生の研究である。▼注[3]「滑稽本の直接話法による発言は、自己認識の欠落した、現世的論理から逸脱した庶民生活の不適格者に対する庶民生活の場からの、鋭い批判的な写実世界を作りあげているのである。そして、かかる方法が「浮雲」に継承され、発語によって内海文三やお勢の自己認識の欠落、未熟が表示され、結果、強固な現実性の確認される世界が造形されたのではないかと思うのである」（一六四頁）。林原は「自己認識の欠落」と「現世的論理からの逸脱」に注目し、それが滑稽本と「浮雲」の共通点だと述べる。自己認識が欠落し、現世的な論理からはみ出すことにより、登場人物の無意味な矜恃《きょうじ》や融通の効かなさがあらわになり、生活面での無能力さが露呈される。庶民的な現実認識を前にして、不適格者としての烙印を押されることにより、滑稽な姿をさらすのだ。文三がお政に敗北するのはそのためだ。林原は、こうした「浮雲」の戦略に、同時代の政治小説に対する反措定を見、そして同時に文三の内面世界が現世的諸規則と決定的に対立することはなく、「安住の地」となってしまっていることも指摘した。滑稽本と「浮雲」という、時代が異なる文学作品の間に共通点を見い出し、その笑いと批評性の論理を明確にした優れた成果である。

もう一つ、「浮雲」と笑いについては重要な論点がある。中村光夫が提示した〈笑いの喪失〉という視点である。中村は言う。

> 明治以来のすぐれた作家たちが、このやうな近代文学の本質に根ざす生活の一面〔笑い、滑稽〕を、そろひもそろつて見落としてしまつたといふこと〔…〕は、単に右に述べたやうな一般的な理由だけにもとづくものでなく、そこにはもつと特殊な、いはば病的な事情が、我国だけに伏在したに違ひない〔…〕誤解の原因は何かといふと、それはごく簡単に云へば、明治以来我国の西欧文明を移入する態度の底にあつた、あるこはばりであつた▼注[4]

中村は明治以降の作家たちが、文学の本質的一部であるべき笑いや滑稽を、そろいもそろって見落としてきたことを批判する。そして、その原因を、西欧文明を受け入れる際の近代日本の「こはばり」に求める。この「こはばり」によって中村が何を言おうとしたのか必ずしも明確ではないが、要は柔軟さを欠いた、真面目一方の一面的受容ということだろう。論理的な構造としては、西欧の小説を誤解して移入したことが私小説という奇妙な形式の登場につながったという、中村の私小説論と同様である。そして中村は、こうした大多数の作家たちの失敗に、漱石、鷗外、二葉亭を対置する。二葉亭は漱石、鷗外らとならび、例外的に「肉体で西欧に触れる機会を持ったか、または偶然に判つきり度の合つた眼鏡で、それを見ることのできる環境におかれた」。それゆえに彼は「『浮雲』を或る意味で喜劇とはつきり意識して書」いた、と中村は言う（一三五頁）。西欧と「肉体」で接触した作家たちの特権性が起点とされ、二葉亭はその希有な経験をもとに近代文学の中に笑いを導き入れた、というのが中村の主張である。

〈笑いの喪失〉については、羽鳥徹哉も近代文学史の総体的な傾向として次のように指摘している。「明治二十年代に入って急速に笑いが失われていくのは、逍遙だけのことではなく、二葉亭四迷や硯友社の作家たちにも、同じ現象が見られる。〔…〕『浮雲』は篇を追うごとに、戯作調つまり滑稽さが少なくなっていく」▼注[5]。明治二〇年代の傾向として〈笑いの喪失〉の動きが観察され、さらに微視的に「浮雲」の三篇のなかにおいても、滑稽さの減少が見られると指摘している。

中村と羽鳥の論点を引き継いだのが綾目広治の研究である。▼注[6] 綾目は「『浮雲』はほとんど滑稽小説と言ってもいい」（一六四頁）と述べ、「落語や戯作」のような「言葉遊びと調子本意が基調となっている文章が風刺の語りと絶妙に解け合っているところが、『浮雲』の一つの面白さであり、笑いはそういう文章から出てくるのである。つまり、語り手と登場人物たちとは距離があって、語り手は上から彼らを見下ろし笑いながら、彼らの軽薄さや愚かさを読者に見せてくれているわけである」（一六七頁）とその笑いの特質を指摘する。そして「浮雲」は「その終盤において、「笑いの喪失」がある」（一六八頁）と論じている。

以上整理すれば、二葉亭自身が言及していることもあり、滑稽本をはじめとした江戸戯作との連続性についての考察はすでに先行研究のなかで展開され、その意義も論じられている（林原）。したがって、「浮雲」が笑える、という主張自体には目新しさはない。さらに、笑いの問題は滑稽本との関係だけではなく、江戸文学との接続や西欧文化の移入といったより大きな近代日本文学全体にかかわる論点として提示されていたことも確認できる。〈笑いの喪失〉に近代日本（文学）の偏りが観察され、その例外（中村）あるいは例証（羽鳥、綾目）としての「浮雲」が位置づけられるのである。

本章の焦点は、したがって次のようなものになる。まず、先行論はおしなべて笑いの分析が粗い。「自己認識の欠落、現世的論理からの逸脱」（林原）、あるいは「言葉遊び」「調子本意」「風刺の語り」（綾目）などと指摘されるが、「浮雲」の小説表現に含まれる笑いの分析としては不十分である。テクストの言葉に密着した、より詳細な分析が必要である。その分析の結果にもとづいて、それを起点に何が見えるかが論じられねばならない。いかなる笑いが「浮雲」に存在し、それがどのような性質を持ち、どのようなコンテクストに結び付いているのか。それを明らかにすれば、「浮雲」を歴史的文化的文脈の中にあらためて置き直すことができ、新しい展望も開けるだろう。あらかじめ論点を示せば、類型、言葉遊び、列挙と百癖《ひやくへき》、作品構造、ストーリーの帰結、笑いの想像力の布置などが検討の俎上に載ることになる。

## 2 「浮雲」の笑い――類型的性癖描写、言葉遊び、列挙

「浮雲」に滑稽があることは同時代の批評も気づいていた。石橋忍月《いしばしにんげつ》は「浮雲の〔第一篇の〕全編ハ徹頭徹尾嘲弄冷笑の事実にして嘲弄冷笑の文句なり。恰も朝から晩迄茶利滑稽の幕で持ち切つたる芝居を見るが如し」（四、三二〇頁）と述べていた。▼注[7]「浮雲」第一篇が皮肉とあざけりの笑いに満ちていると彼は言うのだ。それも少しではなく朝から晩までうち続く「茶利滑稽《ちやりこつけい》」すなわちおどけと諧謔の劇場であるという。「浮雲」を三篇そろって一つの総体として考

えがちな後代の人間にとってみれば、第一篇だけが「浮雲」であったときの感覚は目新しい。この作品は「茶利滑稽の幕で持ち切つたる芝居」であるかのように、石橋忍月には映った。

第二篇についても山田美妙《やまだびみょう》が次のように言っている。▼注[8]「必要でも無いことを事々しく書くこと是が浮雲殊にその第二篇などにハ沢山有る処の気障《きざ》です。たとへば〔…〕観菊の人を細叙するところなど変化も何も無く而《しか》も巧な筆法でも無く、平凡で、ごくつまらぬ、所謂《いわゆる》裏店の天下さまが故さらに井戸端会議に人を笑ハせて居るやうな書風です」（二三四頁）。美妙の評価は厳しいが、「浮雲」第二篇中にことさらに人を笑わせようとする箇所が数多いと指摘している。

では、「浮雲」の笑いの質とは具体的にはどのようなものだろうか。順に検討していこう。

## 類型的性癖描写

挿絵画家の付す挿絵は、同時代に行われた読解の一例を示し、かつその読みはその書物を手に取る読者の読解の導きとなる。▼注[9]四枚の挿絵を分析しながら、「浮雲」がもっていた笑いへの指向を挿絵画家たちがすくい上げていたこと、そして注目の焦点となっている類型的性癖描写について考えてみよう。

図4―1は月岡芳年《つきおかよしとし》の画（二〇八頁）。「浮雲」第一篇最初の挿絵である。芳年は冒頭から登場する文三《ぶんぞう》と昇《のぼる》――まだ固有名は与えられず「高い男」「中背の男」（二〇四―二〇五頁）と呼ばれる――ではなく、文三帰宅後の下女お鍋とのやりとりを挿絵の対象として選んだ。お鍋は、「チヨンボリとした摘ッ鼻と日の丸の紋を染抜いたムツクリとした類」（二〇六頁）をもつ「横幅の広い筋骨の逞しいズングリ、ムツクリとした生理学上の美人」（二〇七頁）。ここでの語りの狙いは「アノネ貴君《あなた》今日のお嬢さまのお服装《なり》はほんとにお目に懸《か》け度《た》いやうでしたヨ」（二〇八頁）以下長々と続くお鍋の無駄話を詳細に描写していく滑稽味であるが、挿絵はお鍋自身の容姿や身振りに焦点化している。挿絵中に取り込まれる本文も、お勢についての噂ではなく「なんぼ私《わたくし》が不器量だツて余《あんま》りぢやアありませんか」（二〇九頁）の

図4-1

図4-2

箇所である。また本文ではお鍋は十八、九歳であるが、挿絵ではやや年上に描かれている。聞き手の状況もわきまえず、自らの興味関心にしたがって家内の噂をしゃべり散らす下女のようすが、その不器量ぶりを誇張しながら描かれている。

図4―2も月岡芳年の画である（二五一頁）。免職になった文三が思い乱れながら眠りにつく場面である。なかなか寝付かれない文三はうつらうつらしながら明け方を迎え、乱れた脳裏に母親の顔、課長の顔、お勢の顔が順に交代して浮かんでいく。文章によって描写されるこの場面はさして奇妙ではなく、むしろ「〔課長の首が〕小ひさく成ツて……軈《やが》て相恰《さうがふ》が変ツて……何時の間にか薔薇の花搔頭《はなかんざし》を挿して……お勢の……首……に……な……」（二五二頁）というように描写が切れ切れになって第四回が終わっていく、意識の流れを描こうとした語りの斬新さが目だつ。一方、これが芳年の手で視覚化されるとこうなる。芳年は「浮雲」の細密な意識の描写に驚いたのかもしれないが、それを視覚化すると滑稽になるということを発見したのだろう。これも「浮雲」第一

篇が持つ滑稽に沿わせた芳年なりの解釈だといえるだろう。

図4―3は尾形月耕《おがたげっこう》の画である（二九六頁）。お政お勢をうまく乗せて観菊に連れ出した昇が、課長に出くわす場面だ。課長に低頭して挨拶する昇、それにすげなく応対する課長、関心の無いその妻、ちらりと目を遣る妻の妹、それを遠巻きに関心を持って眺めるお政とお勢。挿絵は本文の人間模様をほぼ忠実に再現している。ただし挿絵が本文を引用して焦点化するのはもちろん「荐《しき》りに礼拝し」、「平身低頭何事をか喃々《くど〳〵》と言ひながら続けさまに二ツ三ツ礼拝」する昇である。深くかがめた腰の上に、小さく遠景のお政お勢が描かれ、彼女らの視線が昇の死角となる後頭部の辺りに落ちている構図が効いている。さらに、昇の手にした帽子の裏側が白く抜かれて読者の方を向いており、昇の内心を見透かせる読者の視線が、その裏地まで見渡せる構図と一致するようになっている。昇のなりふり構わぬ阿諛追従《あゆついしょう》ぶりを正確に描き出し、読者を冷笑へと誘う挿絵である。▼注[10]

図 4-3

図4―4も尾形月耕の画である（三二七頁）。この挿絵が入る第九回は、文三がお勢お政の面前で昇に恥をかかされるというのが物語の中心である。しかし月耕は、挿絵をお勢の弟、勇が登場する場面に置いた。むろんこの場面はストーリーとしては枝葉に過ぎない。自分を「僕ァ」と言い、文三を「君」と呼ぶ勇は、「当今は某校に入舎してゐ」（二一三頁）る一四、五歳の年頃だと思われるが、聞きかじりの書生言葉を操り、硬派ぶった振る舞いを示してみせる。そのアンバランスさが、この場面の滑稽味だ。「ヲイ〳〵姉さんシヤツを持ツてツとくれツてば……

図 4-4

ヲイ……ヤ失敬な、モウ往ちまツた、渠奴《あいつ》近頃生意気になつていかん先刻《さつき》も僕ア喧嘩して遣つたんだ婦人《をんな》の癖に園田勢子と云ふ名刺《なふだ》を拵らへるツてツたから〔…〕」（三二八頁）。忿懣やるかたない文三を描く第九回の挿絵に、あえてここを選択したことそのものが、笑いへと意識的に焦点化した月耕の解釈をしめしている。抜き出された本文も、勇中心の場面としてはさらに枝葉であるはずの、「お前の耳は木くらげかい」（三二七頁）という、勇に無視されたお勢の洒落めいた抗議の言葉である。

以上、「浮雲」第一篇の挿絵が、本文のそなえていた指向性と比して、より誇張的に、——場合によっては本文の方向性から逸脱してまでも——、笑いへと傾斜していることを確認してきた。ここで注目したいのが、これらの挿絵が類型的人物の類型に注目する傾向を有しているということである。家庭内の噂話をくどくどと繰り広げ続ける下女、外来語を織り交ぜた威勢のいい言葉で背伸びした話題を繰り出す年若な学生、上司に媚びへつらい平身低頭する官員といった人物たちが、挿絵の対象として選び取られている。もちろん、この指向性はそもそも「浮雲」の語り自体が有していたものである。

このような類型的人物の描写は、式亭三馬などの滑稽本の特質でもあったことを再度確認しておかねばならない。神保五彌《じんぼかずや》は三馬の滑稽本について、「類型的性癖描写の文学というのが、三馬滑稽本の基本的性格」と指摘する。▼注[11] さらに気質《かたぎ》ものと比較して、「三馬の滑稽本と気質物との差は、三馬の滑稽本が気質物に見られるような説話性を放棄する代償として、即物描写を極度に押し進め、しばしば些末で誇張された会話と結び付いて、ひたすらに笑いを確保する方向に動いて、笑いの文学として存在しているということである。〔…〕要するにスケッチであり、それの積み重ねだ（同頁）と述べた。

この「類型的性癖描写」という指摘は、たしかに「浮雲」という小説の一面に当てはまるものだろう。すなわち、「浮雲」の笑いとは、一つには会話の描出を中心とした類型的人物の型どおりの振る舞いを、読者の期待通りに描き出す笑いである。それはお鍋、勇などが登場する独立性の高い場面に顕著である。お鍋や勇、お勢、そして昇（一面では文三も）は、下女・書生・女学生・官員といった明治の世に生きる人々の類型を「スケッチ」したところがあり、その類型を類型として描くことの面白さを狙っているのである。

ただし、「浮雲」が滑稽本の性格そのままというわけでは当然ない。お勢、勇の描出がかもしだす笑いなどは、滑稽本が前提とした階層的固定的な身分制度に基づくものではなく、新知識によって不格好に成型され、持ち前のあり方から外れていく人物像の可笑しさが主眼となっているからである。

## 言葉遊び

「浮雲」の笑いの質として二つ目に数えられるのは、言葉遊びである。

山田美妙は、「浮雲」を評し、「謎体」と彼が呼ぶ修辞に着目した。「或る人浮雲を評していやに気どつてゐる、意気がつてゐると言へり。余初めハ其所以を知らず再三熟考の後漸く其理を発見せり。即ち浮雲ハ事物を形容するに当つて先づ例へて言へバ紀州の西瓜と掛けてナアーニ、鉄面皮と解くと言つた様なぐあひで謎体の形容詞を用ふるに巧みなること是或る一物の模様斯くの如しと直接に言ずして〔…〕一点でも半点でも類似の部分を有する物ハ抜け目なく持ち込んで其形容詞を代理者となすこと是なり」[注12]。類似のものを持ち出して、あるものの形容を行う。要するに見立てである。例としては次のようなものが挙げられよう。「日の丸の紋を染抜いたムツクリとした頬」（二〇六頁）という表現でお鍋の赤い頬を形容し、「万古の茶瓶《きうす》が生まれも付かぬ欠口《いぐち》になる」（二八七頁）という言い方で急須の口が欠けたことを表す、というものである。

中村幸彦《なかむらゆきひこ》は見立ての面白さを次のように説く。「見立の微妙は、一見似ていない或は似ていないと、一般普通には、思われる物、あるいは点について、類似を発見することにかかっている。その類似は作者の先鋭な神経、俊抜な観察が発見するものであり、それにふさわしい洗練された表現がともなわねばならない。出来上った見立につけば、その類似点を巧みにおさえて、二者の連絡を確かに保ちさえすれば、その点をのぞいた他の部分は、出来るだけ相違していた方が、面白いということになる」▼注[13]。

もちろんこのような見立ての修辞技法は、「浮雲」のプロットにとって重要ではない。単なる無駄口に類する形容で、読者へのくすぐりの域を出ない。ただ、このような文体が、「浮雲」前半の調子を支配していることも確かである。同様に、悪口、言葉遊び、誇張の修辞も多用される。次の引用を検討してみよう。

> 一体全体菊といふものは、一本《ひともと》の淋敷《さびしき》にもあれ千本八千本《ちもとやちもと》の賑敷《にぎはしき》にもあれ、自然の儘《まゝ》に生茂《おひしげ》ツてこそ見所《みどころ》有らう者を、それを此辺《このへん》の菊のやうに斯《か》う（A）無残々々《むざ〳〵》と作られては、（B）興《けふ》も明日《あす》も覚めるてや　百草《ひやくさう》の花のとじめと律儀にも衆芳《しうはう》に後《おく》れて折角咲いた黄菊白菊《きぎくしらぎく》を、（C）何《なん》でも御座れに寄集《よせあつ》めて（D）小児騙欺《こどもだまし》の木偶《でく》の衣装《べゞ》（E）洗張《あらひば》りに糊《のり》が過ぎてか何処へ触ツてもゴソ〳〵としてギコチ無さゝうな風姿《とりなり》も、小言《こごと》いツて観る者は千人に一人歟《か》二人、十人が十人まづ（F）花より団子と（G）思詰めた顔色《がんしよく》去りとはまた苦々しい　ト何処のか（H）隠居が菊細工を観ながら愚痴を滴《こぼ》したと思食《おぼしめ》せ。（I）看官《かんくわん》何だつまらない（二九三頁）

Aは「むざむざ」を「無残」を書く当て字を使用した菊人形の悪口。Bは「今日」と「興」をかけた掛詞。Cは「何でも御座れ」という大げさで古風な物言いの面白み。Dは美しく飾った菊人形を「木偶」と呼ぶ悪口であり、またその人形の衣装に幼児語「べべ」を使用して軽んじた揶揄。Eは人形の質感を故意に曲解して表現する。Fは「花より団子」という慣用的批評句。Gは「思い詰めた顔色」という誇張表現。Hは、突然語り手の語りと思っていたのが実はどこかの隠居の愚痴であった、という発話者の切替。それに対する読者の反応と混ぜ返しの言葉を取り込んで見せたのが、Iである。言葉遊びを満載した、凝りに凝った文体だといえるだろう。

**列挙**

次の列挙の技法も、同様に戯作的な修辞であり、ある一部分の文章の中に稠密な情報量で遊びの要素を詰め込んでいく特徴を持つ。

まず髭《ひげ》から書立てれば口髭頬髯腮《くちひげほ、ひげあご》の鬚《ひげ》、暴《やけ》に興起《おや》した拿破崙髭《なぽれおんひげ》に、狆《ちん》の口めいた比斯馬克髭《びすまるくひげ》、そのほか矮鶏髭《ちやぼ》、狢髭《むじなげ》、ありやなしやの幻の髭と濃くも淡《うす》くもいろ〳〵に生分《はへわか》る。髭に続いて差《ちが》ひのあるのは服飾《みなり》（二〇二頁）

イヤ出たぞ〳〵、束髪も出た島田も出た銀杏返しも出た丸髷も出た、蝶々髷も出たおケシも出た。○○《なになに》会幹事実《じつ》は古猫の怪という、鍋島騒動を生《しやう》で見るやうな「マダム」某も出た。芥子《けし》の実ほどの眇少《かわいら》しい智慧を両足に打込んで飛だり跳たりを夢にまで見る「ミス」某も出た　お乳母《うば》も出たお爨婢《さんどん》も出た。ぞろりとした半元服、一夫数妻論《(いつ)ぷすさいろん》の未だ行はれる証据《しようこ》に上りさうな婦人も出た。（二九二頁）

前者は「浮雲」の冒頭近くの表現として著名な、官庁街から家路を急ぐ官員たちの描写。後者は菊人形の物見に集まった女性の群衆の描写である。髭や服装、髪型、社会的身分などによって、個人を代表させて、種々の人からなる群衆を描き出す手法がもちいられている。これについては小森陽一に服部撫松《はっとりぶしょう》の『東京新繁昌記』（一八七五年〜一八八一年）など漢文体風俗誌との文体的類似を指摘する研究がある。▼注[14]

だが、こうした修辞のあり方を、単なる群衆の描写をするための工夫とみるわけにはいかない。江戸の文芸には、数多く列挙することの面白さを狙ったものがあるからである。「百癖・百馬鹿もの」と呼ばれたりするものがそれだ。中野三敏《なかのみつとし》は瘦々亭骨皮《そうそうていこっぴ》道人の『浮世写真 百人百色』について次のように述べる。「その内容は緒言に述べる通り、維新以後二十年ほどの間に一斉に展開し始めた新しい社会現象の数々を、百通りの業態や性癖として捉えて、その粗探しを試み、各章末に短評を付したもので、その表現手法は式亭三馬が晩年得意とした百癖・百馬鹿ものというべき短編風俗時評的な筆法を以てする。〔…〕このスタイルは早く浮世草子の気質ものに始まり自堕落先生・風来山人・山東京伝の後をうけて三馬によって完成され、以後多くの追随者を生みつつ明治期に至る伝統的なものである」▼注[15]。

次はどうなる、というストーリーの展開によって読者の関心を引きつけるのではなく、同じようなタイプの、しかし相互に異なったものたちが次々に数え上げられていく。列挙することとそのものの連続性と差異、そしてそのカテゴリーを俯瞰して現れる妙味が、制作者の狙いである。物語の線条的連続的進行ではなく、諸要素の並置・連鎖が根茎《こんけい》状に広がっていくその布置において面白さを狙うというわけである。そして中野の指摘にあるように、この傾向の文芸は、気質ものの系譜につながっていることが重要だ。この点をさらに掘りさげて展開しよう。

## 3 列挙と百癖《ひゃくへき》、あるいは〈当世官員気質《とうせいかんいんかたぎ》〉——発想の型に注目する

一つのテクストを補助線として参照する。田中清風《たなかせいふう》によって書かれた『政海波瀾《せいかいはらん》官員気質《かんいんかたぎ》』（共隆社、一八八七年三月）である。作品のあらすじは次のとおり。

舟林辰雄、西山道造という二人の若者の立身譚が一応の主軸をなす。だが、作品には彼らの他に数多くの官員が登場する。書生気質の抜けない一本気な藤並。阿諛追従が上手い前田。のらりくらりと働く村雲と向尾。幕末に渡英して出世した皆田。農民から身を起こした真崎（出家して終わる）など。彼らそれぞれの生い立ちや人となり、仕事ぶり、暮らしぶりが語られる。また、宿直する官員たちのようすや、日曜日に開かれる漢詩の会の模様なども描写される。次々と登場する官員たちのエピソードは、結末に向かってところどころで交差するものの、一向に結ばれあうことはなく、いったいどうなるのだろうと思って読み進めると、結末直前で舟林と西山以外の主要登場人物のほとんどが免職になるという、驚愕の結末が待っている。

小説としての完成度は相当低い作品だが、同時代における列挙と気質ものの展開を検討する上では非常に興味深い。坪内逍遙《つぼうちしょうよう》の『一読三歎当世書生気質』（一八八五年～一八八六年）以降の明治期気質ものを検討した山本良は『政海波瀾官員気質』を論じて、「作者にとって、人情本的な筋よりも優先させるべきこと」として「官員というものの性格を抽出し、誇張し、類型化し、分類すること」が目論まれていたと論じる。▼注[16] 山本が論じたように、『政海波瀾官員気質』は、才子佳人型政治小説や人情本、『一読三歎当世書生気質』の追随作などといったいくつかの指向性を孕みながら、大枠としてはさまざまなタイプの官員を次々に並列的に示す気質ものの系列と捉えられる作品なのである。

なお余談だが、田中清風『政海波瀾官員気質』には、「浮雲」の一語を含む漢詩が登場する。課長のことが気に入らず、辞職しようとする藤並が友人の官員と諍ったあとに朗唱するという場面である。「世上浮雲《せじやうふうん》何足ㇾ問《なんぞとふにたらん》 引不ㇾ如二高臥一《かうぐわにしかぞ》

引且《まづ》加餐《かさん》引」（二五頁）。この出典は、王維の「酌酒與裴迪　酒を酌《く》んで裴迪《はいてき》に与ふ」である。▼注[17] 浮薄な世間の表象として「浮雲《ふうん》」が用いられている。「浮雲」という言葉が同時代に持っていた意味の範囲を示す例として紹介しておく。

さて、「浮雲」の笑いをたどりながら、それが筋立てではなく列挙することそのものを面白みの主眼とする「百癖・百馬鹿もの」の流れをくんでいる箇所があることを指摘し、かつ「百癖・百馬鹿もの」の系譜には、気質ものが連なっていることも確認してきた。そして「浮雲」と同じ時代の『政海波瀾官員気質』という作品が、実際に線条的なストーリー展開の面白さではなく、次々に繰り出される官員のありさまの連鎖にこそ面白みを見い出していることを見てきた。このマイナーな作品を補助線としながら考えてみたいのは、〈当世官員気質〉としての「浮雲」という可能性である。

これは特に無理な想定ではない。先の山本良も、『一読三歎当世書生気質』に続編が予告されていたことに注目しつつ、『書生気質』の一人物が官途に就こうとしていたことを指摘する。さらに山本は、一八八五（明治一八）年の官制改革（による官員の罷免）を同時代コンテクストとして名指し、「浮雲」がそれを物語の始点とし、『政海波瀾官員気質』がそれを結末に置いていることにも注意している。「浮雲」はたしかに明治前期の官員小説群の一部であり、官員たちの気質を書こうとする指向をもっていた。

たとえば語り手は、第一篇冒頭で退庁する官員たちを描くに際し、「熟〻見て篤と点検すると是れにも種〻《さまぐ》種類のあるもの」（二〇二頁）だと述べていた。そしてよく知られた髭の描写による「種類」のかき分けを行い、そのあとで「服飾《みなり》」による分別を行っていく。列挙の指向性が強く表れた箇所である。

また気質とそれが織りなす物語についていえば、まずは免職／猟官というありふれたエピソードがある。「浮雲」にも『政海波瀾官員気質』にも、同じく一八八五年の官制改革＝大量解雇という背景があることは、すでに確認した。「浮雲」には免職になった文三の他にももう一人、「踏外し連の一人」（三三九頁）である山口という男が登場していることも忘れてはならない。また官員にまつわる類型的発想で言えば、阿諛追従の徒という型もある。▼注[18] むろん、昇がこれに該当する。

時代はやや下るが、同じ列挙と気質の系譜に連なる内田魯庵《うちだろあん》の『社会百面相』（博文館、一九〇二年六月）――名前からして「百」である――に登場する官員たちの姿を見れば、こうした発想の型の広がりが確認できるだろう。同書には三〇の「面相」が収められているが、そのうち五つまでもが官員の世態に関する作品である（「官吏」「新高等官」「閨閥」「猟官」「老俗吏」）。官員がいかに捉えやすい類型であったかを、この比率は示している。明治に登場した新しい職業であり、社会的地位も高い官員は、その生態が興味深く観察されていたようだ。「浮雲」の独自性に注目するのではなく、その発想の型に注目していくとき、作品の文化的コンテクストとしての官員小説という地平が浮上するのである。

## 4　何が「浮雲」の笑いを消したのか

では「浮雲」の笑いは結局どのようなものだろうか。笑いのあるなしについては、すでに論をまたない。「浮雲」には、構成、文飾、同時代読解枠、江戸的修辞の継承、ストーリーの帰結[注19]など、さまざまなレベルにおいて笑いが組み込まれている。第三篇へ向けて〈笑いの喪失〉は起こるという羽鳥、綾目の指摘があるが、是であり非であるだろう。たしかに読者は読み進むにつれ、次第に笑えなくなる。だが、「浮雲」を列挙される官員の「百癖・百馬鹿」「気質」を描く文芸だと捉えるとすれば、その笑いは作品総体の構成の問題となる。総体として官員たちの滑稽な生態が展開されているという構造が問題なのであり、ストーリーの進行のなかで笑える場面や滑稽な文体が少なくなるということはこの場合問題の外である。

さて本章では、「浮雲」が類型的発想に基づいた、列挙と気質の文芸としての側面を持つことを確認してきた。先行研究は「浮雲」という作品がもっていた、戯作の笑いにつながるこの側面を十分には評価してこなかった。なぜなら、「浮雲」こそが近代小説の出発点だという評価軸が強固だったからである。作品冒頭のクローズアップが象徴するように、「浮雲」には主人公文三に強く焦点化する指向がある。「百癖・百馬鹿」ではなく「一」という単独の存在を描こうとするテクストは、たしかに近代小説の名にふさわしくもある。代表的な論を二つ確認しよう。十川信介は、政治小説などの立身譚との距離から、「浮雲」の新しさを論じている。

> この物語は、没落士族の嫡男である文三が、苦労が重なって早逝した父の遺志を守って勉学に励み、立身出世して本家の内海家を再興しようとする枠組を持っている。〔…〕物語は当時流行の『政治小説雪中梅』（末広鉄腸《すえひろてっちょう》、明治十九年）や、『惨風《さんぷう》悲《ひ》雨《う》世路《せいろ》日記《にっき》』（菊亭香水《きくていこうすい》、明治十七年）のような立身譚となるはずだった。ところがこの小説は、まず文三の失職から始まり、彼がお勢の心を失うばかりか本多には嘲笑され、自室に孤立するところまで追いつめられている。この展開はいわば反立身小説のものであり、その過程で「文明社会」の「あぶない」実態が暴かれていくわけである。▼注[20]

もう一つの論は小森陽一のものである。小森は文三の「免職」という設定が「同時代の青年達が立身出世型小説に対して抱いた「期待の構造」、つまりその主人公たちが体現する社会的成功というモチーフをそのものを覆し、対象化し、相対化し、批判・諷刺するしかけだった」（三四頁）と論じ、「同時代の主人公《ヒーロー》が持つあらゆる要素を拒否することで生まれた内海文三は、ここで反主人公《アンチ・ヒーロー》としての独自の構造と構成力を獲得するのである」（四一頁）と評価した。▼注[21]

十川と小森の論はほぼ同じ事を述べている。「反立身小説」（十川）と呼んでも「反主人公《アンチ・ヒーロー》」（小森）と呼んでも同じ事だが、要するに同時代の地平からどれだけ「浮雲」というテクストが秀でていたかということから価値づけしようとしている。政治小説的な立身出世の型に批評的に対峙する「浮雲」に、近代小説の出発が読みこまれたのである。「浮雲」が文三の表象を通じて「反立身」の指向性を示していることは私も否定しない。だが、確認しておかなければならないのは、免職される官員は取り立てて「反《アンチ》」ではなかったということである。十川や小森は免職となった男を主人公にしたところに「浮雲」の独自性を見たが、同時代の言説を見渡せば、免官になる官員はむしろ類型である。「浮雲」は官員をめぐる同時代の想像力の形をしっかりと引き受けたテクストだった。「浮雲」第二篇には次のような箇所がある。「天帝の愛子《あいし》、運命の寵臣《てうしん》、人の中《うち》の人、男の中《なか》の男と世の人の尊重の的、健羨《けんせん》の府となる昔所謂お役人様、今所謂官員さま後《のち》の世になれば社会の公僕とか何とか名告《なの》るべき方々」（二九二頁）。天皇と運命に愛される、羨望の的としての「官員さま」。たしかに官員は、新時代における気質の一典型として描きやすい対象だった。だが小説の想像力は、たんに羨望の的の表面だけを描いて終わりとしない。二葉亭の「浮雲」のみならず、田中清風『政海波瀾官員気質』にしても、魯庵の『社会百面相』にしても、栄達の一つの象徴である官員たちの裏面の醜さや苦労、そして立場の危うさなどを暴き出している。

　であるならば、行わなければならないのは、「浮雲」を「百癖・百馬鹿」から抜け出した特権的な「一」として評価／理解するのではなく、「百」という構造の中に埋め込まれていたこと自体の再評価である。文三を、官途から滑り落ちた男として捉え、免職以後の彼にしか注目しないということは、官員としての文三を見ないということを意味する。それは、実は「浮雲」という小説の大きな構造そのものを見過ごすことと同義である。文三は免職になった官員なのであって、彼の煩悶は失敗した官員としてのアイデンティティと切り離すことはできない。「浮雲」は官員小説なのだ。その小説のモードとして、「百癖・百馬鹿もの」と「気質もの」の枠組みが援用されている。江戸戯作から続く、滑稽の系譜である。

　文三の形象のみにおいて「浮雲」を評価してはならない。単独的な「一」としての文三がもつ線条的単線的布置と、テクストが内部に持ち、そして外部ともつながっていた「百」としての想像力の並列的連鎖的布置とが織りなす遠近法の総体をもって、「浮雲」は評価されるべきである。

このことを確認した上で最後に考えたいのは、〈笑いの喪失〉という批評の枠組みに対してどう応えるかということである。笑いがあった、と述べても、笑いはこう失われた、と応えたとしても、中村光夫的な近代批判の枠組みからは自由にならない。問いは、次のように書き直されるべきだろう。「浮雲」に存在する笑いを、消してきた／いるのはなにものか。

回答は、笑いが対話的であるということから導かれる。笑いの問題は、創作側だけの問題ではない。「浮雲」が笑えるか笑えないかは、「浮雲」本文の問題であり、作家二葉亭四迷の問題であると同時に、それを読む読者の読解枠の問題でもある。免職と失恋で悩みに悩む文三に焦点化するあまり、「浮雲」は長く笑える作品として読まれてこなかった。批評の評価軸が生真面目すぎたのである。文三の形象を恋愛で失敗しつつある年若な官員として捉え直し、同時代の官員表象の中に置き直すことは、明治前期、肩で風を切っていた時代の寵児である官員を笑いのめそうとした、数々の批評的作品――それらが文学史的キャノンであるかどうかは問題ではない――が織りなす星座的配置のなかに、「浮雲」を置き直すことにつながる。

官僚組織が形成されていくなかで、個人的事情に袖や足や後ろ髪を引かれながら、栄達に続くはずの官途を歩もうとあるいは断念しようと右往左往する明治人の苦闘。それを、ありふれた市井の人の等身大の写し絵として眺めたとき、「浮雲」を読む読者の口元には、百年を超えて共振する共感や憐憫や嘆息の笑みが到来することだろう。

## 【注】

［1］二葉亭四迷「予が半生の懺悔」『文章世界』三巻八号、一九〇八年六月、引用は『二葉亭四迷全集』第四巻、筑摩書房、

一九八五年七月、二九一頁。
[2] 二葉亭四迷「余が言文一致の由来」『文章世界』一巻三号、一九〇六年五月、引用は全集四巻、一七二―一七三頁。
[3] 林原純生「「浮雲」と滑稽本――その喜劇的方法について――」『国文学』二三巻一六号、一九七八年一二月。
[4] 中村光夫「笑ひの喪失」『中村光夫全集』筑摩書房、一九七二年六月、一二六頁。初出は『文芸』五巻七号、一九四八年七月。
[5] 羽鳥徹哉「「近代日本文学と笑い」試論」、ハワード・ヒベットほか編『江戸の笑い』明治書院、一九八九年三月、三〇〇頁。
[6] 綾目広治「日本近代文学の中の〈笑い〉と〈笑いの喪失〉――二葉亭四迷から花田清輝へ――」ハワード・ヒベット、文学と笑い研究会編『笑いと創造　第四集』勉誠出版、二〇〇五年一一月。
[7] 石橋忍月「浮雲の褒貶」『二葉亭四迷全集』別巻、筑摩書房全集、一九九二年九月、初出『女学雑誌』七四号、一八八七年九月。
[8] 山田美妙「新編浮雲」『二葉亭四迷全集』前掲、初出『いらつめ』一八八八年六月。
[9] 以下「浮雲」からの引用は『新日本古典文学大系 明治編』（岩波書店、二〇〇二年一〇月）により、ページ番号のみを記す。ルビは適宜省略した。
[10] なおこの挿絵の菊人形張良の姿勢と昇の姿勢との関連については、谷川恵一「行為の解読――『浮雲』の場合――」（『言葉のゆくえ――明治二〇年代の文学――』平凡社、一九九三年一月）に考察がある。
[11] 神保五彌「式亭三馬の人と文学」『新日本古典文学大系 八六 浮世風呂 戯場粋言幕の外 大千世界楽屋探』岩波書店、一九八九年六月、四七一頁。
[12] 山田美妙「新編浮雲」前掲、三二〇頁。
[13] 中村幸彦『中村幸彦著述集　第八巻　戯作論』中央公論社、一九八二年七月、一七九―一八〇頁。
[14] 小森陽一『文体としての物語』筑摩書房、一九八八年四月。
[15] 中野三敏「痩々亭骨皮道人『浮世写真 百人百色』（抄）校注」『新日本古典文学大系 明治編 29 風刺文学集』岩波書店、二〇〇五年一〇月、二一〇頁。
[16] 山本良「気質にかわるもの――『一読三嘆　当世書生気質』以後――」『小説の維新史――小説はいかに明治維新を生き延びたか――』風間書房、二〇〇五年二月、二二二頁。
[17] 全文は以下の通り。

酌酒與君君自寛　酒を酌んで君に与ふ君自ら寛《ゆる》うせよ
人情翻覆似波瀾　人情の翻覆は波瀾に似たり
白首相知猶按劍　白首の相知すら猶ほ剣を按じ
朱門先達笑彈冠　朱門の先達は弾冠を笑ふ
草色全經細雨濕　草色は全く細雨を経て湿《うるほ》ひ
花枝欲動春風寒　花枝は動かんと欲して春風　寒し
世事浮雲何足問　世事浮雲《ふうん》　何ぞ問ふに足らん
不如高卧且加湌　如かず高卧《かうぐわ》して且《しばら》く湌を加へんには

書き下しは、小林太市郎・原田憲雄『漢詩大系第十巻　王維』集英社、一九七七年四月［初版・一九五四年八月］による。

［18］前掲、谷川恵一「行為の解読――『浮雲』の場合――」も参照。

［19］私は「浮雲」第三篇の結末は憐憫の苦笑を誘う終わり方だと考えている。明らかに望みのない恋に、あきらめ悪く再挑戦しようとする結びである。繰り返し挑戦しては撃沈する文三のループぶりは、悲しくも滑稽である。

［20］十川信介「「浮雲」の時代」『新日本古典文学大系明治編　坪内逍遙二葉亭四迷集』岩波書店、二〇〇二年一〇月、五一二頁。

［21］前掲、小森陽一『文体としての物語』。

第五章◉

# 作品の死後の文学史

## ――夏目漱石「吾輩は猫である」とその続編、パロディ――

### 1

### 「吾輩の死んだあと」の文学史

鼠、犬、蚕、馬、豚、千里眼、フロックコート、孔子、フィルム、結核黴菌、カモ、ハスキー、エイリアン、らんちゅう、霊、神、施主、料理長、お魚、シッポ、容器、教卓、企業法、共同水道、輸出貨物……、これらはすべて「吾輩は○○である」の○○に代入されてきた、歴代の主人公たちである。純文学路線で行けば、内田百閒《うちだひゃっけん》の「贋作吾輩は猫である」から奥泉光「『吾輩は猫である』殺人事件」、横山悠太「吾輩ハ猫ニナル」まで、ややくだけたところでは「我が輩はバットである 私小説・プロ野球人門田の軌跡」から「桜樹ルイ写真集 吾輩は猫である」まで、彼らはすべて、かの漱石の猫の末裔たちである。

人間の想像力の、ある意味での豊かさと貧しさをさながらに指し示すこれらの面々を、くだらないキワモノの山積と見るか、お馬鹿な先人たちの笑える遺産として享受するか、あるいはもっと別の形で捉えようとしてみるか。いまここでこれらの末裔たちに向き合おうとする私の姿勢は、次々と眼前に現れる彼らのさまざまな姿を楽しみながらも、今日なお止まらぬその産出と簒奪の様態を、一つの〈文学史〉として捉えようとするものである。漱石の文学史でもなく、「吾輩」の文学史でもなく、「吾輩の死んだあと」の文学史を書いてみようとすること。

文学作品は、現在の研究の体制において、多くの場合その作者との関わりに重点をおいて考察される。初出や原稿の姿が重視され、単行本に再録されるときの改稿が問題になるのはそのためである。しかし、実際の社会内における文学作品のあり方を考えるとき、こうした作者に関わる部分に注目するだけでは、当てられる照明に偏りが出てしまう。作品が産み落とされる瞬間のみではなく、作品が産まれ、そしてその後の社会内で送ることになる長い生のありさまを考えることはできないか。〈文学史〉を誕生の連鎖としてではなく、幾重にも積み重なっていく持続的な生の堆積として書くことはできはしないか、というのがここで私が考えていることである。

「吾輩は猫である」（以下「猫」と表記）が『ホトトギス』連載中から好評をえ、その後も単行本、全集、文庫などと形を変え、版を重ねていったことは知られるとおりである。作品はこれと平行して映画やマンガ、演劇など別の表現形態にも再構成され、さらには冒頭その一端を紹介したような大量の「追随作」までも産んでいく。[注1]「猫」の送った生、今なお送りつつある生は、かくも広大であり、しかもその生はかの「吾輩」一人（匹）の生にとどまってはいない。

こうして膨大な量に達した「猫」に関連する書物と情報の総体を、いま〈猫のアーカイヴ〉として仮想してみる。吾輩の死後に産み出されたさまざまな文化的生産物は、すべて〈アーカイヴ〉に参入するものとして考えてみる。とすれば、先に述べた「吾輩の死んだあと」の文学史とは、この〈アーカイヴ〉の生成と更新の様態として記述できるだろう。鼠だのカモだの料理長だのというさまざまな末裔たちは、全集や文庫、教科書、あるいは映画やマンガなどといった形で媒体や形式を変容させつつ流布していく「猫」と、この〈アーカイヴ〉のなかで肩を並べつつ存続していく者たちだと捉えられるだろう。その並存と交渉と再生産のありさまとは、いかなるものか。文学作品という〈資源〉は、どのようにして流通し、蓄えられ、そして再利用されていったのかがここでの問題である。〈猫のアーカイヴ〉の変遷をたどる作業は、それを記述する〈文学史〉となりうるか、どうか。

## 2　吾輩の死後の生活圏——〈アーカイブ〉の生成

夏目漱石が雑誌『ホトトギス』に「猫」の初篇を発表したのは、一九〇五（明治三八）年一月である。作品は好評のうちに迎えられ、以後『ホトトギス』への連載、大倉書店・服部書店からの単行本化、という経過をたどっていく。同時に作品は、それをめぐって産出されるさまざまな形の言説にとりまかれていき、社会内における多様な姿での流通が始まる。〈アーカイヴ〉の生成である。その中身は次のような形で捉えられる。

A　作品そのものの刊行・再刊・抄録
——単行本、全集、文庫、教科書教材、電子テクストなど
B　他ジャンルへの焼き直し
——映画、マンガ、児童書、梗概など（「原作漱石」の形となる）
C　他作家による奪用《アプロプリエーション》
——続編、同工異曲ものなど（「原作漱石」とならない）
D　作品への批評的・感想的言及など

本章で注目したいのはとりわけCの展開である。以下、順に概観していくが、Aなど先行論の手厚いところは、そ

| 刊行の種別 | 刊行年月 | 重版状況 | 発行部数 | 書誌番号 * 注 1 |
|---|---|---|---|---|
| 初出『ホトトギス』 | 1905.1-06.8 | | | |
| 初版　上 | 1905.1 | 1914.9 で 20 版 | | 1 |
| 　　　中 | 1906.11 | 同　14 版 | | 3 |
| 　　　下 | 1907.5 | 同　10 版 | | 6 |
| 縮刷本 | 1911.7 | 1930.8.30 で 129 版 | 20 年間で 20 万部とも | 14 |
| 抄録　『色鳥』 | 1915.9 | 1920.9.20 で　6 版 | 5 年間で 4,800 部 * 注 2 | 33 |
| 　　『金剛草』 | 1915.11 | 1918.8.20 で　5 版 | 7 年間で 4,850 部 * 注 3 | 39 |
| 全集　第 1 次 | 1917.12- | | 5,500-5,800 の申込数 | 65 |
| 　　　第 2 次 | 1919.12- | | 6,000 以上の申込数 | 66 |
| 　　　第 3 次 | 1924.6- | | 15,000 の申込数 | 67 |
| 　　　普及版 | 1928.3- | | 第 1 回配本「猫」15 万部 | 68 |
| 円本　改造社 | 1927.6 | | 「双方合はせて四十万部位 | 60 |
| 　　　春陽堂 | 1927.9 | | は出たのではないか」* 注 4 | 61 |
| 　　　改造社（新選） | 1929.2 | | | 62 * 注 5 |
| 岩波再刊本 | 1930.1 | | | 64 |
| 文庫 岩波書店 | 1938.2-3 | 1961.10.18 改版 23 刷 | | |

表 5-1「吾輩は猫である」の主な刊行状況（1945 年まで）

* 注 1　清水康次「単行本書誌」の項目番号
* 注 2　1915-18,20 年。松岡「検印部数表」による。なお「猫」は第 3 章を収録
* 注 3　1915-19,21,22 年。松岡「検印部数表」による。「猫」第 6 章
* 注 4　松岡 21 頁。60,61 について。双方とも「猫」1-3 章を収録
* 注 5「猫」4-11 章を収録

の成果に負いつつ進める。

まずはA「吾輩は猫である」という作品そのものの刊行・再刊・抄録の状況である。「猫」の評判がよかったことは、作品第二章の冒頭、苦沙弥宅へ舞い込んだ三通の賀状がそれぞれメタフィクション的に言明しているところであるが、好評ぶりは単行本の刊行状況からもうかがえる。表5―1は、清水康次「単行本書誌」（『漱石全集』第二七巻、岩波書店、一九九七年一二月）、松岡譲「漱石の印税帖」（『漱石の印税帖』朝日新聞社、一九五五年八月）をもとに私に作成したものである。

表5―1は「猫」が様々な形態で出版されていたことを示すが、とりわけその部数と重版の多さを確認しておきたい。

大正・昭和初期を中心に見ていけば、部数の面できわだつのは縮刷本と諸種の全集、そして円本だろう。縮刷本は二〇年間で二〇万部と計算され「「円本」以前の時期においては、近代の文学作品の中でも、一冊の本の発行部数としては、最多の本の一つであろう」とされる（清水「単行本書誌」四八七頁）。一九一七（大正六）年以降三次

にわたって募集された全集も総計二五〇〇〇口の申込を数えているし、一九二八（昭和三）年に出たいわゆる円本全集で第一回配本となった「猫」は、見本もかねて「十五万部刷つてばらま」かれたという（松岡「漱石の印税帖」二二頁）。

次に重版だが、漱石の諸作が大正期からロングセラーとなっていることは清水康次「重版の映し出すもの」（『漱石全集』月報二八、一九九七年一二月）が指摘するとおりである。「猫」に関してもこのことは該当し、大倉書店から一九一一年に出た縮刷本は、岩波書店に版権が移譲される直前の一九三〇年八月三〇日の発行まで確認され、その版数は一二九版という。「殆んど同書店の弗箱の観があつたやうである」（松岡同書、一一頁）という松岡の回想はあながち誇張でもないだろう。

しかも考えねばならないのは、これらの諸本はばらばらにあったのではなく、相互に重複しあいながら持続的に存在していたということである。松岡が強調するように「第三回の全集の時でも両者の円本競争の時でも、それが為めに単行本の売れ行きがぴつたりと止まつたのではない」（二八頁）し、全集・円本にしても、予約販売というルートだけではなく、「ゾッキ屋や古本屋、露店といった二次的市場を通じて」（永嶺重敏[注2]）さらに廉価となって流通をつづけていっていた。

小説作品としての「猫」が流布した形態にはもう一つ大きな経路がある。教科書教材としてのそれである。これについてもすでに湊吉正「国語教育史における漱石文学」や関口安義「漱石と教科書」の考察があり繰り返さないが、漱石の作品は早くも一九〇八年に登場しており、その教材化の一番手が他ならぬ「猫」だった。[注3]その後「猫」は「草枕」などと並び、とりわけ中学向けのテキストとして「まさに安定教材の趣」（関口、二一〇―二一一頁）すら呈していったという。現代まで続く「猫」の抜群の知名度は、この国語教育の経路を抜いては考えられない。

次はB、他ジャンルへの焼き直しである。小説として書かれた「猫」を他の表現形態へ再構築しようという試みは比較的早い時期から行われていたようだ。映画では一九三六年に山本嘉次郎監督、P. C. L. 映画製作所のものが作られているし、漫画においてもすでに一九三三年に、近藤浩一路画で「漫画　吾輩は猫である」という作品が新潮文庫から刊行されている。その後も映画では一九七五年の市川崑作品（製作・芸苑社、配給・東宝）があるし、漫画では一九八五年に旺文社名作まんがシリーズの一つとして緒方都幸《おがたくにゆき》の画で出ている。その他ジャンル別に目に付くところをあげれば、演劇では「猫」完結後まもない一九〇六年に、はやくも三崎座（九月）と真砂座（一一月）で上演されているのが確認できるし、近いところをみても宮本研《みやもとけん》の戯曲「新編・吾輩は猫である」が一九八二年二月に文学座で初演されている（『宮本研戯曲集』第6巻、白水社、一九八九年八月）。本文の再構成を伴う児童書を焼き直しに数えるならば、一九三九年に夏目漱石著、平林彪吾《ひらばやしひょうご》作、福田新生《ふくだしんせい》絵で「児童吾輩は猫である」（日本文学社、現代名作児童版）が出ていることも確認できる。この種の児童書版の刊行は現在まで続いている。

C、他作家による「猫」の奪用《アプロプリエーション》に進もう。現代風に言えば、二次創作である。冒頭その一端を紹介したが、「猫」には膨大な数の「追随作」が存在する。私が現在把握している図書だけで、その数は一六〇タイトルを優に超えている（表5―2）。この項目については次節で詳述するため、ここでは次の分類を示すにとどめる。

**同工異曲もの**　飼い猫の視点から主人の家を観察し語るという趣向を借りて、別の世界で同趣の物語を行う。

**続編**　「猫」の吾輩や他の人物の後日談を語る。

**手引き書**　専門的な知識を普及させるために、当の知識の対象（養蚕なら蚕、映画ならフィルムなど）が一人称「吾輩」となって叙述を行う。

**タイトル（のみ）の参照**　内容は「猫」と直接関係ないが、「吾輩は～である」というタイトルをもつ。

Dは作品への批評的・感想的言及である。同時代評や、その後に現れた作品評、研究論文、解説、感想、紹介など

漱石の猫は吾輩である
それからの漱石の猫
社会主義者になった漱石の猫
児童吾輩は猫である
画譜吾輩は猫である
我が輩は猫であった
吾輩は猫ではない
吾輩は猫が好き
吾輩は猫なのだ
吾輩は猫の友だちである
贋作吾輩は猫である
贋作「吾輩（僕）」は猫である
吾輩ハ夏目家ノ猫デアル
わがはいはネコであるの法則
エリザベス 現代版「吾輩は猫である」
桜樹ルイ写真集 吾輩は猫である
吾ハ鼠デアル　滑稽写生
吾輩は蚕である
我輩ハ小僧デアル　滑稽小説
吾輩ハ小猫デアル
我輩はフロックコートである
我輩ハ千里眼　滑稽小説
吾輩は猫被りである
吾輩は馬である
我輩は孔子である　孔子の東京見物
我輩は猿である
吾輩はフィルムである
吾輩は居候である
吾輩は結核黴菌である
吾輩は犬である
我輩は企業法である　会社法・独禁法・保険法・労働法
わが輩は共同水道である
我輩は兵卒である
我輩は教卓である
我輩は輸出貨物である：最新輸出手続・海外取引の手引書 貿易統制全貌
我輩は電気である
吾輩は「黒帯」である 日本人拳士ロンドン道場痛快修行記
我輩は病気である
この世とあの世 吾輩は「霊」である！
吾輩はウイルスである
我が輩はエイリアン 米国中西部留学滞在記
吾輩はハスキーである 愛犬物語
中国怪食紀行 我が輩は「冒険する舌」である
我輩は施主である
吾輩は霊である
吾輩ハ病メル地球デアル
わが輩は豚である
吾輩は亀である 名前はもうある
我が輩はニャンで或るか
我輩はカモである
我輩はカモじゃない
吾輩は屁である 悦声
吾輩ハ苦手デアル
我が輩は一銭五厘の兵隊さん
吾輩はフリープログラマー妻も子もあり猫もいる
わが輩はシッポである
わが輩は料理長である シェフの人間学
我が輩はバットである 私小説・プロ野球人門田の軌跡
我輩は神である
清水アキラのバカと呼ばれたい！ 我輩は反省だらけのパパである
わが輩は酵素である 生命を支える超能力者たち
吾輩は漱石である
漱石という人　吾輩は吾輩である
わが輩は盲導犬メアリーである
わが輩は電子である 電子が語る物理現象
吾輩は蚤である
吾輩は菊千代である
わが輩は雀である
わが輩は犬のごときものである
わが輩はノラ公
吾輩はガイジンである 日本人の知恵の構造
吾輩はお魚である
我輩は俘虜であった
吾輩はらんちゅうである
高崎山太平記 わが輩はボスザルである
わが輩は学生である
わが輩は容器である
吾輩は水である
吾輩は人間である
吾輩ハ猫ニナル

表 5-2 「吾輩は猫である」の追随作　タイトル例（順不同）

を含む。この領域についてここで要約を行うことは困難だが、「猫」登場直後の同時代評に限って言えば、目につくのは滑稽と諷刺の文学が登場したことを歓迎する評言と、作品の好評ぶりを確認する言辞である。作品の読解に関わるような指摘は、すでに先行研究が取り込んできているのでここでは繰り返さない。ただ、Cの動向と照らし合わせたとき浮かび上がる興味深い傾向について一言しておきたい。

同時代評の作品読解はかなり踏み込んだ内容のものも存在し、滑稽の性格を江戸やイギリスの笑いを参照しつつ分析したり、諷刺の認識の苦さを時代思潮とからめて論じたりしている。▼注[4] 一方、こうした「猫」とその読解の高度さに比して、Cの同工異曲ものなどが踏襲した滑稽は、もっと単純な笑いをみせている。むろんこれは単なるレベルの低さといって済ますこともできるが、それだけではないと私は考えている。同時代評のもう一つの側面が語るように、「猫」は当時驚くほどの好評を博している。深山巌雄「小説界の異彩夏目漱石」は、「『吾輩は猫である』の出づるに及んでは、市井の匹夫と雖ども、夏目漱石の名を知らざるものな」きほどだと言う（『ハガキ文学』四巻三号、一九〇七年三月）。表5―1で確認したベストセラーぶりや、登場直後に芝居にされたことなどをかんがみても、「猫」はそれ自体非常に幅広い読者層に受け入れられうる作品だったと考えられるのである。この点は次節の検討とあわせることによって、よりはっきりするだろう。

以上、作品そのものの流布と、他ジャンルへの焼き直し、他作家による「追随作」の制作、作品に関するメタ情報の四点について概観した。「猫」の死後の生活圏、すなわち〈アーカイヴ〉は、こうした四つの領域の持続的な相互作用の中で営まれている。このパースペクティヴから見れば、作家による作品の創作という行為は、まさにいつ果てるともしれない長い生における、誕生の一瞬間であるにすぎないことが分かるだろう。

作品は産み落とされた瞬間から、作家を片親にしつつも、その流通する社会をもう一方の親として生育を始める。その豊かで思いもよらない成長の姿がもっとも端的に観察されるのが、先の分類でいうCの他作家による奪用の領域である。次節では、ひとまず著者漱石が没する一九一六年までを目途とし、その多様な姿をたどってみる。

## 3 二次的創作の中の「猫」たち——その四類型

「猫」を下敷きにして他の著者たちによって書かれたテキストは、同工異曲もの、続編、手引き書、タイトル（のみ）の参照の四つに分類できる。

### 同工異曲もの

ここに分類されるのは、「吾輩は猫である」の趣向をそのまま踏襲し、主人公の猫＝吾輩を他の動物や人・物に置き換えてその見聞を語るという物語である。現代においてはまったく新鮮さを喪失しているため、この形式がそのままの形で取られることはほとんどないようだが、「猫」刊行後しばらくはこうした同工異曲の作品が数多く書かれている。

最初期のものとしては、たとえば『中央公論』の雑俎欄《ざっそ》に一九〇七年一月から翌年六月まで断続的に連載された、はくや「我輩も猫である」がある。冒頭、「我輩も猫である、名も無論未だない」と始まる物語は、生まれてさほど経たない子猫が、主人の家のようすや来訪者たちとの会話を、批評を交えつつ観察していくものである。原作と距離を取ろうとする意識は感じられず、むしろ二番煎じであることそのものが売りとなっている。

漱石の「猫」の模倣が比較的顕著な作品としては、他に藤川淡水《ふじかわたんすい》『吾輩の見たる男と女』（盛文社、一九一三年六月）がある。タイトルこそこうだが、冒頭はやはり「吾輩は牝犬である」と始まる小説で、ベスという名の犬を語り手兼視点人物としている。泥棒が忍び込んでくるエピソードや、滑稽と低徊趣味をねらったらしい文体など、「猫」と類似するところが散見される。

この他、漱石の猫＝「吾輩」に言及したり、直接登場させたりする作品群も存在する。続編とまでは行かないものの、一種のパラレルワールドを構成しようと指向するものである。鼠の語り／視点で下宿屋のようすを描いた影法師『滑稽写生　吾輩ハ鼠デアル』（大学館、一九〇七年九月）や、八千代・弦月共著『滑稽小説　我輩ハ千里眼』（田中書店、一九一一年五月）がこれに数えられる。『我輩ハ千里眼』は序で「猿の尻の赤新聞保証」を謳うだけのことはある俗悪この上ない赤本だが、その節操のない出鱈目ぶりが、逆に当時の想像力の形を赤裸々に示していて面白い。語り／視点は願をかけて千里眼にしてもらった雌猫で、「吾輩はお馴染の夏目の猫の小指である」と自己紹介を行う。漱石の「吾輩」の小指（「れこ」のルビもある）と設定し、珍野苦沙弥を登場させ、千里眼で透視するのだと述べつつ「吾輩は猫である」から寒月の干柿の話を長々と引用するなど、奔放な展開を見せる。

この他、物語への直接的な影響の痕跡はみせないが、主人公の少年の生い立ちから薪炭屋へ奉公に出、そこで騒動を起こしつつ働くようすを描く五峰仙史《ごほうせんし》『滑稽小説　我輩ハ小僧デアル』（大学館、一九〇八年三月）、主人の家とその隣家のようす、とりわけ子供たちの姿を描いた「少年家庭読物」（序）の花《はな》の山芳霧《やまほうむ》『吾輩ハ小猫デアル』（敬文社、一九〇八年九月）、フロックコートの語り／視点（ただし一人称は「僕」）で、世のハイカラ紳士が見栄を張るためにいかに裏で苦労しているかを描いた織戸正満《おりとまさみつ》（訳述）『我輩はフロックコートである』（秀美堂、一九一〇年五月）、主人公「猫被」が世の猫被りを研究するという趣向の山田孤帆《やまだこはん》『吾輩は猫被りである』（武田博盛堂、一九一一年一一月）などがある。

こうした「追随作」の検討からは、「猫」をもとにして展開された想像の連鎖をたどることができ、それを検討することによって当時の〈社会地図〉とでもいったもののありようが浮かび上がる。たとえば『我輩ハ千里眼』（一九一一年）には、著者の念頭に浮かんだベストセラーが並べられているのだが、そのラインナップは「不如帰《ほととぎす》」「金色夜叉《こんじきやしゃ》」「吾輩は猫である」「いたづら小僧日記」（佐々木邦《ささきくに》、一九〇九年）「寄生木」である。現在のわれわれの感覚でこれらを横一線に並べるのは難しい。また「追随作」をたどっていくと〈猫〉という動物が当時いかなる連想を呼び起こしたのかも見える。千里眼、ペスト（鼠が運ぶ。猫が捕る）、ねこ＝芸者、ねこじゃねこじゃの踊り、化け猫、猫かぶり、などである。同工異曲ものはその当時の社会における、「猫」の〈地図〉を描いて見せてくれる。

**続編**

漱石の生前には、「猫」の続編を書こうとする試みはやはり少ない。私も現在のところ保坂帰一《ほさかきいち》の『吾輩の見たる亜米利加』（日米出版協会、上編・一九一三年一月、下編・一九一四年四月）しか把握していない。上下あわせて九〇〇ページに迫る浩瀚なこの作品は、冒頭、死んだと思われて樽詰めにされ隅田川へと流された吾輩が、横浜港で目覚め汽船に危うく潜り込むところから始まるのだが、実は「猫」の「追随作」の中でもきわだって硬派なものの一つである。

保坂は「Preface」でこの作品を書いた目的として、日本にいる親たちのために米国移民の生活のありさまを「其儘《そのまま》に写して話して上げ」ること、「国民」の立場から拙劣な対米外交を批判することなどを挙げる。実際作品は、サンフランシスコに上陸して以降の吾輩の行動と見聞を叙述していくのを物語の縦筋としながらも、随所で登場人物の口を借りつつ、日米論、移民論を展開するものになっている。（『吾輩の見たる亜米利加』については別論も参照）▼注[5]

なぜ漱石生前に「猫」の続編が現れにくかったのか。むろんそれは原作者への遠慮があったからだろう。保坂も「Preface」で言い訳をしているし――その後漱石と連絡をとったらしく下編には漱石からの来翰《らいかん》が掲げられている――、以降の続編は漱石没後の一九一九年、二〇年あたりに集中している。「吾輩」の口を借りつつ国家社会主義の主張・解説を行った遠藤無水《えんどうむすい》『社会主義者になった漱石の猫』（発行・遠藤友四郎、一九一九年七月）、「吾輩」が火葬場で蘇生してからの後日談、簑村雨男《みのむらあめお》『漱石の猫は吾輩である』（精華堂書店、一九二〇年三月）、「吾輩」が甕から這い上がって以降の変遷をたどる三四郎『それからの漱石の猫』（日本書院、一九二〇年二月）▼注[6]など、いずれも没後さほど間もない時期の作品である。

本来続編は、本編のストーリーが読者にとって不本意な形で途絶・終了した場合に書かれることが多い。「吾輩」の死によって終わる「猫」も、その意味では続編の欲望を喚起する十分な資格を持ってはいる。しかし、よく言われるとおり、「猫」にはストーリーらしきストーリーが存在しない。ために、「猫」の続編はストーリーの修正や補完を目指す形を取らない。移民論や社会主義論、〈苦沙弥殺害事件〉など、まったく別の内容を盛り込みうるのはそのためである。逆に言うと、「続き」を書くことそのものを目的としてしまった作品は、おおむねストーリーの面白さに頼ることができず、著者の力量不足を露呈する結果に終わっているようだ。

## 手引き書

「吾輩は猫である」の趣向を手引き書に持ち込もうという発想は突飛に思えるようだが、実際には早くも一九〇八年五月にその最初の試みがなされている。中谷桑実《なかたにそうじつ》『吾輩は蚕である』（求光閣、一九〇八年五月）という書物がそれだが、タイトルの示すとおりこれは蚕の視点／語りによる養蚕の入門書である。冒頭はやはりこうだ。「吾輩は蚕である。故郷は日本の本場といふ、信州伊那の谷は伊賀良の郷金龍館となん称《よ》ぶ」。以下「吾輩の好む家屋」「吾輩の好む桑葉」「吾輩の好む取扱方」などという目次が並び、それぞれ蚕の語りで具体的に解説が行われていく。

横田順彌「吾輩たちも『吾輩』である」（注［1］参照）によれば、このすぐ翌年の一九〇九年には『吾輩は淋菌《りんきん》である』という解説書が出ているようで（未見）、この種の試みはこの後現在に至るまで続いている。一九一三年にはエー・セウエル著、竹中武吉《たけなかぶきち》訳述『吾輩は馬である』（発行・栗谷川福太郎（盛岡）、一九一三年九月）という馬の視点／語りによる馬の飼い方の本が出ている。漱石の没後となるが、一九一七年にはフィルムの視点／語りによる映画事情の解説書『吾輩はフィルムである』（活動写真雑誌社）、一九一九年には結核黴菌の視点／語りによる結核の解説『吾輩は結核黴菌である』（角田隆著、博文館、一九一九年二月）もある。

それにしても、なぜこれほど早くから「猫」は手引き書に応用されたのだろうか。考えられる理由は二つある。一つは「猫」という作品がもっていた視点／語りの持ち味が発揮する利点である。つまり、内部の情報を外部に伝えるという形が、手引き書の情報伝達の形式と一致するのだと思う。代々の〈吾輩〉はつねに内部者と外部者の中間に立つ者としてである。彼は苦沙弥宅の半ば一員であり、半ばそうでない。米国移猫であると同時に半分はそうではない。この局外者としてのポジションが、観察し説明する行為を自然にし、また批評的な視線をも可能にする。この点を看過しては、なぜ手引き書という異なったジャンルにまで「猫」の趣向が頻々と持ち込まれるのかが説明できない。

さらにこれに加えて考えられるのが、「猫」のもっていた通俗性である。『吾輩は結核黴菌である』の著者は、「序言」で結核患者を減らすために必要なのは「国民全体に結核に関する知識を普及させ」ることであり、「手取り早いのが誰にでも読み易い書物にして発行するのがよからう」と言う。「猫」は「誰にでも読み易い書物」として著者の念頭にあり、それゆえに彼は「猫」を読むような人々にも読んでもらうべく、この入門書を書いたのである。

## タイトル（のみ）の参照

タイトルのみを拝借する形は現代でこそ多いが、大正期まではさほど多いわけではない。数少ない例が松浦政泰《まつうらまさやす》訳註『A TALKING MONKEY　我輩は猿である』（集文館、一九一六年九月）という書物である。英語の教材書らしく、見開きで左に英文、右2／3が訳、1／3が語彙、語りは一人称だが訳は「僕」となっている。主人公の猿が南米からボストンへと移動していくストーリー仕立てになっているのだが、原文への言及はないものの、おそらく「猫」を意識して書かれたものではない。単に猿の一人称という一点から、「我輩は猿である」のタイトルを導いているように思われる。

「猫」という小説の趣向を踏襲することが現代においては陳腐化している一方で、「吾輩は猫である」というタイトルそのものを――しかもタイトルのみを借用することは、現在ではとりたてて不思議なことではない。私がこの章の初稿を準備する過程でも、『オブラ』という雑誌が「我輩は「モノ好き」である。」という特集を組んでいるのを発見した（二〇〇一年七月号）。小説「猫」の内容となんの関係もない上、「我輩」に該当するらしきイメージは、なぜかサイドカーに乗った柴犬であった。

タイトルへの言及はその作品についての最少の形の〈引用〉といえる。もっとも少ない言葉で、最大の内容を指し示すことができ、しかも内容の詳細については読者の手にゆだねることができるという点において、それはもっとも効率的な〈引用〉の形式である。タイトルのみを参照するさまざまなテキストたちは、もちろん夏目漱石の「吾輩は猫である」という正典を前提としているが、そうしたテキストたちが利用しているのは準拠している原典が正典であるということそのものと、「吾輩は〇〇である」という宣言の形式のみである。雑誌特集や企画ものの新刊のコピーにとって、これほど効率のよいフォーマットはそうほかにいくつもないだろう。濫用されるゆえんである。

## 4――〈アーカイブ〉から考える〈文学史〉

ここまで漱石の「猫」に直接ふれることはせず、その死後に産出された数々の文化的生産物、とりわけ「追随作」のあり方を検討してきた。この作業を通じて見えてきたのは、一つには「猫」を触媒にして起こる活発な文化的再生産の様態、そしてもう一つには「猫」がいかに理解されていたのかという享受の地平である。

「追随作」とカッコに入れて呼んできたのには理由がある。「猫」という作品を「原典」として眺めればこそ諸作品たちは「追随」しているということになるが、いったんその枠取りを外してみれば、それぞれのテクストは「猫」とはまた別の、豊かな領域への回路を示しはじめる。『吾輩ハ鼠デアル』はペストに対する当時の感性のあり方を示してくれるし、『吾輩は蚕である』は、よりよい養蚕法がよりよい家庭のあり方と縒《よ》り合わされ、家庭論、修養論へとスライドしていく瞬間をみせてくれる。『吾輩の見たる亜米利加』は排日運動が高まる西海岸で、その軋轢を引き受けつつ生き、発言していこうという若いジャーナリストの決意を今に伝えている。「猫」の広範な人気と知名度を利用するべく集まってきた「追随作」は、二番煎じと安直さの影を拭いがたく残しつつも、貪欲に「猫」という〈資源〉を収奪し、それを踏み台に別の領域への通路を創り上げている。「追随作」はどこまでも「追随作」なのではない。本章で「原典」に措定した漱石の「猫」それ自体ですら、こうした地点から見れば、英文学や落語や漢籍といった〈アーカイヴ〉の一部に他ならないと言える。

享受の地平についても簡単に触れておく。全般に「追随作」では滑稽が重視されており、いくつかの作品の角書《つのが》きや副題からもわかるように、大正期ぐらいまでにおいては「滑稽小説」という受容の枠が大勢を占めていた。これは次の「猫」の広範な読者層の問題と関わっている。

藤井淑禎『不如帰の時代』（名古屋大学出版会、一九九〇年三月、五二頁）は「猫」の読者を、寺田寅彦―漱石の周囲の人間―「ホトトギス」の購読者―第三者的読者といったように同心円的に捉えてみせた。同心円の中心には当然作者漱石がいることになり、これは漱石側からみた場合の読者の階層性といえるだろう。一方、吾輩の死後に起こったさまざまな形態での作品の流布を検討していくと、実際の「猫」の読者（ここでは「＝発行部数」）は膨大な数に上っていたことがわかる（表5―1参照）。昭和戦前期までで単純に累計して一〇〇万部に届くのではないかというその数から想像されるとおり、読者たちは文学愛好者だけではありえない。漱石を中心とする観点では、この大量の読者が「外周部」（藤井同頁）と表現されるだけにとどまってしまうことになる。

読者の「質」も「追随作」の姿からうかがえる。「二匹目」をどのあたりにねらったかを探ることによって、「二匹目」

がいたあたりも見えてくる。気づかされるのは同工異曲ものの平易さである。「少年家庭読物」(『吾輩ハ小猫デアル』序)へ流用されたことからもわかるように、概してどれも非常に読みやすく、気楽な気散じとして享受できるものだ。「猫」もおそらく、周知の衒学《げんがく》ぶりにもかかわらず、それらを無視しても成立する娯楽読み物として受容されたはずである。だからこそ「猫」を「誰にでも読み易い書物」とみなし、結核黴菌の解説書の粉本にしようとするようなもくろみが成立する。

「猫」の人気は、種々の形式での作品の刊行を生み、教科書へ侵入し、芝居となり、梗概本となり、「追随作」を産んだ。こうして膨大な量に膨れあがっていった〈アーカイヴ〉とその享受者たちとを狙って、さらなる「焼き直し」や「追随作」が集まってくる。その読者たちが、また「猫」へと還流する。そうした複線的な循環の連鎖が〈アーカイヴ〉の生成と更新の姿である。

〈アーカイヴ〉は「吾輩は猫である」をひとまずの出発点としながらも、そこから根茎状に広がる知識・情報の集積体だ。社会的歴史的には雑誌・書籍などの諸メディアを通じて流通し、具体的な「モノ」の蓄積として社会内にたくわえられている。それは「猫」という作品の本文であり、プロットであり、趣向であり、作品から参照・引用された種々の情報であり、それらから派生しつつも時に別個の論理で生育を続ける膨大な量の作品や批評の堆積であり、そうしたすべての情報が納められた書物・記録の書庫である。

〈アーカイヴ〉には個人的側面もある。社会的歴史的蓄積にアクセスする動機付けや能力によって「猫」や漱石についての知識に多寡が生まれる。猫についての百科辞典的知識や、猫を飼った経験があるかなどによっても情報量に差異が生じる。個人的な情報量・知識量の多寡や偏りによって、〈アーカイヴ〉の範囲は拡縮する。

それゆえ〈アーカイヴ〉は社会的歴史的存在としてある程度その輪郭が描けるものであると同時に、それを参照・駆動する者の知識の多寡と方向性によって、場合場合に大きくその姿が変わる個人的なものとしても考えることができる。

本章で行ったのは、この〈アーカイヴ〉の社会的歴史的側面を主にした分析である。すなわち、その要素の分類、生成と更新の具体的様相、さらに〈アーカイヴ〉内の諸要素を深く、あるいは横断的に検討することによって浮かび上がる、〈アーカイヴ〉と接している諸領域への通路のあり方を考えたものだ。

いまこうした〈アーカイヴ〉の生成と更新の姿を一つの〈文学史〉として捉えなおしてみるならば、そこに現れる歴史は、夏目漱石とその「傑作」群のみを見据えた視野からは決して浮かび上がってはこない異貌をとることになる。それはたしかに漱石の傑作「猫」から始まった集積体として想定できるにせよ、続々と形成され蓄積されていくその領域には、単なる出版利潤の追求、追随、二番煎じなどといった把握では捉えきれない、複雑さ、豊饒さ、猥雑さがあふれている。それは、あえて言えば文化が更新されていくダイナミズムそのものである。

作品が初出のあとに経てゆく長い生の過程には、持続と受容があるだけでなく、その生の過程で形成された〈アーカイヴ〉の内外を縫うようにして湧き起こってくる生産的創造的な動きが存在する。〈文学史〉は、それを捉えられないだろうか。

**【注】**

［1］「吾輩は猫である」の「パロディ本」については、横田順彌による紹介「吾輩たちも『吾輩』である」（『漱石全集』月報1、岩波書店、一九九三年一二月）がある。また個別の作品についてはたとえば以下。石崎等「『吾輩は猫である』の水脈——井上ひさし『吾輩は漱石である』——」『漱石の方法』有精堂、一九八九年七月。坂本緑「内田百閒『贋作吾輩は猫である』論——「贋作」の意味——」『梅花日文論叢』一号、一九九三年三月。

［2］永嶺重敏「円本ブームと読者」『モダン都市の読書空間』日本エディタースクール出版部、二〇〇一年三月、一五五頁。

［3］湊吉正「国語教育史における漱石文学」『国文学』二四巻六号、一九七九年五月。関口安義「漱石と教科書」（『夏目漱石必携Ⅱ』

学燈社、一九八二年五月。一九〇八年に漱石をはじめて登場させた教科書は、坪内雄蔵編『中学新読本』（巻一下、明治図書）であるという（関口論参照）。

［4］たとえば浩々生「婉約なる嘲罵不平宗」『新潮』三巻五号、一九〇五年一一月、破鐘「何が故に漱石氏の作物は好評を博せしや」『ホノホ』一九〇七年二月。

［5］日比「漱石の「猫」の見たアメリカ」『ジャパニーズ・アメリカ――移民文学・出版文化・収容所――』新曜社、二〇一四年二月。

［6］『續　吾輩は猫である』のタイトルで一九九七年に勉誠社から復刻されている。志村有弘解説。

第六章●

# 人格論の地平を探る

## ――夏目漱石「野分《のわき》」――

### 1　明治末、人格論の時代

この章では、明治末に隆盛した人格論の地平を念頭におきながら、夏目漱石の「野分《のわき》」(『ホトトギス』一〇巻四号、一九〇七年一月)を論じる。人格を論じた同時代の書物は多いが、それが小説という形態になっているところが漱石「野分」の面白さであるとひとまずは言えるだろう。人格論の枠組みが、いかにしてフィクショナルなテクストへと変換されているのか、〈翻訳〉という語を用いいながら追いかける。

佐古純一郎『漱石論究』(朝文社、一九九〇年五月)は、夏目漱石の「野分」の主人公白井道也《しらいどうや》の『人格論』について次のように述べたことがある。「今日誰かが「人格論」と題する論文を書き、書物を書いても、べつだん珍しいことではないだろう。しかし、『野分』が書かれた明治三十九(一九〇六)年にさかのぼって考えるなら、それは画期的といっていいようなことがらなのである」(二〇〇頁)。この評価は正確ではない。たとえば「野分」発表の三ヶ月前に出た雑誌『実業之日本』の臨時増刊号（九巻二一号、一九〇六年一〇月）を紐解いてみるとどうだろうか。「人格の修養」と総題されたその特集は、「大国民の人格」「人格修養論」「人格を高むる法」「泰西名家 人格観」などといった目次が並ぶ。道也がさかんに説く人格の価値を、この特集もまた強調すべく組まれているのである。

表6―1は国立国会図書館の「国会図書館サーチ」を用いて、「人格」をタイトルに含む明治期の書籍を概算したものである。▼注[1]

| 出版年 | 点数 |
|---|---|
| 1900 | 1 |
| 1903 | 1 |
| ～ | ～ |
| 1906 | 3 |
| 1907 | 8 |
| 1908 | 4 |
| 1909 | 6 |
| 1910 | 2 |
| 1911 | 6 |
| 1912 | 5 |

表6-1
「人格」をタイトルに含む
明治期書籍数

一九〇六年以降になって、続々と人格論関係書籍が刊行され始めていることがわかる。主要なタイトルを紹介すれば、一九〇六年には紀平正美《きひらただよし》『人格の力――修養の方法――』（同文館）、田村逆水《たむらぎゃくすい》『成功と人格』（博文館）、鳥居鍗次郎《とりいていじろう》『人格修養論 男操論』（東北評論社）、以下、加藤咄堂《かとうとつどう》『人格之養成』（東亜堂、一九〇七年）、江口岳東《えぐちがくとう》『人格の光輝』（実業之日本社、一九〇七年）、浮田和民《うきたかずたみ》『人格と品位』（広文堂書店、一九〇八年）、赤司繁太郎《あかしはんたろう》『青年と人格』（千代田書房、一九〇九年）、四五年にはその名も『人格論』（渡辺徹著、精美堂）という書物が出ている。こうした状況を踏まえて『人格の鍛錬』（実業之日本社、一九〇九年）の著者蘆川忠雄《あしかわただお》は、「人格といふ問題が、近頃大分世人の口頭に上るやうになつたのは、誠に心嬉しいことである」とその序文を書き出している。すでに明らかなように、道也の『人格論』は「画期的」どころか、むしろ流行りものとすら言ってよいようなタイミングでの著述だった。

実は佐古自身、前掲『漱石論究』の後『近代日本思想史における人格観念の成立』（朝文社、一九九五年一〇月）へと進み、倫理学・哲学を中心に明治二〇年代からの「人格観念」成立の様相を追究している。この佐古研究が詳らかにしたように、「人格」という言葉は、明治二〇年代に person, personality の訳語として成立した和製漢語である。当初主に学術用語であったが、一九〇一年にはすでに「此頃、新聞雑誌等にて、屡々人格といふ語を散見し、此語は殆んど通俗語とならんとする程になれるが、〔…〕」（中島力造「◎人格とは何ぞや」『教育学術界』三巻三号、一九〇一年七月）と言われている。

それゆえここで確認すべきなのは、道也の『人格論』は作品発表時においてすでに「画期的」ではなかったということと、しかし同時にそれは日露戦後の何らかのうねりと同調して出現したものだ、ということである。

この「うねり」については後述することとし、まずはいま少し人格をめぐる言説について見渡しておく。明治三〇年代に入って人格は「通俗語」化し始めるとともに、学術用語としても展開と精緻化を進め、倫理学、哲学、心理学、法律学、宗教・神学、教育、さらには芸術、修養論など膨大な領域を覆っていく。そのいくつかから用例を引いてみよう。引用一点目が辞典、二点目が心理学、次が芸術である。

> ①独立して思考し行動し得る個体。②〔倫〕精神の統一を持続して意識的行動をなし、道徳上の責任をも受け得らる、資格ある個体。③〔法〕自己の生存発達を営み得る能力を有する権利の主体。▼注[2]

> 予が専攻せる心理学は夙に這般〔人格〕の研究に向ひ、殊に主意論がその根柢として採用せらる、に及び、人格研究の傾向を強め、心理学をもって人格の学なりとなすものすらあるに至れり。▼注[3]

> ゲーテは人格は芸術と詩とに於ける凡てのものであるとまで云つた。作者の人格を離れては、到底真の芸術はあり得ない。▼注[4]

この他、文部省訓令第三号「中学校教授要目」（一九〇二年二月六日）中の修身科においても、第三学年および第四学年の課題「道徳の要領　自己ニ対スル責務」として「人格」が数えられていることが確認でき、公的な教育プログラムにおいてもまたこの概念の浸透が図られていたことがわかる。

さまざまな領域で、個人を理解し表現し構成する枠組みとしての〈人格〉が機能を始める。〈人格〉概念を適用されることにより、個人は道徳的主体として、権利義務の主体として、次世代を感化する主体として、さらには作品を統べる主体として表象され、その学的枠組みの中に埋め込まれて統御されていく。

〈人格〉概念はアカデミックな領域で鍛え上げられていく一方で、「品格」「品性」などと互換性を獲得しながら日常語としても浸透していく。そして、白井道也が『人格論』を発表しようとしていた日露戦後には、「人格」を冠した書物が次々に刊行される状況が訪れるのである。

## 2　白井道也の『人格論』と同時代の人格論パラダイム

ではこうした中で現れた道也の『人格論』は、いかなるタイプのものだったのだろうか。簡単に整理してみよう。▼注[5]

特徴として挙げられるのは、人格の価値づけ、人格修養としての学問、学問と金の背離論、人格による教育、趣味の強調と文学者の役割というあたりだろう。後の論旨と関わる点のみ見ておけば、学問と金については、「学問即ち物の理がわかると云ふ事と生活の自由即ち金があると云ふ事は独立して関係のないのみならず、反つて反対のものである」（「野分」十一、道也の演説、四三六頁、漱石テクストの引用は以下すべて平成版『漱石全集』岩波書店）という背離論が出されている。また人格による教育については「道也は人格に於て流俗より高いと自信して居る。流俗より高ければ高い程、低いもの、手を引いて、高い方へ導いてやるのが責任である」（「野分」一、二六六頁）という責務感が抱かれていることを押さえておきたい。

人格を他の何よりも貴いものとみなし、その修養・維持の必要性を説く。高い人格への尊敬を求め、高い人格をもつものには低いものを導く責任があるとする。こうした道也の『人格論』の展開を整理すると、同時代に拡がっていた人格論諸言説のある領域に近似していることが見えてくる。ある領域とは、先に少し触れた「うねり」を現出させたものである。この動きを視野に入れると、道也の『人格論』が一九〇七年に現れたことの意味が見えてくる。

「うねり」とは修養論ブーム、領域は修養論である。明治三〇年代前半の「成功」ブームが冷却し、より内向きな「修養」へと思潮は変化する。ここで言う修養論系人格論は、こうした修養論の体系に接続されるかたちで編成された人格論である。

この修養論系人格論と道也の『人格論』は共通する点が多い。「人格の修養」を強調するところは当然としても、学問の意義づけ、趣味の涵養、教育における人格の重視など、非常に多くの枠組みの共有が確かめられるのである。たとえば人格修養としての学問については英国ジヨン、ラボツク述「人格修養論」（前掲『実業之日本』臨時増刊）が次のように言う。「夫れ学問は手段なり、目的にはあらざるなり〔…〕学問によりて判断を正確にし、品性を陶冶し、人格を高尚にすることそ賢者の道なれ」（四八頁）。

教育と感化についても、道也の前提と同じく「知らず識らずの間に教師の人格の力が生徒の上に影響する所は甚だ多いので、如何なる学校の教師でありましても、人格といふことに注意しなければならぬのであります」（中島力造『教育者の人格修養』目黒書店、一九一一年一一月、一八頁）と説かれていることが確認できる。

道也の『人格論』はその内容において、ほとんど同時代の修養論系の人格論とパラダイムを共有していることが指摘できる。白井道也もまた、日露戦後の修養論者の一人だったのである。

もちろん、すべてが同じであったというわけではない。そこには道也なりの〈翻訳〉が加えられている。まず特徴的と見られるのは、道也の論が教育者側の視点に立った論であることである。しかもその「教育」は、「学者」「文学者」の「筆」や「舌」による啓蒙の形態をとっていることが注目される。

「金」に対する態度も興味深い。水谷修は、修養論の類型を四つに分類し、そのうち「世俗的利益」を肯定するか、「精神的満足」を選択するかの観点から、前者を「「成功」志向の修養論」、後者を「「内省」志向の修養論」として分類している。▼注[6] 人格論の文脈においてもこの分類は有効である。修養論系の人格論を見渡しても、拝金主義そのものを肯定する論は存在せず、富と人格の一致を説くか（「成功」志向▼注[7]）、富の獲得を度外視するか（「内省」志向▼注[8]）におおむね二分されるようだ。では道也の『人格論』はどうか。金と人格とを「反つて反対のもの」とみる彼の論理は、一見「内省」志向に近いかのように見えるが、「金」を度外視するどころか強烈に否定しようとしており、かえって「金」にこだわっているものである。修養論系人格論の中にはこうしたタイプは見当たらない。

教育と文学、「金」の扱いなど、道也の人格論の論理のもつ特徴・相違点が確認できただろう。しかし真に考えねばならないのは、こうした内実面での細かな差異ではない。人格論が、小説として発表されたこと。「野分」における最大の〈翻訳〉は、この点にこそ存するだろう。▼注[9]

## 3 「感化」と小説——人格論のキーワード

小説へと変換された人格論の意味と機能を考える際にポイントになるのは、「教育」とそれにまつわる人格論的キーワード、「感化」である。

前提として、先行する研究者による次の二点の指摘を参照しておきたい。一つは、「野分」に漱石の日露戦後の「新しい世代」への期待と危惧をみる石崎等「漱石と「新しい世代」覚書」（『文芸と批評』二巻五号、一九六七年六月）、もう一つは「白井道也とその読者の関係を作品内に顕在化した作品」（六六頁）として読む村瀬士朗「流通する「文学」、「文学者」の自立」（『文学』第二巻第一号、一九九一年一月）である。青年たちへの「教育」の視点を導入したこと、道也と読者の関係の変化が書き込まれたテクストと指摘したことの二点を押さえ、まずはここから〈青年教育のプロセスを描いた作品〉という本章の出発点を導いておく。この出発点に立って、人格論をいかに文化的に〈翻訳〉してテクストが生成しているのか見てみたい。

道也の言葉や筆の働きかけによって、高柳が影響を受けて変化し、演説「現代の青年に告ぐ」の聴衆たちも喝采へと導かれるのは村瀬論の指摘する通りである。しかし、こうした読者聴衆たちの変化は、単なる慫慂や説得によってもたらされたものではない。テクストは彼らの変化を裏づける論理を用意しているのである。

> 此物質的に何等の功能もない述作的労力の裡には彼の生命がある。彼の気魄が滴々の墨汁と化して、一字一劃に満腔の精神が飛動して居る。此断篇が読者の目に映じた時、瞳裏に一道の電流を呼び起して、全身の骨肉が刹那に震へかしと念じて、道也は筆を執る。〔…〕白紙が人格と化して、淋漓として飛騰する文章があるとすれば道也の文章は正に是である。（「野分」三、三二一―三二二頁）

> 多勢が朝に晩に、此一人を突つき廻はして、幾年の後此一人の人格を堕落せしめて、下劣なる趣味に誘ひ去りたる時、彼等は殺人より重い罪を犯したのである。〔…〕趣味の堕落したものは依然として現存する。現存する以上は堕落した趣味を伝染せねばやまぬ。彼はペストである。（「野分」五、解脱と拘泥、三三六―三三七頁）

前者は「白紙が人格と化」すと評される道也の述作のようすと、その読者への伝播の具体的描写。後者はこの伝播の悪しき局面の例示である。語られているのは、堕落させられた人格の発揮する趣味が周囲に「伝染」していくことへの危惧である。

こうした伝播と「伝染」の描写の背後には、明らかに同時代の人格論の言うところの「感化」の概念が前提されている。「感化」は教育・修養系の人格論において、生徒や自分自身を啓発し変化させるための論理を提供する概念である。修養論が読者を「感化」することを目指して偉人の徳目を挙げるのは珍しくないし（たとえば『実業之日本』臨時増刊の「人格の感化力」）、少し後には「感化」のシステムを心理学的に追究する佐藤繁彦『人格の感化』（実業之日本社、一九一三年一一月）という著述も出ている。むろん漱石も、この概念を知っていた。「えらい人が此種の（「情操」重視の）文学をかいて、えらい人の人格に感化を受けたいと云ふ人が出て来て、双方がぴたり合へば、深厚博大の趣味が波動的に伝つて行つて、一篇の著書も大いなる影響を与へる事が出来ます」（「創作家の態度」第一回朝日講演会、一九〇八年二月一五日、二三二頁）。「人格」「感化」「趣味」がきれいに出そろっていることが確認できる。

明治後半期の言説空間に幅広く浸透していっていた人格を論じる知の枠組み、なかでも修養論の文脈におけるそれに修正を加えながら取り込んで、「野分」は成立している。しかも、この人格の「感化」という思想は、青年教育のプロセスを描くテクストのさまざまなレベルにおいて機能していることが見い出せるのである。▼注[10] 人格論の小説への文化的〈翻訳〉が、まずはここに展開されていると見てよいだろう。

さらに考えを進めてみる。では、「野分」とは「感化」による青年教育のプロセスを描いたテクストであると言いきってしまってよいだろうか。

たしかにプロットとして高柳は道也に「感化」され、『人格論』を手にして中野のところへ向かう。しかしこうした結末にも関わらず、作中あまりにもその「感化」を及ぼす「先生」たる道也が相対化されていはしないか。同時代評も早くから「作者自から現実を茶化して観てゐるやうに思はれ」るため、道也が「左程豪い人とは思はれぬ」と言っていた（銀漢子「漱石氏の『野分』」『早稲田文学』第二次、一四号、一九〇七年二月、九九頁）。「野分」は単純に人格による「感化」を説いて終わっているわけではないようである。

とすれば、こうした道也の相対化によって効果される、彼の頑なさあるいは盲目性に注意する必要があるだろう。テクストは、「一人坊っちは崇高なもの」といい、「芸者や車引に理会される様な人格なら低いに極つてます」（「野分」八、三八七―三八八頁）と主張する道也を、一方で異なったまなざしのもとに置き、人格で「感化」するはずの生徒に排斥され、出版を断られ、妻に「自分丈はあれで中々えらい積りで居りますから」（「野分」十、四一四頁）と言われる場面をも提示するのである。人格論は、テクストの一部として小説内部に置かれることによって、他の複数の視点・声により必然的に相対化を蒙る。人格論の〈外〉が併置されるのである。

次の引用は「学問」を相対化する視点の提示である。

なまじいに美学抔を聴いた因果で、男はすぐ女に同意する丈の勇気を失つてゐる。学問は己れを欺くとは心付かぬと見える。自から学問に欺かれながら、欺かれぬ女の判断を、いたづらに誤まれりとのみ見る。（「野分」七、三五九頁）

これは中野に向けられた語り手の評だが、「男」「女」と一般化されてもいるように、まったく同じ論理が道也にも当てはまりうる。道也の場合では、学問とは人格論ということになる。「学問は己れを欺く」、すなわち人格論が「己れを欺く」可能性の示唆である。

ただテクストは、人格論そのものの陥穽を語ることはせず、人格修養論者である道也の頑なさを示すにとどまった。それが作品の限界であったのかもしれない。しかし、人格論を〈翻訳〉しつつ援用した小説「野分」が、その内部において放った「学問は己れを欺く」という言葉の射程は広い。

明治から大正へと移りゆくなか、〈人格〉は自己の陶冶のビジョンを示すと同時に、社会システム内における個々の分限をも内面化させていく。そこでは人々の自由と制約、明視と盲目とが表裏の構造となる。自己実現と規律訓練とが〈人格〉の名のもとに共起していく過程が、この先には見えてくるはずである。

**【注】**

［1］二〇一六年四月二〇日検索。ここでいう明治期は一八六八年から一九一二年を指すものとする。日本語の書籍（翻訳書を含む）のみを対象とした。また重版の類は数えず、初版年のみをカウントした。表の中略部分は0件を意味する。

［2］『辞林』新版（三省堂書店、一九一一年四月）の「人格」の項。引用は『明治のことば辞典』（東京堂出版、一九八六年一二月、二七〇頁）による。

［3］渡辺徹『人格論』精美堂、一九一二年一月、序三頁。

［4］「文芸講話　芸術と人格」『新潮』一二巻二号、一九一〇年二月、八八頁。

［5］『人格論』は作中では内容が直接明らかにされないが、ここでは語り手「作者」による道也の信条の叙述、論文「解脱と拘泥」、演説「現代の青年に告ぐ」をその内容と同質のものとみなして論じる。

［6］水谷修「修養論の構造——日露戦争後から第二次世界大戦までを中心に——」『教育学研究集録』筑波大学、六集、一九八三年一月、七六—七八頁。

［7］「正直に儲けたる金銭を所有するは、或る程度までは其所有者に品性あり力量あるの証拠なり」（江口岳東『人格の光輝』実業之日本社、一九〇七年一〇月、二〇二頁）。

［8］大原里靖『人格と教養』（参文舎、一九〇七年一〇月、一〇—一一頁）は「成功の基礎を人格その物の力に帰せざる可からず」と述べ、「空虚なる名誉」「不義の財宝」などによる成功を否定する。

［9］漱石は高浜虚子宛書簡（一九〇六年一〇月一六日付、全集二二巻、五八四頁）で「近々「現代の青年に告ぐ」と云ふ文章をかくか又は其主意を小説にしたいと思ひます」と述べ、構想のゆれを示していた。

［10］四つの形の組み込みが考えられる。理論の提示として（道也の『人格論』）、具体的な「感化」プロセスの描写として、プロットの展開として（高柳への「感化」）、三点目をメタレベルに転化した「野分」読者への「感化」として、である。

第七章●

# 文学と美術の交渉

## ――文芸用語「モデル」の誕生と新声社、无声会《むせいかい》――

### 1　文芸用語「モデル」の来歴を探る

「春」の登場人物青木のモデルは北村透谷《きたむらとうこく》である、という言い方を、われわれはよくする。通常これは著者島崎藤村《しまざきとうそん》が、北村透谷を、作品の登場人物を造形する際に参考にした、あるいはより直接的に、その境遇や人となりを題材としたということを意味している。

ところがどうやらこの言い回しは、たとえば英語圏においては、さほど一般的に用いられていないらしい。木村毅『文芸東西南北』（新潮社、一九二六年四月）は、次のようにいう。

これ（モデル）は勿論、オールド・ミスなど、云ふのも同じ一種の和製英語で、日本のやうな意味に於ては、決して外国ではこの語が使用せられて居らぬやうである。外国で小説のモデルと言へば、大衆作家の模範ともなるべき名作の意味のやうである。古代羅馬の名作『ダフニスとクロエ』が後世の田園文学、牧歌文芸のモデルをなしたといふやうな意味で用ゐられて居るらしい。（四頁）

実際、英語の場合 Oxford English Dictionary（second edition）をはじめ、文芸用語事（辞）典の類を一〇種ほど引いてみても、model の語は、冒頭のような意味では用いられていない。それどころか、文芸用語事典には、ほとんどこの語は姿を現さない。

ところがこれに対し、フランス語の場合、たとえば Trésor de la Langue Française（Gallimard, Paris, 1985）には、「作家に、登場人物を創造する着想を得させた人物」という語釈をもつ項目が存在している。冒頭述べた〈「春」のモデル〉といったような用い方は、フランス語では珍しい用法ではないようだ。▼注[1]

むろん、日本の場合はここにとりたてて言うまでもなかろう。日本で出版された文芸用語事典や文学史事典の多くが「モデル小説」という項目をもち、『近代名作モデル事典』（至文堂、一九六〇年一月）なるものまでが出版されている。▼注[2]

外来語である「モデル」が英語・フランス語のどちらの言語がもとになっているか、いま詳らかでないが、両者の差異は興味深いものであると思う。もちろん、これは英語圏の文学において、実在の人物を題材として作品が書かれたことがなく、フランス語圏の文学においてはあった、ということを指しているわけではない。そのような事態は両者の文学史に存在したはずだが、それを〝model〟ないし〝modèle〟という語を用いて指し示す表現習慣があるか、ないかということである。また見落としてはならないが、その場合、ここでいう「モデル」の用語法が、いつ頃から現れたのかということも問題となろう。前掲の Trésor de la Langue Française の用例は、一九五六年のものであるが、一九世紀、あるいはより以前の時期のフランス語にそのような用例がまったくなかったのかどうか。同様のことが、日本についても言える。現在では特に珍しくないこの言い回しは、いつ頃から流通するようになったのか。

また、フランスの場合は措くとしても、日・英両文学における差異は、単にその用語法があるかないかという、微細な違いに過ぎないというわけでもないようだ。実際の人物・事件を材料として小説を作るという方法が双方にあるとはいえ、それに対する関心の持ち方が、かなり異なっているように見受けられるからである。このことは本章で紹介した日本語と英語、双方の事典類のありようの違いからも理解されよう。日本の小説の読書においては、小説の材料に興味の向けられる程度が、より強いようだ。これは「モデル」に対する注目度が高いと言いかえることもできるだろう。

本章の問題意識は、この文芸用語としての「モデル」という日本語の言い回しが、どのように現れてきたのかを検討することにある。あらかじめ断っておかねばならないが、これはこの用例の初出を突き止める試みではない。この点に関しては、木村同書が一九〇七（明治四〇）年の丸山晩霞《まるやまばんか》の使用を最初と推定し、▼注[3]臼井吉見《うすいよしみ》「モデル問題論争――近代文学論争（四）――」（『文学界』八巻四号、一九五四年四月）はより早い、『新声』一九〇二年九月（八巻三号）掲載の田口掬汀《きくてい》「もでる養成論」を挙げるなどしている。補足的に言っておけば、すでに一八九七年八月の『新著月刊』掲載の「作家苦心談」▼注[4]で幸田露伴《こうだろはん》が「私の『五重塔』は此の話をして呉れた倉と云ふ男を全然ではないが、幾分かモデルに使」ったと用いていることは指摘できる。▼注[5]

ただし繰り返すが私の意図は、語の単なる初出探しにあるのではない。問題は、その語がいつから現れたのかということよりも、どのようなコンテクストのなかで現れ、用いられたのか、それは何を意味していたのかということにある。とりあえず現段階において、その語が「絵画上の用語が文芸上の用語としても併用」（木村、三頁）されたものであること、「〔明治〕四十年代の初め自然主義の勃興など、関聯して使用せられ初めた」（木村、四頁）ことが指摘されている。モデルという言葉は、ある事物をじっくりと見、それを忠実に書き写そうという〈写実〉の意識・概念の登場と密接に関連している。そして、そのような意識をともなった語の出自に、文学と美術との交渉が介在しているとされるのである。

このような指摘を踏まえ本章で注目してみたいのは、臼井論文も言及する田口掬汀「もでる養成論」である。一九〇二年という文芸用語としての「モデル」の出現期に書かれた、おそらくは最初の「モデル論」であり、同時に論中で美術ジャンルへの目配りがなされていることからも、まずはこの掬汀論を考察せねばならないと考える。先にも述べたように、この掬汀論が文芸用語としての「モデル」の初出だというわけではないが、ある言葉がいまだ固定的でない時期に、その言葉の意味が生成してくる現場の一つのケースとして、「もでる養成論」には検討する価値がある。前掲の臼井論文は、この掬汀論に触れはするものの、正面から取り上げてはいない。論中における掬汀の「もでる」の用語法が、「仏の国家」から「伊太利の田舎」の「若き女」にまであてはめられる、広い意味内容をもったものとなっており、臼井論は、この「もでる」の使い方を「漠然たる用法」とみなし、深入りしていない。しかしそのように安易に、この掬汀の評論を切り捨ててはならない。

そもそも田口掬汀という人物自体、それほど一筋縄でいく人物ではない。通常彼は「伯爵夫人」などの大衆向け家庭小説の作者として、また明治末期に川上音二郎《かわかみおとじろう》などのために一連の脚本を描いた人物として考えられることが多い。しかし彼は、この後大正期から、美術雑誌『中央美術』を創刊し、鏑木清方《かぶらききよかた》らと日本画の研究団体金鈴社《きんれいしゃ》を結成、また帝国美術館設置のために奔走した人物でもある。彼は優秀な美術評論家であり、企画者でもあった。そしてその彼の評論は、新声社の社員時代からスタートしている。

さらに、この掬汀の当時所属していた新声社という出版社兼文学結社には、平福百穂《ひらふくひゃくすい》という日本画家が挿絵作家として入社していたことにも注意を払わねばならない。この画家は、社長である橘香《きっこう》佐藤儀助《ぎすけ》と田口掬汀と同郷の秋田県角館《かくのだて》出身で、掬汀とは生涯親友であった人物であることも押さえておく必要があるが、なにより百穂は、明治三〇年代の初頭から岡倉天心《おかくらてんしん》率いる日本美術院に対抗し、〈自然主義〉を唱えて日本画に写実を導入しようとした美術家集団、无声会《むせいかい》の主要メンバーであった。

　掬汀の評論の背後には、このような知的な交渉の存在を透かし見ることができる。これらの事実を考慮に入れたとき、掬汀のモデル論を「漠然たる用法」として捨て去ってしまうことは、新声社の周囲で行われていた活発な文化の交流に対し、目を閉ざしてしまう結果となるだろう。「もでる養成論」における掬汀の用語法はたしかに幅広い。しかしそれは、言葉の誕生期のもつ豊饒さであり、文学と美術とが親密に触れあう地点から、その言葉が生まれたということを刻み込んでいるがためと考えるべきではなかろうか。

　掬汀「もでる養成論」を入り口に、「モデル」という言葉の周囲でなされた文学と美術との文化的交渉のありさまを通じて、この言葉のたどった変遷を描いてみたい。

## 2　田口掬汀《たぐちきくてい》「もでる養成論」の新奇さ

　まずは掬汀「もでる養成論」を概観しておこう。彼の主張は次の点に集約されている。

> 完全なる美術としての詩歌小説を産せんことを望まば、作家をして大にもでるを尊重せしめ、而してこれと同時に、もでるを養成することを奨励せざる可からず。現実描写の技に熟して後主義信仰の現顕に努む。悠久なる天地の理法人生の帰結楮表《ちょひょう》画幀《がとう》に閃きて、観者をして自ら作者の理想に合一せしむること、甚だ易々たるものにあらずや。

彼がこの評論でいわんとしていることは、現在の日本には「不朽に伝ふ可《べ》き価値あるもの」がないこと、そのような作品を創るためには作家の「主義信仰」が「宏遠《こうえん》」であることはもちろん、「其作物が能く対象の真に迫るを得るに至」ることが大切なこと、そしてそのためには、「もでるを尊重」することのみならず、「もでるを養成すること」が必要であること、といったところにある。主張そのものはさほど奇妙なものではない。一九〇二（明治三五）年という発表時期をかんがみて、小杉天外や永井荷風などの「前期自然主義」や、正岡子規一派の写生文との時期的な重なりから、写実への気運の高まりのなかでの主張として、納得できるものだろう。

しかし、主張の妥当さとわかりやすさにもかかわらず、この掬汀論の射程は意外に幅広い。より広い視野からの議論は後にくわしくすることとして、とりあえず細かな特徴を二つほど挙げておきたい。まずそもそも、この一九〇二年にモデルという言葉を用いたこと自体、かなり奇抜なことだったといってよい。管見の限りではあるが、モデルという言葉が文学の文脈内で現れるのは、先節でも触れた一八九七年八月の『新著月刊』「作家苦心談」における幸田《こうだ》露伴《ろはん》が、いまのところ最初である。ただし、この『新著月刊』のシリーズ企画「作家苦心談」では、今でいう「モデル」の穿鑿と同種のことがなされているにもかかわらず、この語が現れるのはこの一度のみであり、作品の題材となった事件・人物に対しては、「由来」や「材料」「事実」「雛形」などという言葉が多くあてられていた。「もでる養成論」が掲載された『新声』に関しても、一九〇〇年一一月（四巻六号）に「文壇風聞記」が「〔広津〕柳浪の作中の人物、多くはモデルあり」（一一頁）と述べており、さらに一九〇一年一一月（六巻五号）の「甘言苦語《かんげんくご》」でも、掬汀らしき人物が黒田清輝《くろだせいき》の裸体画騒動に触れて「模型《モデル》は慥に巴里女」（三一五頁、ルビ原文）というように言及していることが確認できるだけであり、その数は少ない。とくに後者「甘言苦語」は絵画についての議論であるにもかかわらず、モデルという語をそのまま用いず、「模型」という語を立てた上で、そのルビとして使っている点が目をひく。

『明治のことば辞典』▼注[6]に収録されている辞典類を見ても、日本語としてモデルの語が現れるのは、一九〇五年になってからに過ぎない。それも「ひながた」「てほん」などの言葉があてられており、美術用語あるいは文芸用語としての側面は取りあげられていない。写生・模写の雛形という、美術・文芸用語としての意味が反映されるのは、一九一二年刊の芳賀矢一《はがやいち》『新式辞典』（大倉書店）がはじめてである。▼注〔7〕もちろん美術用語としてのモデルは、専門領域の中でよりはやくから流通していただろうが、青年向け投書雑誌『新声』の巻頭論文として描かれた掬汀の評論が、当時かなり新奇な響きをもったタイトルを掲げていたことは間違いない。

　このような新しい言葉をキーワードとしてなされる議論の方が、論旨としてさほど目新しいものではなかったことはすでに述べたが、一方でその議論の細部がすこし奇妙であったことにも目を向けておきたい。まず「もでるを尊重」することの必要性を強調した後、掬汀はいかに西洋の作家・画家たちがモデルを用いたかという具体例を示す。ダ・ヴィンチ、ラファエロに関してなされるモデル使用の話は、通常の画家の用法の域を越えていないが、その前に示されたユゴー、トルストイなど文学者の例が、現在のわれわれには不思議な印象を与える。彼は次のように論ずる。「然り路易拿破崙《ルイ・ナポレオン》の暴逆無道なる仏の国家は、ユーゴー氏のもでるなりき。迫害の縄と横暴の剣を持ちたる闇鬼は彼が描きたるもでるなりき。トルストイ伯の筆に載りて、永く後世に伝へらるゝものは何ぞ、専制ズアールの国家即ち之れにあらずや。伯青春の活気に駈られし時代、高加索《コーカサス》山下の陣営に見たる戦野の事物は、名作「哥索克兵《コサック》」のもでるにして、ナポレオン入寇前後の露国社会の大パノラマは「戦争と平和」のもでるなりき。〔…〕詩人の目に映ずる現実界の事々物々、一としてもでるならざる者なき也」（二二三頁）。先の画家の例が、人間に限定されているのに反し、「迫害の縄と横暴の剣を持ちたる闇鬼」という部分もあるにはあるが、文学者の場合において示されるのは、「国家」「社会」などの非人間的なものに対する「もでる」の語用例である。

　現在のわれわれから見て、そしておそらくは当時の用語法から見ても、掬汀のこの「もでる」の用い方は逸脱的である。『新著月刊』の「作家苦心談」に登場した諸作家が、作品の題材となった事件を指して、「由来」「材料」などの言葉を用いていることを考えれば、掬汀もまた、トルストイらが描いたロシアの社会などを、作品の「材料」と呼んでもよかったはずである。しかし、掬汀はそれらのよく知られた語彙を用いず、あえて「もでる」を使用した。なぜか。彼はどこからこの新奇な用語を手に入れたのか。

## 3 「モデル」という用語の流通経路——平福百穂《ひらふくひゃくすい》・新声社・无声会《むせいかい》

先に引いた木村論文が指摘していたように、モデルという文芸用語は、絵画用語の転用であると考えられる。掬汀の用語法の突飛さは、文芸用語としてはほとんど流通していなかったモデルという語を、強引に文学の描写論の文脈にねじ込んだ点にあると、ひとまずいえよう。では掬汀は、この転用をどのようにしてなしえたのか。

それはまず『新声』誌上、ひいては新声社内における掬汀の位置からも、うかがうことができる。『新声』の雑報欄「甘言苦語」（一九〇〇年二月創設）を中心として、美術関係の話題を主に論じる役割にあたっていた黒眼（黒眼生、黒眼子などとも）は、実は掬汀の別号である。一九〇一年の入社以来、▼注[8]『新声』における美術担当とでもいうべき役目を負っていたのが掬汀だった。この掬汀の興味や知識がどこに源を発していたのかを考えるとき、彼の同郷（秋田県角館）の幼なじみ、日本画家平福百穂が視野に入ってくる。

平福百穂は、本名を貞蔵といい、一八七七年に日本画家・平福穂庵の四男として、秋田県仙北郡角館横町に生まれている。一八九四年、一七歳の時に上京し、写実的な作風で知られる円山派の川端玉章《かわばたぎょくしょう》に入門、一八九七年には東京美術学校日本画科に入学している。実のところ、掬汀が新声社に入社する形で上京したのも、この百穂の影響が大きい。「三十二（一八九九）年に幼な友達の百穂が東京美術学校を卒業して帰郷。百穂の写生画の清新さや新しい画論に魅了され、新声社を興した同郷の佐藤義亮の活躍ぶりなど東京の話に大いに刺戟されて上京の気持が高められていった」[注9]ようである。一九〇〇年に佐藤・百穂の刺激を受け、掬汀が上京すると、東京美術学校卒業後、郷里の後援者らの意向でいったん角館に帰っていた百穂も、一九〇一年、掬汀と結城素明《ゆうきそめい》（日本画家）の誘いで、再度上京する。「自活しなければならない」[注10]という百穂を、佐藤の新声社が挿絵画家として迎えることで経済的に支えた。

　モデルという語をめぐる情報の交流は、この新声社内に形成されていた角館出身の小集団においてなされていたと見て、ほぼ間違いないだろう。そしてこの知の運び手となったのが百穂だった。彼は『新声』に挿絵やスケッチを発表する一方で、革新的な若い日本画家たちの小集団无声会に積極的に参画し、そこで得た知見を掬汀らにもたらしていった。

　掬汀が、写実を訴えるに際し「もでる」という言葉を援用した背景を考えるとき、无声会の主張・活動はこの意味で決定的に重要である。この无声会とはいかなる集団であったのだろうか。

　无声会は一九〇〇年初頭に、川端玉章門下の結城素明・福井江亭《ふくいこうてい》ら数人（角館にいた百穂も名を連ねている）によって結成された「当時としては珍しい同志的日本画集団」[注11]であり、その綱領に〈自然主義〉を掲げた点に特色があった。庄司淳一「平福百穂の芸術」（前掲）は次のように評している。

> 同会が綱領として高く掲げた「自然主義」は、岡倉天心率いる日本美術院の「理想主義」に真っ向から挑戦するもので、美術院が主に題材を和漢の歴史にとり、手法的には綿密重厚な着彩、表現の上では、華麗・崇高・幽玄・厳粛といった一種「もったいぶった」境地を求め、非常な大作主義を推し進めていたのに対し、无声会はというと、題材を卑近の風景・風俗にとって写実をモットーとし、手法は軽快な線描と筆触にあっさりとした色彩、表現としては、質素・簡淡・平明・快活を旨として、小品を数点出品するという風であり、なにからなにまで好対照であった。（一二三頁）

无声会の活動は、「西洋画の写実主義の感化をいちじるしく受けた日本画」[注12]の運動とひとまずまとめられる。ただし、西洋画の影響という点については、対置されている日本美術院派に関しても同様である。前掲小高根「无声会の自然主義運動」は、日本美術院派が洋画から「空気、光線の処理を学」んだのに対し、无声会は「日本画の線条を近代化することに努めた」と述べている（八七頁）。つまり无声会も日本美術院派も、ともに洋画からの刺激を受けた日本画界の革新運動であり、両者はその方向性において異なりをみせているのである。とはいっても、実際のところこの時期勢力をもっていたのは日本美術院派であり、无声会は注目されはするものの、駆け出しの若手画家たちの小集団であったにすぎない。そしてこの力関係の傾斜から、无声会の運動は、単なる技術改革にとどまらない、反美術院派としての政治的な色彩を纏うことになる。庄司論文が指摘する、理想主義に対する自然主義、着彩重視に対する線描重視、大作主義に対する小品主義といった、「なにからなにまで好対照」なありさまは、无声会のこのような立場と無縁ではない。

掬汀の「もでる養成論」を可能ならしめたのは、この平福百穂・无声会との交流であった。[注13] 掬汀の写実の訴えは、无声会の掲げる〈自然主義〉の議論を受けているものと理解できる。では、「もでる」はどうか。この新奇な言葉をめぐる知見もまた、百穂のもたらしたものであるとわれわれは知ることができる。というのも、掬汀が「もでる養成論」を発表する少し前、百穂ら无声会の会員たちは、次のような状況にあったからである。

一九〇二年四月、无声会は第五回展を上野で開催する。この回の展覧会で、会員たちは人物画を多く発表している。これは、无声会の理論的後ろ盾となっていた美術評論家大村西崖《おおむらせいがい》の示唆である。西崖はいう。「无声会の徒初めより自然の研究を以て標榜となせりといへども〔…〕未だ人物に向ひて毫もその新成績を公にせず新貢献を出さゞるは吾人の頗る遺憾とするところにして常にこれを以て同会の作者に責めたりき」[注14]。西崖は、このように人物画が敬遠されてきた理由を、同じ評論で次のように指摘している。「人物画に至りては日本画の典型千古確立してこれを動かすこと甚だ容易ならず〔…〕油彩水彩画の材料手法乃至作風も取りてこの中に融和し消化すること山水花鳥に比して頗る難し加ふるにこれを研究するや生人のモデルを要し景色の写生の試み易く成り易きが如くなること能はず」。日本画の人物の描き方には頑強な伝統があり、なかなかそこから抜け出すことができない。洋画的方法による作画の導入も、山水花鳥の場合と比べて難しく、さらにそのためには、生きたモデルを写生するという困難な作業が必要とされる。しり込みする无声会の会員たちに、西崖は発破をかけたようだ。庄司淳一「作品解説」(前掲『生誕百二十年　平福百穂展』)によれば、「会員たちはそのため、モデルを雇って写生会を開いて、洋画的な人物把握の研究に打ち込み、百穂にいたっては明治三十五（一九〇二）年、たぶん二月と思われるが、東京美術学校洋画科に入学し直した」(一二五頁)という。

この无声会のモデルを雇っての写生会、そして百穂の西洋画科再入学の時期である一九〇二年に発表されたのが、掬汀の「もでる養成論」(九月)なのである。新声社社友であり、同郷の幼なじみである百穂から、掬汀は、ほぼまちがいなくこの写生会や西洋画科(百穂はまた太平洋画会の夜学にも通っていた)での知識を聞いていた。掬汀「もでる養成論」は、これらの動向を敏感に取り入れた上で、構想されていたのである。

## 4　「モデル」をめぐる理論的文脈――大村西崖《おおむらせいがい》と田口掬汀

モデルという言葉の流通の経路が確認できたところで、次はいかなる文脈に取り囲まれて、この語が用いられたのかを見てみることにしたい。

无声会会員たちが掲げた「自然主義」というものの明確な輪郭は、先行の論者も言うように実はあまりはっきりしない。当事者たちの証言がさほど残されていないのである。そこで問題となってくるのが、先にも触れた、无声会の理論的後ろ盾となっていた美術評論家大村西崖の存在である。

西崖は東京美術学校を卒業後、一八九五年から同校に戻り教鞭を執っていたが、一八九七年に校長の岡倉天心と意見が衝突、辞職している。彼はこれを契機に反岡倉派の旗幟を鮮明にしてゆく。天心が東京美術学校を去り日本美術院を旗揚げすると、「西崖は自分の自然主義理論の実践者である无声会、彫塑会の作家たちを強力に支援する一方、日本美術院作家の画風を「朦朧体」「縹緲体」と呼んで非難し、盛んに筆を揮った」（吉田千鶴子「大村西崖の美術批評」『東京芸術大学美術学部紀要』第26号、一九九一年三月、三四頁）。この支援のために書かれた評論が、无声会の掲げた理念を知る手がかりとなる。▼注[15]

西崖の「自然」思想そのものについては、吉田論文を始め、庄司淳一「美術と自然――大村西崖の「自然」思想」（『日本の美学』一〇号、一九八七年五月）などにおいて詳細な研究がなされており、そちらを参照されたい。ここでは主に无声会との関連の面から確認しておくことにする。

> ○画の一番土台になるものは写生の巧みで、どんな風の面白味でも写生の上に築かれるものと云ふことは争はれない。〔…〕この写生の不充分ながらも一番旨く行くのは、是迄の諸流派の中、円山派に及ぶものはない。今の世に此派の独り生存して居るも何の不思議はないことだ。
>
> ○だが洋画の盛になるにつれて、それと拮抗して生存するに足りる日本画の画風は、とても天明振の写生其儘では覚束ない。何とか一番新機軸を出さねばならぬのだが、その新流派は恐らくは兎に角円山派の中から産まれるだらう。〔…〕
>
> ○無声会の素明、江亭などの画には、日本画の将来生存するに堪へる新機軸の芽が確に認められるやうだが、此一派の連中は、みな現今円山派の泰斗川端玉章の門に出たものばかりだ▼注[16]

まず西崖の考えとして、写生をすべての画の根本におくという発想が認められる。この認識は、流入する西洋の写実主義の勢いに押されて、とりわけ切実なものとなる。そこで現時点において写実を尊重する一派円山派に注目し、その流派から出た无声会の会員たちの活動を賞揚する。これは別の評論だが、西崖は「日本画で自然主義をやるとて打つて出たのは、実にこの小さな無声会が始めてゞ、その中の結城素明の作などに至つては、将来日本画の命ともいふべき所のほの見えて居る」[注17]とまで激賞している。「具象芸術の極致は精緻な自然観察によって「個物美」をとらえ、鍛錬した技芸によってそれを表現すること」（前掲吉田論、四三頁）だと考えた西崖は、この要件を満たす自然主義、実際主義を支持し、積極的にそれを提唱したのである。

個々の方向性は異なっていたとはいえ、无声会の画法は基本的にこの「自然観察」と、それによる「個物美」の表現を目指す方向にあったと言ってよいだろう。「唐人物を画いたり、天人や、仙人を描いたり、また屈原といふやうなものが出来たりした時代」にあって、戸外へとスケッチに出かけ、「工夫や馬車の車掌を捉へ[注18]」るなど、日本画家としての新しいまなざしを獲得していった百穂の活動は、西崖の提唱に導かれている。

そしてまた、掬汀の「もでるを尊重」するという主張も、この西崖の論説と響きあう。内容的なものを検討する前に、まずは西崖と掬汀の立場、すなわち反日本美術院というスタンスが、共通していたことから確認しておく。

掬汀は『新声』誌上で、この時期三回に渡って日本美術院の展覧会評を発表している。A「日本美術院展覧会を観る」（六巻六号、一九〇一年一二月）、B「日本美術院派の絵画に対する吾人の所感（上）」（七巻五号、一九〇二年五月）、C「同（下）」（七巻六号、一九〇二年六月）である。日本美術院派に対する掬汀の態度は、このうちAの一節がよく語っている。

日本美術院は我絵画界一方の雄鎮である。此派に属する知名?の美術家は、本院同志の主義は理想派であると言つて居る。其名目の堂々たる、其主張の高遠らしげなる、一代の民心を煙に捲いて、自儘勝手な絵を作つて、独よがりをして居る美術家の団体である。彼等は現下の写実主義なるものを眼下に見縊つて、自ら高く留る独創の高慢面を有して居る者である。極言すれば、厳密に理想と云はる可きものは、現実界に就いての研究を成遂げて、而して其滓渣を棄て其粋を収め、渾然として一体を成したる時に於て唱ふ可きものであるのに、彼等は強ひて自然の現象を放れ、否寧ろ之を故意に破壊して、畸形の怪物を描出して、夫こそ理想の発顕だなど丶云ふ、不具の思想を有して居る者である。（二二頁）

掬汀の同派に対する態度とは、このようにかなり強く敵対的なものだった。実際この評論において掬汀は、「今回の作物は、其様な真面目な論評をする価値のあるものは一ツもないから、只順席にあらを探すのみに止めて置かう」（二二頁、傍点原文）と、展覧会評を銘打っておきながら、その任を放棄する態度まで表明する。まずこの点で西崖と掬汀とは同じ立場に立つ。

ただ実際には、この次の評論Bに、「〔下村〕観山、〔横山〕大観、〔菱田〕春草氏等は、彼の『アンプレシヨン』派の真髄を捉へて、之を日本画に現出せんとするの難事業に成功せんとし」（二頁）と評価する箇所が見られるなど、掬汀には日本美術院派を全否定しようという気はなかったようにも見受けられる。掬汀の態度は、個人的なものというよりもむしろ、『新声』という集団の姿勢により強く由来する。

庄司淳一も指摘するように[注19]、无声会と『新声』は互いに支持しあう親密な関係を見せていた。『新声』誌上には、无声会展覧会の予告や評判が掲載されるのはもちろん、同人たちの消息や、百穂の挿絵、无声会の画家たちの作品が誌面を飾った。无声会展覧会の合評も二度ほど試みられている。掬汀の反日本美術院という姿勢は、『新声』そのものの姿勢と同調しているものであった。石井柏亭《いしいはくてい》の次の回想からは、そのあたりの消息を読み取ることができる。

日本美術院の理想主義に対して自然主義の无声会が挑戦的の態度を取つて居たからでもあるが、其頃の平福君は可なり強烈な闘士ぶりを発揮して、よく我々が集まる時には口を極めて美術院の諸作を罵倒したものである。「新声」の六巻六号に君は「滑稽な某院絵画展覧会」と題して美術院の出品画数点を漫画化した。〔橋本〕雅邦の「謝安」「双鷺」観山の「いそつぷ古話」大観の「山間行旅」など皆其槍玉にあげられて居る。鷺の一羽はマントを羽織つて居るやうに、又他の一羽は手拭を肩に「やぞう」をきめ込んで居るやうに漫画化されて居る。▼注[20]

柏亭の言及する漫画は「滑稽なる某院絵画展覧会」と題されている（図7―1）。この回想だけではわからないが、『新声』六巻六号というのは、実は掬汀「日本美術院展覧会を観る」（A）が掲載されたのと同じ号であり、それもこの百穂の漫画は掬汀の展覧会評のすぐ前の頁に掲載されている。つまり百穂の漫画と掬汀の展覧会評とは、そろって日本美術院派を貶すという目的をもって『新声』から読者へと発信されていたと見てとれる。「口を極めて美術院の諸作を罵倒」したという百穂の調子は、掬汀の受けるところとなり、また无声会を支持する『新声』のスタンスともなった。

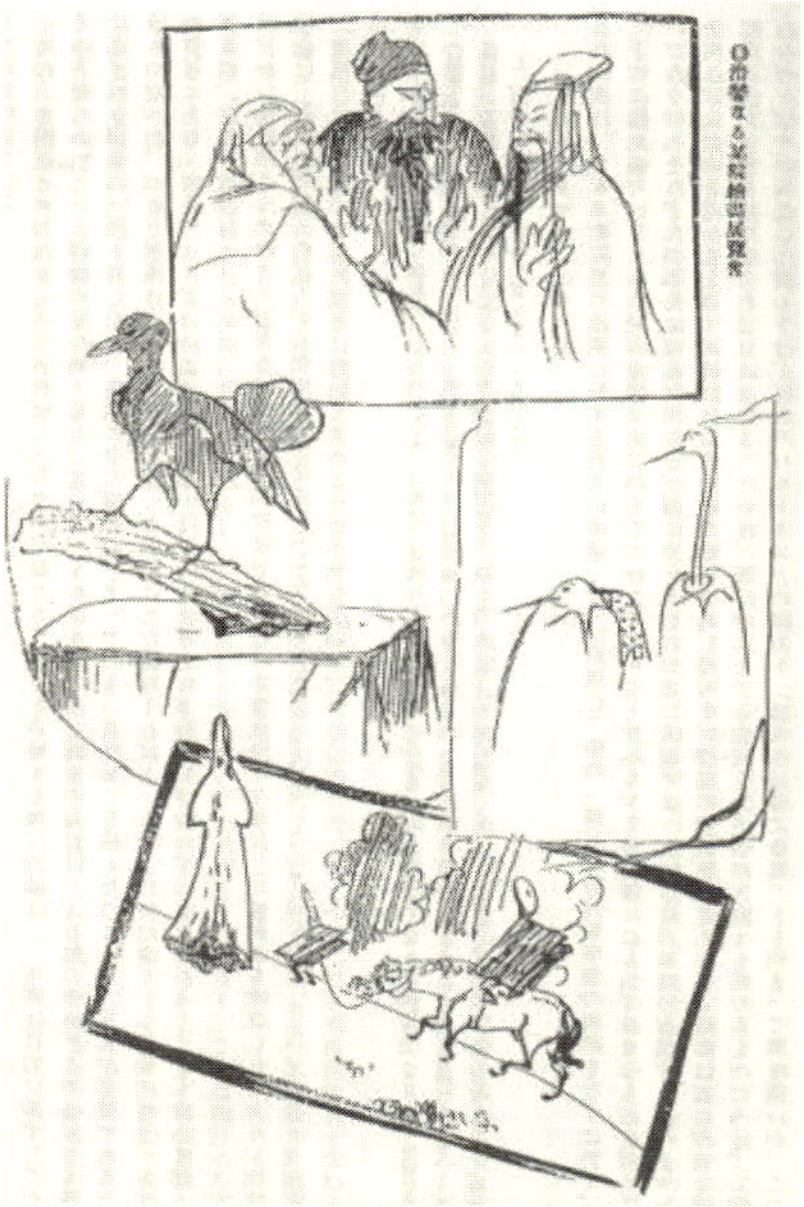
図 7-1「滑稽なる某院絵画展覧会」『新声』6 巻 6 号、1901 年 12 月

以上掬汀・『新声』の姿勢と、西崖のそれとの重なりを見てきたが、次は掬汀の論説の内容について検討してみたい。

反美術院という掬汀の立場からも理解できるとお

り、写実を排した理想の追求は、彼の支持するところではない。「もでる養成論」においても、「其作物が能く対象の真に迫るを得るに至りて後、始めて理想信仰の発現を窺ふ可きものと信ず」（二―三頁）と彼は表明している。これは、先に引いた西崖の「画の一番土台になるものは写生の巧みで、どんな風の面白味でも写生の上に築かれるものと云ふことは争はれない」（本書一三二頁）という態度と重なる。写実の重視は、掬汀が絵画を論じる際にとりわけ強調される傾向があり、无声会（百穂）や西崖の議論を意識していたことは十分に想定できる。

ただし補足しておかねばならないが、文学を論の対象とするとき、掬汀は絵画の時ほどに写実の重視を強調するわけではない。一九〇一年一〇月に『新声』に発表された「新時代の予想[注21]」では、「写実派の流行」に言及し、「これ慥かに一面に於て喜ふへき傾向なりと雖も、〔…〕全然写実の奴隷たるが如き観を呈するに至りては、これ小説の原質を無視し、合せて美の約束を忘却したるものにあらざる乎」と、写実のみに偏することに異議を唱えているし（四頁）、『新声』一九〇二年二月の「新刊短評」では、小杉天外の「はやり唄」を評するなかで「此写実主義と云ふ奴は僕の最も疑つて居る所のもの」（六頁）とすら言明している。

この点を西崖との対比からみてみれば、「写実の奴隷たる」ことを非難する掬汀の論は、「写実は目的に非ずしてたゞその方便のみ[注22]」という西崖の写生観と見合っているともいえる。ただし西崖の論旨は、「〔自然の中の〕この恰好なる限劃に応ずべき因果の一団を具したる、自然の中の個物のさま」である「自然美」を描くためにこそ、写実が必要であるというものだった。つまり写実は、「写真撮影の術」のようにただ描写すればよいというのではなく、「個物のさま」を、その背後にある「因果」――これによって「個物」は他のさまざまな事物に結びついているとされる――をも含めて描くべきもの、とされる（西崖同論、一一頁）。

しかし掬汀のいうのはこのような意味ではない。すでに「もでる養成論」を検討した箇所でも確認したとおり、掬汀の場合は、写実と理想との双方が必要であり、そのどちらかに偏するべきではないとの主張だった。庄司「无声会と美術院」（前掲）は、掬汀の写実と理想について次のように指摘している。

掬汀のいう「理想」は「具象的」なものである。これは、森鷗外を始め、当時の芸術界に絶大な影響を与えていた、ハルトマンの美学説を踏まえたものである。単純にいうと「具象理想」とは、自然界のあらゆる事物に〝個別〟の性格を付与するところの超越的存在で、「具象理想の現顕をなす」とは、それぞれの事物に宿る個別性を、眼に見える形に如実に表現することを意味している。この説によると「理想」と「写実」とは必ずしも矛盾しないことになる。（四七三頁）

これは掬汀「日本美術院派の絵画に対する吾人の所感（下）」（前掲C）中の「満足せる具象理想の現顕をなすに於て、以て千古に冠たる可」（四頁）という発言を踏まえてのものだが、同様のことが「もでる養成論」にも当てはまるものと考えてよいだろう。「それぞれの事物に宿る個別性を、眼に見える形に如実に表現する」という庄司論文の指摘するハルトマンの方向は、「悲痛を描かんと欲する時には自ら悲痛の動作を為し得可く、憤怒の相貌を写さんとする時には直に作者と同一程度の感動を発し得可き者を造らんとする」（五頁）という、掬汀の「もでる養成」の主張の方向とも重なるものだろう。

掬汀の「もでる養成論」は、冒頭紹介した臼井論の評価に反して、その射程はかなり広いといってよい。一読して看取できる写実への志向に加えて、同時代の革新的日本画グループとの交流の成果を背景に折り込み、美術ジャンルでの議論の方向を押さえたうえで、文芸評論へとその知見を振り向けている。用語や論の運びは決して緻密とはいえないものの、「もでる養成論」は、この時代の知的な関心の一つのありようを、見事にその内に刻み込んでいるといえるだろう。

## 5 文芸用語「モデル」、その後の展開

最後に「モデル」という言葉をめぐる文学空間のその後を、概観しておこう。表だった文芸理論・思潮の面から見れば、この掬汀の評論は反響を巻き起こすこともなく、したがってモデルをめぐる議論も現れることはなかった。おそらく写実を訴える論旨の大筋が妥当なものであった一方で、モデルを「養成する」という主張が、少々非現実的なものであったためであろう。

反応は、そのような専門化した議論としてではなく、別の形で二方面に現れた。一つは、日本美術院批判を含むここで論じた掬汀の一連の評論により、新声読者たちの写実に対する意識が尖鋭になったことである。これは『新声』七巻六号（一九〇二年六月）あたりから、読者の声を拾う「八面鋒」欄で挿絵批評が行われるようになることからうかがわれる。読者たちは『新声』に掲載される挿絵に対し、本物らしい、本物らしくないといった批評を下してゆく。これは掬汀の写実の重視をキーワードとした日本美術院批判の論説を、読者たちが体得していった軌跡を示すものといえよう。写実意識の裾野の広がりは、中央文壇の高度で先端的な議論のみではなく、掬汀のような、咀嚼し、時に俗化する人々の活動を視野に入れねばならない。

もう一つは、さらに興味深い。「もでる養成論」を書いた後、掬汀のもとへは、これを読んだ読者たちから次のような感想・質問が寄せられるようになっていた。

掬汀氏の近作小説「魔詩人」は某〇人と大〇〇子との関係を直写したものだとの評判あるが、事実に候乎▼注[23]

ヒロイン美世子、御転婆令嬢菊枝、遊蕩子溝渕、人物の性格個々に活動し、一々現実界にモデルを有するものにあらずやと疑はしむ。殊に魔詩人詩星に至りては、如何にしても作家脳中の産物なる仮空の人と信ずること能はず、片言雙語の微、一挙一投足の細も、凡て或者の特色を表現せざるはなく、冷刺皮肉を穿ち、沈痛骨髄に徹す。▼注[24]

掬汀氏の「モデル養成論」を読んだ僕は、「魔詩人」を読むに及んで成程と首肯した。▼注[25]

このような読者からの反応だけでなく、新声社側も、田口掬汀が「人の罪」の後編を書くうわさが広まると、方面の囚人が続々と押し掛け、材料を与えんとするという「三十六年文壇未来記」(『新声』九巻一号、一九〇三年一月)を掲載してみたり、彼の著作『少年探偵』(新声社刊)広告に「少年探偵の実事譚」という宣伝文をつけたりしている(『新声』九巻二号、一九〇三年二月)。

「モデル」を尊重せよ、「養成」せよと訴えた掬汀に対する読者たちの反応には、一つの傾向が見てとれる。描写論として書かれた彼の評論は、掬汀自身の創作の「モデル」使用の問題へと、興味の焦点がずらされて受けとめられてしまったのである。「如何に」を問題としようとした掬汀に対し、ある種の読者たちは「何を」という好奇心で応えてしまっていた。小説に書かれた内容の向こうに〈事実〉を読み込もうとする欲求を、『新声』の読者たちがすでに保持していることが見てとれる。描写論の文脈でクローズアップされて登場したはずの「モデル」という言葉は、その流通の端緒からすでに、「モデル」である人物そのものへの好奇のまなざしによって縁取られてゆく運命にあった。『新声』の読者たちにみられるようなモデルの穿鑿や暴露情報に伝達価値を見出す傾向は、この四、五年の後、雑誌・新聞メディアなどにより、積極的にその声を増幅させられてゆき、全文芸メディア規模にまで拡大してゆく。掬汀「もでる養成論」の時代において、まだ目新しい言葉であった「モデル」は、「事実」の描写をうたう自然主義の席捲に巻き込まれるかのようにその使用頻度を増し、ある種キーワードのような存在にまでなってゆくのである。ただし、その用いられ方は、掬汀が考えたような描写論の文脈よりもむしろ、彼の読者たちの嗜好に予告されていたようなゴシップの文脈において、より多く使われたのではあったが。

**【注】**

［1］ただし、Demougin, Jacques, *Dictionnaire Historique, Thématique et Technique des Littératures, Littératures Franç caise et Étrangères, Anciennes et Modernes*, eds. Librairie Larousse, 1986. には本章の言う意味での "modèle" は反映されていない。

［2］参照した事（辞）典類は以下の通り。

Beckson, Karl and Arthur Ganz, *Literary Terms: A Dictionary*, Farrar Straus and Giroux, New York, 1960.
Scott, A.F., *Current Literary Terms: A Concise Dictionary of Their Origin and Use*, the MacMillian Press ltd, London, 1965.
Shidley, Joseph T. ed., *Dictionary of World Literary Terms: Forms・Technique・Criticism: Completely Revised and Enlarged Edition*, The Writer inc, Boston, 1970.
Shaw, Harry, *Dictionary of Literary Terms*, MacGraw-Hill Book Company, U.S.A., 1972.
Cuddon, J.A., *A Dictionary of Literary Terms*, André Deutsch, Great Britain, 1977.
Grambs, Dabid, *Literary Companion Dictionary: Words about Words*, Routledge & Kegan Paul plc, London, 1985.
Baldick, Chris, *The Concise Oxford Dictionary of Literary Terms*, Oxford University Press, New York, 1990.
Dupriez, Bernard, *A Dictionary of Literary Devices*, Union générale d'éditions, in French, 1984, translated and adapted by Albert W. Halsall, Unibersity of Toronto Press, Canada, 1991.
Morner, Kathleen and Ralph Rausch, *NTC's Dictionary of Literary Terms*, National Textbook Company, Cicago, 1991.

*Encyclopedia of Literature*, Merriam-Webster, Massachusetts, 1995. には次のような記述があった。〝model, archaic, An abstract or summary of a written work, See also EPITOME."／〝epitome, 1.A summary or an abridgment of a written work. 2.A brief presentation of a broad topic, or a compendium. 3.A brief statement expressing the essense of something."「概略」というニュアンスであり、本章のいう意味内容では

ない。
　また日本の事典で「モデル小説」を項目としてもつものには、たとえば次のものがある。『日本現代文学大事典』人名事項篇（明治書院、一九九四年六月）、『用例にみる 近代文学史用語事典』（『解釈と鑑賞』一九七〇年七月、臨時増刊号）、『増補改訂版 文芸用語の基礎知識』（『解釈と鑑賞』一九七九年五月、臨時増刊号）。また、『日本国語大辞典』（小学館、一九七六年一月）の「モデル」の項は、「文芸作品の素材とした実在の人物や事件。」という説明をもつ。『広辞苑』第四版も同様に「小説・戯曲などの題材とされた実在の人物。「―小説」」の記述をもつ。

［3］丸山晩霞「島崎藤村著『水彩画家』主人公に就て」（『中央公論』一九〇七年一〇月）を指す。

［4］「作家苦心談（其九）露伴氏が『風流仏』『一口剣』『五重塔』等の由来及之れに関する逸話」『新著月刊』五巻、一八九七年八月。

［5］なお、言葉の出現に限定せず、モデルを取るという状況自体に目を向ければ、瀬沼茂樹「『並木』をめぐるモデル問題」（『明治文学研究』法政大学出版局、一九七四年五月）の指摘するように、事態は「当世書生気質」の時代にまで遡る。

［6］惣郷正明、飛田良文編『明治のことば辞典』東京堂出版、一九八六年一二月。

［7］「①かた。手本。②特に絵又は文章などで、写生をする時見て手本とするもの。」としている。引用は前掲『明治のことば辞典』五六七頁による。

［8］「編輯たより」（『新声』五巻一号、一九〇一年一月）による。ただし『新声』への寄稿自体は、よりはやく『新声』最初期から行っている。

［9］檜田良枝「田口掬汀　生涯」（『近代文学研究叢書』五一、昭和女子大学近代文学研究所、一九八〇年一一月、一二五頁）から引用。田口掬汀、平福百穂についての記述は、同書のほか、平福一郎「父百穂のことども」（図録『生誕百二十年　平福百穂展』朝日新聞社文化企画局大阪企画部、一九九七年一月）、庄司淳一「平福百穂の芸術」（同前）、小池賢博「結城素明について」（図録『結城素明―その人と芸術―』山種美術館、一九八五年）、小高根太郎「无声会の自然主義運動」（『美術研究』一八四、一九五六年三月）、結城素明「无声会の思ひ出」（『文章世界』一一巻七号、一九一六年七月）、佐藤義亮「出版おもひ出話」（新潮社出版部編『新潮社四十年』新潮社、一九三六年一一月）を参考にした。

［10］前掲、佐藤義亮「出版おもひ出話」、六二頁。百穂と新声社社主佐藤儀助（義亮）もまた同郷人であり、「小学校時代は大して親しくなかつた」が、「お互に上京してからはよく往復」（同書による）する仲だったようだ。

[11] 前掲、庄司淳一「平福百穂の芸術」、一二頁。ちなみに无声会の結成について、秋冬生「文界雑駁」（『明星』二号、一九〇〇年四月一日）でも報じられている。

[12] 河北倫明「明治美術と自然主義――无声会の運動――」『明治大正文学研究』四号、一九五〇年一〇月、六三頁。

[13] この交流は、掬汀と百穂との個人的な交流にはとどまらない。百穂が入社した一九〇一年一月には、『新声』「甘言苦語」が、早速かなりの分量で无声会の援護射撃を行っているし、その後も无声会の展覧会の宣伝が頻々と掲載されている（たとえば「甘言苦語」六巻四号、一九〇一年一〇月、「同」六巻五号、一九〇一年一一月）。无声会展覧会の合評（六巻六号、一九〇一年一二月）も開かれており、『新声』の誌友会に无声会のメンバーが参加しているのも報告されている（「上毛新声誌友会の記」（七巻一号、一九〇二年一月）、ちなみにこの時萩原朔太郎が、兄栄次と参加している）。

[14] 無署名（大村西崖）「无声会絵画展覧会（一）」『東京日日新聞』一九〇二年四月一七日。

[15] 无声会側の証言としては、結城素明の「大村氏が読売紙上で何事かの評論の末が岡倉氏の理想派に及び大に反対の気焔を上げた」、「当時の思潮に理想派に満足せざるものがあつたのは事実で、我々同人の企も、当時漂つて居た夫等の思想の或物との共鳴した点があつたものと思ふ」という証言がある。結城素明「无声会の思ひ出」『文章世界』一一巻七号、一九一六年七月、二四九頁。

[16] 無名子（西崖）「◎美術断片（一）」『東京日日新聞』一九〇〇年四月二八日。

[17] 無名子（西崖）「◎美術展覧会を評す」『東京日日新聞』一九〇〇年四月一〇日。

[18] 結城素明「平福百穂君の追憶」『双杉』二巻一二号、一九三三年一二月。

[19] 庄司淳一「――浪漫派の不和な兄弟――无声会と美術院」『日本美術院百年史』二巻上、日本美術院、一九九〇年一一月。

[20] 石井柏亭「无声会時代の百穂君」特集「平福百穂の記念」『中央美術』復興五号、一九三三年一二月、一六頁。

[21] 無署名だが、論旨が前後に発表されている掬汀の主張と合致するところから、掬汀の論と判断する。

[22] 無署名（大村西崖）「自然美」『美術評論』一五号、一八九七年一〇月二七日、一二頁。

[23] 「八面鋒（牛込、好小説家）」『新声』八巻四号、一九〇二年一〇月、八五頁。記者の答は「これ事実か、仮構か、知らず」（同頁）。

[24] 銀月「掬汀兄に与ふ」『新声』八巻五号、一九〇二年一一月、一四頁。

[25] 「八面鋒（美濃、鶏二）」『新声』九巻一号、一九〇三年一月、一六四頁。

# 第八章◉

# 表象の横断を読み解く

## ――機械主義と横光利一《よこみつりいち》「機械」――

### 1　時代が機械美を発見する

一九三〇（昭和五）年五月、天人社から刊行された『機械芸術論』[注1]の緒言は、次のように述べる。

機械と芸術との関係を考察することは、現代の芸術を理解する上に、是非とも必要な条件である。一九二九年以来、此の種の考察を試みることが急激に流行しはじめた。

この言葉は、おそらくは『機械芸術論』の編者板垣鷹穂《いたがきたかお》のものであると推定される。板垣は、当時東京美術学校などで教鞭を執りつつ評論活動を精力的に行っていた、美術史家・美術評論家である。彼はこれに先立つ一九二九年の春から秋にかけて、『思想』『新興芸術』『東京朝日新聞』などに連続して五本の論文を発表し、それをまとめて『機械と芸術との交流』（岩波書店、一九二九年一二月）を出版している。この本は「機械と現代美術」「機械と芸術との交流」「航空機の形態美に就て」などを目次として掲げ、板垣自身の言葉によれば「「機械文明」と云ふ一個の確定的な媒介物を前提して、現代美術の特質を推定する試み」（四〇頁）とされる。牧野守は同書に対し、「このテーマに於ける我が国のパイオニアとしての役割を果すマニフェスト」と評価を下しているが、[注2] 実際これ以降、『都新聞』に機械をテーマとして文学、映画、写真、建築などの諸分野から一〇本の論文を集めて掲載する企画ものが連載され、[注3] それがまとめられて「新芸術論システム」の一つとして前掲『機械芸術論』が出版されたり、板垣がさらに天人社から『新しき芸術の獲得』『優秀船の芸術社会学的分析』の二冊を出版したりしている。これら一連の動向を考慮に入れれば、冒頭引用した言葉は、その流れの先頭を走っていた板垣自身の示した、自負混じりの現状俯瞰図であったと推定してもよかろう。[注4]

これら流行はいったい何を物語るのか。さらにもう少し、板垣の言葉に耳を傾けよう。

> 機械的環境は、社会人の環境を新たにし、新しい形態美の存在を教へる。そして同時に、機械は自己の形態を純化しながら、新鮮な糧を芸術に供給する。「機械と芸術との交流」がかくてはじまる。機械技師と芸術家との限界が消失する。
>
> 工場は寺院に代り、住宅のエレヴェシヨンは、汽船のブリッヂを模倣し、自動車は工業美術に変り、起重機に記念性が認められて来た。そして、歯車形の室内装飾が流行し、高速度輪転機の諧調が陶酔を誘つた。（一一頁）[注5]

板垣がこの時期の一連の著作の中で語ろうとしているのは、ある新しい美の発見である。これまでは単なる物であり道具にすぎなかった機械を、芸術の表象対象として見い出す新しいパースペクティヴ、新しい感性の登場である。

むろんこの感性の変革は板垣個人に限って現れたものではない。次に挙げたいくつかの言葉の中にも、われわれは同様の誇らしげな発見の息づかいを聞き取ることができる。

自動自転車のスナップ・ショットは一つの事実として発表された。有機体のスナップ・フォトが、我々の感覚と遠ざかる。機械的建造物の有する新しい魅力は此処に於て胚胎した。我々の見る目が開けたのである。（堀野《ほりの》正雄《まさお》「機械と写真」▼注[6]）

野の彼方に弧を描く虹の美しさを何人も否まないであらうけれども、又私達は実験室の闇の中に交錯する鋭い光の線条に対して特殊の魅惑を感ぜずにゐられないであらう。そしてそこに新しき詩の形態を感ずるであらう。そこにこの半世紀に於いて見ることの意味が、己自ら何物か他のものに姿を変へつ、あることを知らなければならない。（中井《なかい》正一《まさかず》「機械美の構造」▼注[7]）

工場の美、汽船のブリッジの美、歯車の美。自動車は工業美術品とされ、実験室の光は虹と比べられ、高速輪転機のリズムが陶酔を呼び、「機械技師と芸術家との限界が消失する」。あるいはまた、城左門《じょうさもん》のテクストも、「仏蘭西美術展」を見に行った人間に、窓枠に切り取られた三井銀行の工事現場を見せて、「白状すれば、僕には、ロダンや後期印象派の青白い夢よりも、此の白日下の、生々たる、建築過程の「画」の方が、余程興味深いものに、感ぜられたのでした」▼注[8]と告白させる。中井正一の述べる「見ることの意味」の変化は、まさしく同時代の感性の変革を名指している。

そしてそれら「見ることの意味」の変革のなかから見い出され始めた「新しき詩の形態」（中井）は、たとえばガスタンクや、鉄橋、車、レコード盤、幾何学模様などの上に見つけられていった。それらの〈機械〉たちは、絵画、写真、詩などジャンルを問わず表象対象として積極的に取り上げられていく。東京ガス千住工場のガスタンクは一九一四年には完成しており、〈物〉としては存在していたわけだが、この時期になるまでそれは芸術家たちの視線の対象として浮かび上がってこなかった、と小泉淳一は指摘するが、[注9]このことはそこで起こっていたことがまさに文字どおりの「発見」であったことを示している。

かつては「美的」ではなかったものが、新たに「美」を持つものとして見つけ出されてゆく。藤牧義夫《ふじまきよしお》の『墨田川絵巻No.2 白鬚の巻』（一九三四年）は白鬚橋のたもとのガスタンクから始めて、起重機や鉄橋など〈機械〉たちのひしめく隅田川を河岸沿いに毛筆でスケッチを試みる。長谷川利行は「先夜寺島カエリニ千住タンク地帯ガ気ニ入ツタモノデスカラ、昨日ト今日、油絵ヲ描キニ出カケル所デス」[注10]といって、ガスタンクを油彩で描く（図8—1）。堀野正雄の写真にもガスタンク・鉄橋・起重機の連作がある（図8—2）。文学ジャンルでも川路柳虹《かわじりゅうこう》「起重機」[注11]、島本久恵「春の可動橋」[注12]など同様の傾向を示すテクストには事欠かない。堀野と板垣の共同作業「大東京の性格」[注13]や村山知義《むらやまともよし》監督編集の「首都貫流——墨田川アルバム」[注14]も、写真と詩、あるいはタイポグラフィーによって機械化された東京を描きとろうとしたルポルタージュとして興味深い達成を見せている。

徐々に都市生活のなかに浸透してきた機械が、芸術領域において獲得された新

図8-1　長谷川利行「タンク街道」（1930）

図8-2　堀野正雄「鉄橋」（『カメラ・眼×鉄・構成』木星社書院、1932年6月）

しいパースペクティヴによって、美的表象の対象として浮かび上がってくる。そして一九二九年には、板垣が述べ、彼自身の活動が明かしているように、機械を取り上げ表現し論じることが小さな流行を見せ、「機械主義」という言葉が流通する。そしてまたこの動きは、文学ジャンルにおいて「形式主義文学論」と呼ばれたりもする中河《なかがわ》與一《よいち》や横光利一らの問題意識と興味深い交渉をもっているようだ。

本章は、この時期に流通した機械をめぐる想像＝創造力の類型のうちのいくつかを分析し、その後それら「機械主義」の言説がもっていた話型を、横光利一「機械」が周到に下敷きとして取り込み、その同時代の感性の変革を刻み込みつつ、横光自身の独自の問題意識の中にそれを解体移築していっていることを論じる。そのタイトルに「機械」の名を戴く横光の作品と同時代の機械主義の諸芸術との交渉は、指摘はなされつつもいまだほとんど正面から論じられていない。▼注[15] そこへ新たに視線を向けなおすことによって、この時期に〈機械〉をめぐってなされた文化的交流の一端に光を当ててみたい。

## 2 機械をめぐる想像力1――機械・人間・ロボット

さて、この新たに発見され直すこととなった機械という存在は、具体的にはいかなる様態で捉えられ、再現＝表象されたのか。ここではまずその一つとして、人間と機械との関係を問題とし、それを再編成していったテクスト群のうちのいくつかを取り上げてみたい。

まず、ロボットである。米沢嘉博は、ロボットが広く一般に知られるようになったのは「昭和三（一九二八）年改造社の大衆文学全集の一冊として「メトロポリス」（ハルボウランング夫人）が出、翌年フリッツ・ラングの映画「メトロポリス」が公開されたあたりからだろう」▼注[16]という。この同時期には「東洋産ロボット第一号「学天則」」（米沢同論）

が京都で開かれた「大礼記念博覧会」（一九二八年）などに出展され見せ物として話題を呼んでいたりもする。

いま人間と機械との関係の再編成という点においてこのロボットものを考えるときに、水島爾保布《みずしまにおう》「人造人間時代」▼注[17]の示す想像力は興味深い。これはナンセンス・コント風の短いテクストでストーリーとしては、人造人間が増えて人間がだんだん圧迫されて行く――という夢を見る、という単純明快なものだが、そこではその人造人間に生殖能力が与えられ、人間との間に「混血児」が誕生して行くという想像力が働いている。

愚図々々してゐると、本ものの人間と人造人間の混血児《あひのこ》などが出来出し、だん〳〵と本ものの影が地球の上から薄くなつて、しまひには月球の裏つ側へでも行かぬ事にゃ、神様を信じたり、夢を見たり仲間お互に階級を設けたり、チヨイと傷がついても血を出して痛がつたりするやうな弱い皮膚を有つた人間つてものが見られなくなるかも知れない。さうなつちや大変だと、苦労性の人間達が結束して純粋人間擁護団つてものを設け、お互ひに人造人間とは接近しないやうにしませうといふ標語を拵へ、なほ、人造仲間へいろんな提議を持ち込む。（二〇頁）

「混血児」という隠喩を成立させているのは、一組の対（人間と人造人間）のもつ同一性を基盤とし、その上で成立する差異を問題にする、また逆に差異を前提とした上での同一性を見い出す、という認識の構造である。人型に造られたロボットを見て、人は自らのロボット性を認識し、また、はねかえるように自らの人間性を確認する。ロボットを取り巻き、また可能にしているのはこの人と機械との間にかかるあやうい均衡である。

人間の想像力が生み出したロボットという存在は、人間の想像力の豊かさを示していると同時に、その貧困さも示しているといえるかもしれない。想像力は羽をひろげるが、その足場は既成の知の基盤に立たざるを得ない。未知のものを人間は既知の言葉で測るしかない。たとえば、一九二三年創刊の科学グラフ誌『科学画報』の表紙には、魚のような〈顔〉をもつ列車や、巨大な蛸の姿をした海上で作業する鉄塔などが描かれている。▼注[18] 新たに登場した機械を人間は生物的なメタファーで捉え理解しようとし、また逆に、機械が定着し出せば、生物・人間が機械のメタファーで捉えられたりする。そこでは当然人間と機械の境界がぐらつくことも起こりえよう。たとえば中井正一は前掲「機械美の構造」において「「人間」は機械の出発点であるとともに深い機械の小宇宙であらう」（一六二頁）とし、自然は機械、人間も機械としてそのあいだの弁証法を強調している。

　これら機械と人間との境界領域を問題化するテクスト群のなかで、もっとも輝かしい達成を示している作品の一つが、花輪銀吾《はなわぎんご》のフォト・コラージュ「複雑なる想像」（図8—3）である。女性のはだけた胸や腕、唇や鼻筋の持つ生物的なやわらかな曲線、そして肌の肌理の細かさと、それを取り巻くさまざまな硬質な機械たちの輪郭の持つシャープな鋭さ、無機質な冷たさとザラつく鉄錆の抵抗感とが対比される。檻と化した障子の格子に閉じ込められ、上半身裸の無防備な姿を曝す若い女性は、周りを機械たちによって厳重に固められ、縛り付けられている。この「閉じ込められた少女」のイメージは、この作品の持つ、断絶した空間的多層性とでもいうべき特徴によって増幅させられている。

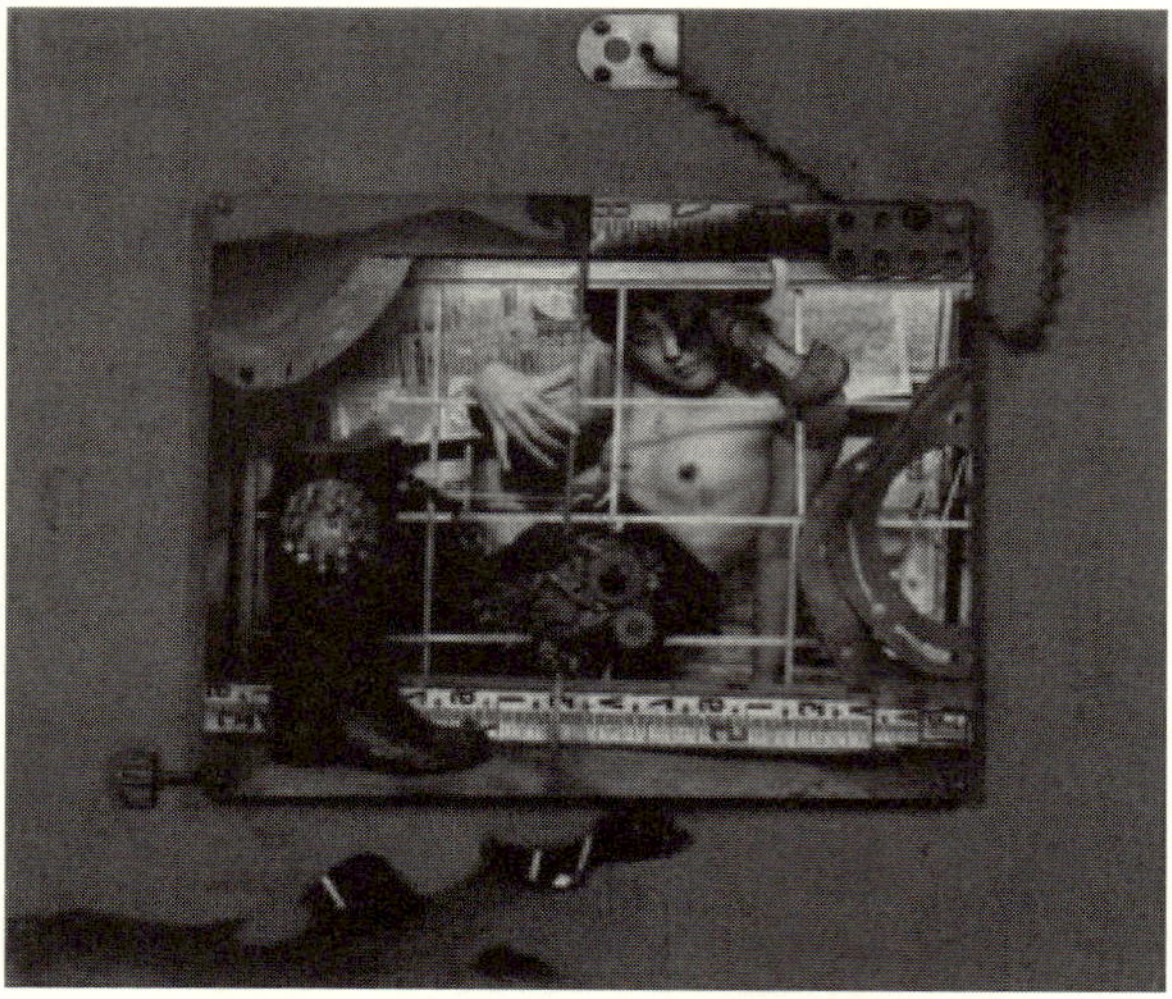
図8-3　花輪銀吾「複雑なる想像」（「創造主の機械観」とも。1937-8）　フォトコラージュ、『機械のメトロポリス』所収

　この作品ではさまざまなレベルの平面が互いに交差し合うことなく重層化されている。少女の後ろには、新聞紙を乱雑に張り合わせた壁の平面がある。少女を挟み、例の檻として

の障子がありその平面上にパンプスや測量用らしき巨大な定規や歪んだ円形の鉄板が張り付けられている。そしてそれらが総体として、写真のパネルの平面をなしており、さらにそれが、少々浮いた形で麻布らしきバックの平面に留められている。これら複数の平面は互いに平行であり、重なり取り込みあいながらも、交わることはない。これらの窮屈に重複した平面の間に少女は挟み込まれている。しかしながら注意してみれば、これら厳重に取り仕切られた対立・境界は、ことごとく〈機械〉によって侵犯されているのに気づかされる。機械たちに縛り付けられているかに見えた少女のやわらかな下腹部には、巨大な穴が開き、歯車が姿を曝している。その着色されたとおぼしき鉄片の集積はなにかしらメカニカルな内臓の表面を連想させる。あまつさえ、少女の左目に当たる部分からは、だらりと鉄塊がこぼれだしている。そして、これらの肉体としての機械は、作品の断絶した多層性を破壊する。少女の肉体の内部から延びたコードは、障子のなす平面と、写真パネルの平面を越えて、グロテスクな剣山のようなものへと接続されており、そしてだらりと垂れる鉄の左目もまた、同様に境界を越えて飛び出してきている。

この作品の別名を「創造主の機械観」という。取り囲む機械群に閉じ込められているかに見えた少女は、じつは鋼鉄の、機械の肉体を持っている。彼女は圧迫された弱々しい存在ではなく、その鋭く見つめるもう一方の右目の語るごとく、人間—機械の境界を侵犯する、一種の強度を持った存在として提示されている。「創造主の機械観」というタイトルは、このとき人間と機械との関係の再編成が進行する時代の感性の変革を鮮烈なイメージで表現していると言えよう。

## 3 機械をめぐる想像力2——機械の運命論

ここでまた別の一群の機械をめぐる想像力の様態を考えてみたい。それは機械に託して表象される〈支配〉あるいはそれにまつわる〈恐怖〉に関するものとなろう。

新居格《にいいたる》は「機械と文学」（前掲『機械芸術論』所収）において次のように言う。

　機械の機能を荒馬の如くに放任すればそれは何をなすかも分からない。イデオロギーによる社会組織の訂正は意識的、意思的であるが、科学の進歩、機械の冒険的驀進は無意識であり、社会法則の無視であるからそのまゝに放置すれば血に飢ゑることゝもならう。（三五―三六頁）

図 8-4　松原重三　無題　（1935）　フォトモンタージュ

機械はたとえば〈学天則〉のように賛美、感嘆の対象であったと同時に、また恐怖、恐れの対象でもあった。そもそもロボットを最初に創造したチャペックのテクスト『R．U．R』（一九二〇年）は人間が創造したロボットが逆に人間を支配するという結末を持つものであった。このテクストの持つ影響力は非常に大きいが、このことはロボット・機械に支配され圧倒されるのではないか、という恐れが共有できる感受性の基盤の存在を示しているともいえよう。平野零二《ひらのれいじ》「空に踊るロボットとその顛落」▼注[19]は、人間の代わりに飛行機を操縦するロボットを開発していた軍人が、その開発が成功したと思えたときに「飛行機はね、人間のものなんだ」といって、テスト飛行中の飛行機を落とす、というものであったし、海野十三《うんのじゅうざ》「深夜の市長」▼注[20]には、夜になると地下から延び出て、暗視カメラで街を監視する塔が描かれている。

このような〈支配する機械〉という話型の変奏は、広汎に流通していたように思われる。むろんこの時代、機械を表す象徴的な地位にあった「歯車」というメタファーは現在でも「運命」を示すことができる生きた隠喩であるし、それはまた「支配される人間」を共示することも可能である。たとえば岸田国士《きしだくにお》「ゼンマイの戯れ」[注21]には、過酷な労働のもとに虐げられた職工たちがゼンマイに寓意化されながら描かれている。

この〈支配する機械〉という物語をほぼそのまま視覚化したといえそうなフォト・モンタージュが、松原重三《まつばらじゅうぞう》「無題」（一九三五年）（図8―4）である。無防備な半裸体で直立した男が画面右端におり、その首には太い鉄鎖が巻きつけられている。鉄鎖はワイヤーへとつながり、そのワイヤーには多数の歯車が接続されている。男には顔がなく、中心あたりが白く空虚に切り抜かれているばかりだ。よく見れば男は右手に「OUT OF ORDER」のレッテルを貼られ、みぞおちあたりには「931」とナンバリングがされている。男は秩序《オーダー》から外れたために鎖へとつながれ、顔も衣類もなく脱個性化されて歯車に従属しているのか。あるいはまた、前景化されて画面下半を占める歯車たちが、男の顔を喪失させ、ナンバーを振ったのか。とすると、「OUT OF ORDER」は、ありうべき秩序から機械のために疎外され、「故障《アウト・オブ・オーダー》」してしまった男の助けを求める叫びなのか。後方では奇妙にリアリティを失った人間が文字どおり宙吊りにされてさえいる。いずれにせよここでは人間たちは〈支配する機械〉の下で静かに抑圧されているばかりだ。

## 4 機械の運命論と横光利一「機械」

さて横光利一の「機械」（『改造』一二巻九号、一九三〇年九月）もある面でこの運命論の物語を踏襲するものの一つだといえよう。そもそも「機械」という語を一九三〇年というこの時期にタイトルとして掲げた事自体、これまで確認してきたこととそれらの出現時期とに照らしあわせれば優れてタイムリーなものであったことがわかる。

では横光のテクストはどのように機械を物語るのか。このテクストが掲げた「機械」というタイトル語は、冒頭すぐに「家の中の運転が細君を中心にして来ると細君系の人人がそれだけのびのびとなつて来る」▼注[22]という、「家」を一つの機械に見立て、その管理運営を「運転」と呼ぶ語り手の言葉によって、ストーリーと関連づけられる。これにより読者はこの「家」において起こる出来事を、機械となんらかの形で結びつけて解釈するようながされる。そしてストーリーがクライマックスを迎える少し前、語り手は次のように語り、字義通りに受け取ればとりあえずこの物語の主題と呼びうる解釈の枠組みを提示する。

> だが此の私ひとりにとつて明瞭なこともどこまでが現実として明瞭なことなのかどこでどうして計ることが出来るのであらう。それにも拘らず私たちの間には一切が明瞭に分つてゐるかのごとき見えざる機械が絶えず私たちを計つてゐてその計つたままにまた私たちを押し進めてくれてゐるのである。（三七五頁）

「私たち」には見えないところでゆっくりと動き続け、「絶えず私たちを計つてゐてその計つたままにまた私たちを押し進め」ている機械。固定された視点により、同僚の軽部や屋敷などの心の裡をのぞき見ることが許されず、おのれの内部で明滅する心理過程を執拗に描き出す〈私〉は、その限定された視野の外部に「見えざる機械」を想定する。その機械は、溢れかえり錯綜する言葉の外から、明晰に〈私〉を計り押し進めているというのだ。これまで検討してきた〈支配する機械〉という、他のテクスト群が踏襲し、語り直していた物語を横光「機械」もまたその運命論のフレームとして採用している。むろん引用部分のような明示的な言辞だけではなく、舞台を「町に並んだ家家の戸口に番号をつけて貼つけ」るネームプレートを作る工場においていること（これは先ほどの松原重三のフォト・モンタージュを連想させる）、〈私〉が薬品を混合する過程で「無機物内の微妙な有機的運動の急所を読みとることが出来て来て、いかなる小さなことにも機械のやうな法則が係数となつて実体を計つてゐることに気附き出」すことなど、この話型を固める小道具が周到にちりばめられていることは、少し細部に目を向ければ容易に気づくところである。テクストは〈支配する機械〉の物語を愚直なまでに辿り直し、一直線に終結部の「私はたゞ近づいて来る機械の鋭い先尖がぢりぢり私を狙つてゐるのを感じるだけだ。誰かもう私に代つて私を審いてくれ」という叫びへと収束して行く。[注23]

さらに、この〈支配する機械〉というフレームは、登場人物たちの動きを規定する基底構造としても据えられている事が指摘できる。この基底構造によって読者は散発的に字面上に現れる「機械」という言葉をテクスト全体に敷衍してゆくことができるようになっている。少々大づかみに把握すれば、「機械」という作品は、「1　主人とそれを大切にする使用人Aがいる。／2　優秀な使用人Bが現れる。／3　AとBとの間に軋轢が起こる」という構造を持っていることがわかる。そしてこの構造が物語内で反復されるようになっているのである。最初はA＝軽部、B＝〈私〉であるわけだが、これがA＝〈私〉、B＝屋敷となって反復される。これはかなりあからさまな構造であり、〈私〉自身、「前には私は軽部からそのやうに疑はれたのだが今度は自分が他人を疑ふ番になつたのを感じると、あのとき軽部をその間馬鹿にしてゐた面白さを思ひ出してやがては私も屋敷に絶えずあんな面白さを感じさすのであらうか」とその反復を確認するところまであることから、読者にはある程度透けて見える構造になっている。つまり、人物たちの行動を規定しているのは、彼らの主体的選択ではなく、彼らの位置関係の構造であるということが、読者へと伝達されるように語られているということである。これがすなわち「機械」というテクストの基底構造として存在する〈支配するものとしての構造＝メカニズム〉であり、これにより〈私〉の最後の叫びが、リアリティをもつことになる。

横光の「機械」というテクストが、同時代に流通していた〈支配する機械〉というある種の運命論を、その骨組みとして採用していることは間違いないと言えそうだ。また先行論[注24]の指摘するとおり、絡み合った登場人物たちの相互の心理作用を指して〈機械〉と呼んでおり、その点において横光「機械」は人間と機械との関係性を再編成していっていた同時代の感性の変換（第2節参照）のなかの産物であったということも可能のようだ。だが「機械」というテクストがそのなかに刻み込む同時代の感性との交渉は、このような物語話型の踏襲・変形のレベルのみにとどまるわけではない。

## 5　「科学」としての「文学」が測り始めるもの

機械主義と横光「機械」との交渉を考える際には、このテクストの創造を可能にした、横光自身のパースペクティヴの移動を検討しなければならない。それは一九二八年から一九三〇年ごろの横光の評論からうかがうことができる。たとえば一九二八年に書かれた次のテクストは言う。「それなら芸術家は何んであらうか。／「人間的機械である」／人間的機械よりも、人間の方が、人間にとつては尊むべきものではないか。／「それは尊むべきものである。さうして、人間は左様に人間にとつて尊むべきものであるが故に、芸術家は、即ち人間的機械となつて人間をより他の何者よりも完全に知らねばならぬ」[注25]。ここにある「人間的機械」という隠喩＝認知形式もまた、ロボットの問題群を前節で検討してきたわれわれにとってすでになじみ深いものであるが、いまここで問題となるのは、横光の述べる、人間をより完全に知るために芸術家は「機械」にならねばならない、という点である。人間から機械へ、この移動はさらに次のテクストにも引き継がれる[注26]。

　総て現実と云ふもの――即ちわれわれの主観の客体となるべき純粋客観――物自爾――最も明白に云つて自然そのもの――はいかなる運動をしてゐるか、と云ふ運動法則を、これまた最も科学的に、さうして、それ以上の厳密なる科学的方法は赦され得ざる状態にまで近かづけて、観測すると云ふ、これまた同様に最も客観的に、いささかのセンチメンタリズムをも混へず、冷然たる以上の厳格さをもつて、眺める思想――これをメカニズムと云ふ。〔…〕さうして、文学に於ては、形式主義がメカニズムの現れとなつて現れ出した。

人間をより知るために機械になるという発想は、ここでは「それ以上の厳密なる科学的方法は赦され得ざる状態にまで近かづけて、観測する」という形で変奏されている。科学的に正確に見る／知るということが、これらのテクストでは理想的な認識方法として称揚される。そしてその科学的という際に「人間的機械」あるいは「メカニズム」という認知形式が導入されているのだ。そして横光はさらに論を進め、その「メカニズム」が文学において現れたのが、自らも密接にかかわる「形式主義」だというのである。「メカニズム」と「形式主義」という取り合わせは、なにも横光の独断というわけではない。横光と同じく形式主義文学論を担った中河與一による形式主義の定義もまた以下のようなものであった。「そこで私は形式に就いての定義を左のやうに試みる。／形式(form)とは様式ではない。形を持つたものである。物質的なものである。経過を持つた頂点である。具体である。／形式とは素材の飛躍したものである。飛躍したものであるが故に新鮮である。緊密である。アプリオリでない。メカニズムである。能率的な美である」▼注[27]。現在のわれわれにとって必ずしも「メカニズム」と「形式主義」とを結びつけるのは容易ではない。「メカニズム」という語もそれぞれの文脈で独特の意味を付与されている。だが、横光や中河にとって、それら二つは「科学的」という理想のもとで文学を「唯物論的」▼注[28]に捉え、その求めるありようを記述してゆく上で理論的な必然性を持った結びつきであったのだ。

このような「科学」への横光の立脚点の移動は、一九三〇年に発表されたテクスト「芸術派の真理主義について」▼注[29]によって明確に定位される。

そこで、新しい芸術派の真理主義者達の一団は、彼ら自身を出来得る限り科学者に近づけなければならなくなつたのだ。いや、寧ろ反対に、科学者を彼ら自身の中へ産み出し始めたのである。人生に対して、芸術家ほど科学者でなければならぬものはない。（一四一頁）

芸術家が科学者となる。横光のやや煽動的な口吻は「機械技師と芸術家との限界が消失する」と宣言した板垣鷹穂の口調といかに似かよっていることか。横光はすでに別のテクストでも「芸術の究極の殿宇が風流にあると云ふ美学者」に不必要を宣告していた。▼注[30] 芸術から科学へというポジションのスライドは、むろん横光の、文壇という力場内でのイデオロギッシュな選択という面がないわけではないだろうが、科学への関心は同時代的な嗜好でもあったのだ。▼注[31] そしてポジションの移動は必然的にパースペクティヴの変化を伴い、新しい対象の発見をもたらさずにはいない。同じ横光の「芸術派の真理主義について」は、その発見をも物語る。

私は此の一ヶ月間煙草を吸はない。今迄一日にチエリーを五箱のんでゐたのに、ぱつたり煙草を吸はなくなつてから頭の廻転も変化して来た。人と言葉を交へるのがいやになり、思はぬときに思ひがけない表情が顔の上で拡がつてゐたり、注意力が対象を忘れて霧散したり、夜が来ると眠気に抵抗するのが第一の務めとなつたり、とに角勝手がひどくいつもと変つて来た。ペンを持つても一字を書くのにまごまごした骨折を感じる。意識と意識との継目から身体を支配しさうな無意識の運動が間断なく行はれてゐるのを感じるやうになつた。煙草を吸ふ肉体と、煙草を吸はない肉体との感覚の落差の中で、私はそのどちらが実体を計量する上に於てより正しい肉体であるのかを考へる。（一四〇頁）

譬へば、今、私のこの体内に於ける禁煙からの変化とその運命を最も確実に示し得るものは、芸術家以外にはないのである。科学者そのものよりも、芸術家の方が正しいのだ。（一四一頁）

この評論からフィクション「機械」へと進む過程の中で、一つのことが明確に横光の視野の中へと入ってきていることがわかる。それは「意識と意識との継目から身体を支配しさうな無意識の運動」に注目を向けるということだ。横光が同じ「芸術派の真理主義について」の中で「その時間内に於ける充実した心理や、心理の交錯する運命を表現し計算することとの出来得られる科学は、芸術特に文学をおいて他にはない」と述べるように、彼の考えた「科学」としての「文学」というスタンスが産み出したものが、この「無意識の運動」への注目とその描写であった。そしてここで重要なのは、「意識」ではなく「意識と意識の継目」であるということ、「心理」のみではなく「心理の交錯」を「表現し計算する」ということ、すなわち〈関係〉を見据え、それを「科学」的に描き出すというパースペクティヴのとり方である。▼注[32] さらに、補足すれば、同様の視線は横光ひとりのものではなく、たとえば前掲『機械芸術論』に「機械美の構造」を書いていた中井正一などと共有していたものであったことも指摘できる。

この「道具」としての尺度を、その空間的量の測定の手段として運用する場合、それは功利的道具である。しかしもし、その目盛りを、「もの」の中に見出す数の運用性、即普遍なる対象的関係性の surrogate（代入）として、「ものの関係」そのものを見出すとき、感覚はそこに一つの反省的判断として秩序即叡智的計量を見出す。〔…〕それを美としも云ふならばそれはシルラーの云へる意味に於いて、「最も十分なる意味における真」である。機械のもつ美はしさのもっとも始源的な、そしてしかも類型的なるものをそこに私は見出すかの様である。（一六〇頁）

「尺度」を「道具」としてではなく、「ものの関係」そのものとして見い出す。さらにただ見い出すのみならず、そこに「秩序即叡智的計量」を見い出し、それを「機械のもつ美はしさ」として語る。このような関係性への注目とそれを科学的に「計算・計量」しようする姿勢とが、人と人との間で錯綜する心理へと向けられることによって、「機械」というテクストは誕生した。

「芸術派の真理主義について」というテクストは、「体内に於ける禁煙からの変化とその運命を最も確実に示し得るものは、芸術家以外にはない」というポジションをとる。このテクストの冒頭にある詳細な禁煙の心理と肉体の反応の記述は、その立場からの試みの一つとみてよいだろう。そしてここで試みられていることを、フィクションというジャンルへと移入し、大がかりに展開したものこそが「機械」というテクストなのだ。この点で二瓶浩明の「「新心理主義」は、文学の「科学」性をもって「人間」を描く横光の「メカニズム」という方法論の処理技法に過ぎなかった」という指摘は鋭い。▼注[33] ただし、二瓶が続けて言う「それは衣装（メカニズム）の模様に過ぎない」という見解は少々横光の達成に対する過小評価ではあるまいか。

横光はただ単に評論テクストで粗述したパースペクティヴを、フィクションというジャンルにそのまま移したというわけではない。二つのジャンルを越境する際には当然その二つのジャンルのルールのあいだをも跨がねばならない。人間の心理を科学としての芸術という地点から描こうとするもくろみを、フィクションへと移入するときには、フィクションという形式の要求する、語り手や視点人物やプロットやというさまざまな要素を満たしたうえでそれを行わねばならない。それを乗り越えるために横光が編みだしたものが、登場人物の〈私〉と語り手の〈私〉とを完全に切り離し、その両者の間を視点が往還するという方法であった。これによりテクストの語りは、ジュネットのいう「後説法」のように過去の出来事を振り返って説明的に述べることにとどまらず、登場人物の〈私〉の心理・運命を、語り手の統御を超えたものとして描き出すことを可能にした。つまり視点が登場人物の〈私〉に近づけば、オーソドックスな「後説法」的語りに近くなり、語り手の〈私〉に近づけば、メタフィクション、饒舌体的な語りを可能にするのである。▼注[34] たとえば次の「機械」の一節を見てみよう。

なるほどさう云はれれば軽部に火を点けたのは私だと思はれたつて弁解の仕様もないのでこれはひよつとすると屋敷が私を殴つたのも私と軽部が共謀したからだと思つたのではなかろうかと思はれ出し、いつたい本当はどちらがどんな風に私を思つてゐるのかますます私には分からなくなり出した。しかし事実がそんなに不明瞭な中で屋敷も軽部も二人ながらそれぞれ私を疑つてゐると云ふことだけは明瞭なのだ。だが此の私ひとりにとつて明瞭なこともどこまでが現実として明瞭なことなのかどこでどうして計ることが出来るのであらう。それにも拘らず私たちの間には一切が明瞭に分つてゐるかのごとき見えざる機械が絶えず私たちを計つてゐてその計つたままにまた私たちを押し進めてくれてゐるのである。(三七四―三七五頁)

先に〈支配する機械〉という話型の分析の部分で一部引用したこの文章もこのような観点からみると、また別の相貌を帯びはじめる。「弁解の仕様もない」と思っている〈私〉の視点は登場人物としてのそれであるのに対し、「見えざる機械」の存在を関知している〈私〉の視点は語り手のものである。語り手〈私〉は登場人物〈私〉の心理を紹介しつつ、自らの見解をもそこに織りまぜていく。そして特徴的なのは通常ならば「一人称」という約束上、登場人物〈私〉の心理はその後身(時間的に一致する場合もあるが)である語り手〈私〉によって把握されていてしかるべきなのだが、ここ「機械」においては登場人物〈私〉の心理は必ずしも語り手〈私〉の理解・統御のもとにあるわけではないのだ。

さうだ。もしかすると屋敷を殺害したのは私かもしれぬのだ。私は重クロム酸アンモニアの置き場を一番良く心得てゐたのである。私は酔ひの廻らぬまでは屋敷が明日からどこへいつてどんなことをするのか彼の自由になつてからの行動ばかりが気になつてならなかつたのである。しかも彼を生かしておいて損をするのは軽部よりも私ではなかつたか。いや、もう私の頭もいつの間にか主人の頭のやうに早や塩化鉄に侵されて了つてゐるのではなからうか。私はもう私が分らなくなつて来た。私はただ近づいて来る機械の鋭い先尖がじりじり私を狙つてゐるのを感じるだけだ。誰かもう私に代つて私を審いてくれ。(三七八頁)

語り手〈私〉は、登場人物〈私〉の心理・行動が把握できず、その視点を自らの内にとどめたまま自らの意識を語り出す。このような横光の編みだした語りが、自意識を際限なく饒舌につむぎだし語り起こす、昭和初期の一連のテクスト[注35]の登場の準備の一端をなしたことはすでに広く知られていよう。

横光利一「機械」はその保持する運命論や、人間/機械の境界を見据える問題意識、表象の対象を見つめる眼差しのあり方など、同時代流通していた機械主義と密接な交渉をもち、その話型や感性を巧みに取り込みながら、それを独自の形式へと解体再構築していったのだということができるだろう。横光「機械」はまさに機械の時代のテクストであったのだ。

**【注】**

[1] 同書は「新芸術論システム」と銘打たれ一九三〇年五月から天人社より刊行されたシリーズのうちの一冊である。一九九一年七月にゆまに書房から復刻されており今回はそれを用いた。詳しくは同復刻書所収の牧野守の二つの解説を参照。引用頁はノンブルなし。

[2] 前掲『機械芸術論』解説、一五頁による。
[3] 一九三〇年一月五日から。
[4] これら板垣の活動に対する反応が板垣『芸術的現代の諸相』(六文館、一九三一年一〇月)所収の「現代芸術考察者の手記」に紹介されている。ここで述べたのは〈機械を表象対象とした芸術についての分析〉の流行であり、機械芸術そのものの発生・流行はもうすこし前まで遡ることはできるだろう。
[5] 板垣「機械美の誕生」前掲『機械芸術論』。
[6] 前掲『機械芸術論』、一二五頁。
[7] 前掲『機械芸術論』、一五四頁。傍点原文。
[8] 城左門「我がネオン・サイン」『ドノゴトンカ』二巻七号、一九二九年七月。引用は『モダン都市文学VI　機械のメトロポリス』(海野弘編、平凡社、一九九〇年七月、三四七頁)による。以下『機械のメトロポリス』と表記する。本章は同書から大きな示唆を受けている。
[9] 小泉淳一「都市をめぐる芸術家たちのロンド」図録『都市風景の発見』茨城県近代美術館、一九九二年、一三頁。
[10] 一九二九年六月二日付「矢野文夫宛書簡」長谷川利行著・矢野文夫編『長谷川利行全文集』五月書房、一九八一年九月、三〇〇頁。
[11] 『風俗雑誌』一巻一号、一九三〇年七月。
[12] 『女性時代』二巻四号、一九三一年四月。
[13] 『中央公論』四六巻一〇号、一九三一年一〇月。
[14] 『犯罪科学』二巻二号、一九三一年一二月。
[15] 「「機械主義」の影響」の指摘は、はやく神谷忠孝による「横光利一集注釈」注一(『日本近代文学大系 四二 川端康成 横光利一集』角川書店、一九七二年七月)にある。石田仁志「横光利一の形式論——都市文学の時空間」(『人文学報』二四三、一九九三年三月)は、「町の底」他の横光の作品が機械化された都市空間において変容した人間の感覚を描いている、と指摘している。また本章の初出以後に出された関連する研究としては以下がある。金泰暻「支配する機械、支配する資本——横光利一「機械」論——」『横光利一研究』二号、二〇〇四年二月。野中潤『横光利一と敗戦後文学』第一部、笠間書院、二〇〇五年三月。中沢弥「「機械」——暗室・映画・ロボット——」石田仁志・渋谷香織・中村三春編『横光利一の文学世界』翰林書房、二〇〇六年四月。山本亮介『横光利一と小説

の論理』第二部第一章、笠間書院、二〇〇八年二月。小林洋介「〈無意識〉という機構、支配される自己――横光利一「機械」――」『〈狂気〉と〈無意識〉のモダニズム――戦間期文学の一断面――』笠間書院、二〇一三年二月。
[16] 米沢「ロボット・ブーム」『別冊太陽』八八、平凡社、一九九四年冬、五二頁。
[17] 『現代ユウモア全集　第一五巻　水島爾保布集』現代ユウモア全集刊行会、一九二九年八月。
[18] 會津信吾「「科学画報」と通俗科学」（前掲『別冊太陽』）を参照。
[19] 『中央公論』四五巻九号、一九三〇年九月。
[20] 『新青年』一七巻二―七号、一九三六年二―六月。
[21] 『改造』八巻七号、一九二六年七月。
[22] 『定本 横光利一全集』第三巻、河出書房新社、一九八一年九月、三五〇頁。以下横光のテクストの引用は、基本的に『定本 横光利一全集』によるが、適宜雑誌発表形も参照している。
[23] この結末は前掲神谷忠孝「横光利一集注釈」の指摘するように、芥川龍之介「歯車」（『文芸春秋』五巻一〇号、一九二七年一〇月）という、これも〈支配する機械〉という物語を借り受けて織られたテクストの末尾「誰か僕の眠つて居るうちにそつと絞め殺してくれるものはないか？」という言葉と近い位置にあるだろう。
[24] たとえば川端康成「九月作品評」（『新潮』二七巻四号、一九三〇年一〇月）。
[25] 「愛嬌とマルキシズムについて」『創作月刊』一巻三号、一九二八年四月。引用は全集一三巻、一一二頁。
[26] 「文字について――形式とメカニズムについて――」『創作月刊』二巻三号、一九二九年三月。引用は全集一三巻、六二四―六二五頁。
[27] 中河與一『フォルマリズム芸術論』天人社、一九三〇年五月、一八―一九頁。「新芸術論システム」のシリーズの一つ。
[28] 横光利一「文学的唯物論について」『創作月刊』一巻一号、一九二八年二月。引用は全集一三巻による。
[29] 『読売新聞』一九三〇年三月一六、一八、一九日掲載。引用は全集一三巻による。
[30] 「客体への科学の浸蝕」『文芸時代』二巻九号、一九二五年九月。引用は全集一三巻、八二頁。
[31] この点に関しては、小森陽一「エクリチュールの時空――相対性理論と文学――」（『構造としての語り』新曜社、一九八八年四月）、前掲石田「横光利一の形式論」を参照。

[32]「機械」が〈関係〉への注目の上に書かれていることは以下の論考でも指摘されている。栗坪良樹「横光利一「機械」再読」『横光利一論』永田書房、一九九〇年二月。玉村周「「機械」その他——〝関係性〟の中で——」『横光利一——瞞された者——』明治書院、二〇〇〇年六月。

[33] 二瓶浩明「横光利一『機械』論——「マルキシズムとの格闘」をめぐって——」『山形女子短期大学 紀要』一二、一九八〇年三月。

[34] 川端柳太郎はこの「機械」を横光自身の後年の概念「四人称」から分析を試みているが、川端自身「年代的に五年後の「四人称の設定」という発想が、創作当時にあったかどうかは、問題になる」と述べているように、やはり〈科学者としての芸術家〉へという横光自身のポジションの移動から生まれてきた語りとして説明するべきではあるまいか。川端柳太郎「四人称の現代性——横光利一の「機械」——」『近代』神戸大学、五〇号、一九七五年七月。

[35] たとえば安藤宏『自意識の昭和文学』(至文堂、一九九四年三月)を参照。

# 第III部
# メディアが呼ぶ、イメージが呼ぶ

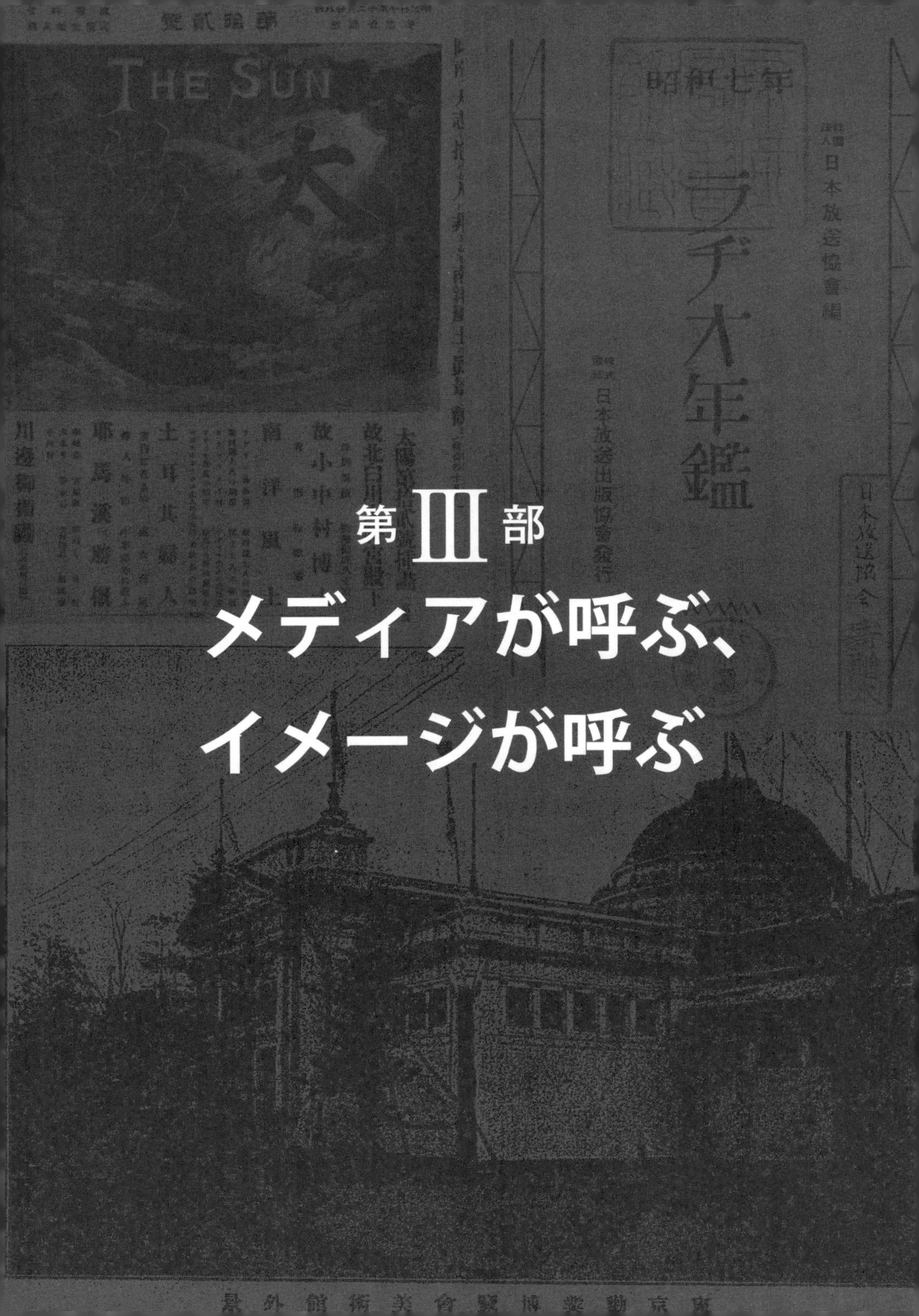

第九章●

# 声の複製技術時代

## ——複合メディアは〈スポーツ空間〉をいかに構成するか——

### 1 複製された声とスポーツの空間

スポーツへの熱狂は、ラジオ時代を迎えて新たな局面に入った。それまでスポーツを楽しむには、自らが行うか、他者が行うそれを観に行くか、あるいは新聞・雑誌などで報道される経過や結果を読むか、という選択肢のみが存在していた。そこへラジオ、とりわけライブでの中継放送が、別の空間で行われるゲームをリアルタイムで聴取するという形態を創出した。全国中継網が整備され、受信機の前の聴衆が同じ内容を同時に聴くことにより、ひとしく同じ競技の享受者になるという新しい局面が始まったのである。

ラジオの登場と均質な聴衆の誕生という議論は、たしかに興味深い。たとえばいま述べた全国中継網が、昭和天皇の即位大典の中継を行うべく整備が急がれたものであることを想起すれば、ラジオの前のスポーツ・オーディエンスの登場を準備した声のインフラとは、「国民（臣民）」という均一な仮想集団を作り上げる国家統制の基盤の一つにほ

かならなかった、という議論の道筋が浮かび上がる。▼注[1]

だが、新しいマスメディアの登場と新しい経験の創出という図式は、その切れ味と見通しの良さと引き替えに、重要な要素を消し去ってしまうことにも留意せねばならない。既存メディアとの関係がそれである。ラジオの時代はまた、新聞雑誌など既存の活字メディアが大幅に部数を増やし、マスメディア化が進行した時代でもあることを忘れてはならない。従来ラジオに関する分析は、マクルーハンの『メディア論――人間の拡張の諸相――』(みすず書房、一九八七年六月)にせよ、オングの『声の文化と文字の文化』(藤原書店、一九九一年一〇月)にせよ、声と活字を対比させて分析を重ねてきた。ラジオというメディアの特質を明らかにしようと試みるうえで、それは当然の選択であろう。だが、人々の実際の経験を考えるとき、この分離は果たして妥当なものなのだろうか。

竹山昭子『ラジオの時代――ラジオは茶の間の主役だった――』(世界思想社、二〇〇二年七月)は、初期のラジオ放送局と新聞社がニュースの報道権をめぐって棲み分けを行っていたことを指摘しているが、スポーツに関する限り、はっきりした棲み分け意識が働いていたようすはない。むしろ、新興メディアであるラジオと既存メディアである雑誌新聞は少なからぬ部分で競合関係にあったといえ、それぞれのメディアは、新たな局面を迎えた他媒体との関係をどう取り結んでいくか、模索していたように見受けられる。本章は、この時代の新旧諸メディアの複雑に入り組んだ関係を考えようと試みるものである。

スポーツ、とりわけ野球という当時の人気競技をいかによりよく伝え、よりよく「商品」とするかに各媒体がしのぎを削りはじめたとき、その競争の焦点として浮上したのが、声である。蓄音機、ラジオ、トーキー映画――と、声をめぐる人々の経験は、複製技術時代を迎えていた。ベンヤミンの「複製技術時代の芸術作品」にならっていえば複製技術は、アウラの消失をもたらし、声そのものへの認識を変えた。〝いまここ〟においてのみ立ち現れる肉声は、技術的に複製された媒体のなかではそのアウラが消え失せ、代わりに反復可能な複製品としての声が、平等に大衆の前に立ち現れるというわけである。

> 現代の大衆は、事物を自分に「近づける」ことをきわめて情熱的な関心事としているとともに、あらゆる事象の複製を手中にすることをつうじて、事象の一回性を克服しようとする傾向をもっている。対象をすぐ身近に、映像のかたちで、むしろ模像・複製のかたちで、捉えようとする欲求は、日ごとに否みがたく強くなっている。この場合、写真入り新聞や週間ニュース映画が用意する複製が、絵画や彫刻とは異なることは、見紛いようがない。一回性と耐久性が、絵画や彫刻において密接に絡まり合っているとすれば、複製においては、一時性と反復性が同様に絡まり合っている。対象からその蔽いを剥ぎ取り、アウラを崩壊させることは、「世界における平等への感覚」を大いに発展させた現代の知覚の特徴であって、この知覚は複製を手段として、一回限りのものからも平等のものを奪い取るのだ。▼注[2]

この議論は複製技術がもたらしたわれわれの経験の一端を明確に説明しており、声に関する議論にも敷衍できるのはたしかだろう。たとえば蓄音機はそれまでの一回限りの発声や演奏を反復聴取可能なものとし、それによってかつてライブ空間に存在した音のアウラが崩壊した、というように。

だが、いまここで論じようとしているスポーツ報道の実況と伝達、そしてさらなる拡散の現場においては、声の複製技術時代はより複雑な様相を見せていたように思われる。

たとえばラジオの伝える声。ラジオ放送は、時間と空間に限定されていた個人の肉声を集音し、電波に乗せ、受信機を介し、届く限りのあらゆる空間に、時間を飛び越えて行き渡らせる。その意味でまさしく声の複製技術時代の一つの輝かしい達成である。しかしその一方で、映画や蓄音機と違い、当時のラジオは録音できなかったということも忘れてはならない。つまり、ラジオの声は「複製物」ではあったにせよ、一回的であり反復不能だったのである。技術的に増幅され大量の受信機を通じて「複製」されるにもかかわらず、その声はいったん通りすぎるともはや呼び起こすことはできないという意味において、その場限りのはかない存在であることをやめていないのである。

もう一つ、スポーツを描き出した声の現場は、ラジオというメディアだけで構成されていたわけではないことにも注意したい。野球ジャーナリズムの例を考えればわかるように、ファンは一つのチーム、一人の選手の情報を複数のメディアから受け取り、一つの試合の経過を複数のあり方で、一度だけあるいは繰り返し楽しんだ。こうした複合的なメディア環境において、声の複製は一度では終わらない。先に述べた録音が不可能だったというラジオ放送の技術的制約は、別種の手段によって補われ、さらなる複製の道が開かれた。速記とその活字化、記事化である。「速記とは広義の意味での録音であった」[3]という言文一致時代に対する坪井秀人の洞察は、この時代においてもなお正しい。実際、複数の野球試合の実況放送が文字として「録音」され、複数の活字メディアに「転載」＝「再複製」されているさまをわれわれは眼にすることができる。

繰り返され、広がりつづける声の「転載」＝「録音」とは、具体的にいかなる事態だったのか。活字化されることで何が保存され、何が失われたのか。速記され文字となることにより、また時にはレコードの声として再生されることにより、何が新しく獲得され、何が置き去りにされたのか。すなわち、複製された声に何が起こるのか。そしてそのとき、スポーツ実況を聞き、読む経験とは、どのようなものであるのか。

複合的なメディア環境の中で声は複製され、人々の新しい経験を構築する場に参与していく。複製された声の響き渡る、新しい〈スポーツ空間〉を素描したい。

## 2 声の争奪戦——スポーツ・アナウンサーと活字メディア

ラジオ放送が開始されたのは一九二五年三月二二日。最初のスポーツ中継放送は、この二年後となる。初期のスポーツ放送については、すでに竹山昭子「スポーツ放送」（『ラジオの時代』所収）の精緻な研究があり、また本章と関心の近い実況放送についても、山口誠「スポーツ実況のオラリティ」▼注[4]の考察がある。まずはこれまでの蓄積を参照しつつ、スポーツ放送とアナウンサー実況の出発を概観しておこう。

現在知られるもっとも早いスポーツ中継放送は、JODK（京城）による大相撲の巡業中継放送だったという。▼注[5]この後、同年八月一三日には第一三回全国中等学校優勝野球大会が第一日目から中継され（甲子園、JOBK［大阪］、実況・魚谷忠）、このときJOAK（東京）は電話を用い、経過報告と解説を放送していた（同二〇日、報告・河西三省《かさいさんせい》）。一九二七年八月二四日にはJOAKが一高対三高の野球試合を実況・松内則三《まつうちのりぞう》で放送する。このとき、久米正雄《くめまさお》が横で「作文」をし、それをもとに松内が「実況放送」しようとしたというエピソードが残っているが、当然のことながら失敗し、一度かぎりの試みに終わったらしい。一九二八年の第一四回全国中等学校優勝野球大会はBKの魚谷とAKの松内による中継放送の「電波合戦」が行われた。一九二八年一一月六日には昭和天皇即位の御大礼放送があり、これを機に全国中継網の整備が完成した。これをうけ、一九二九年の第一五回全国中等学校優勝野球大会は、AKの河西とBKの魚谷が交代で全国に向けて実況したという。

放送の実態とアナウンサーの中継および「語り」についても、竹山・山口により重要な指摘が積み重ねられている。竹山は、ラジオによるスポーツ放送が、「それまでスポー

図9-1　実況中の松内則三（松内則三「早慶戦アナウンス物語」『野球界』1930年10月）

ツに縁のなかった人々に〝聞くスポーツ〟の面白さ」を教えたこと、先の有山輝雄『甲子園と日本人』を引用しつつ昭和天皇の即位式が作る一体感と共鳴するナショナリズムを形成したこと、そして実況アナウンサーという職能が確立し、面白さから正確さへという変容が起こったことを指摘する。このアナウンサーの語りの変化に関しては、山口誠の前掲論が松内則三の語りの詳細な分析を行い、松内が「擬講談調」の話術によって支持をえ、その話術の修辞性ゆえに「ライブ性」の獲得に失敗し、野球放送の成熟にともなって聴衆の支持を失っていくようすを描いている。（図9—1）

松内の語りにどれだけ聴衆を巻き込む力があったのかは、彼の「野球放送」を材料にしたレコードが発売されたことからもわかる。

〔…〕早慶、ベンチ前、ともに円陣、水も漏らさじと策戦。早慶応援団の応酬交錯、六万観客の、行き詰まるごとき沈黙、見るもの、語るもの、一段と活気を含んでおります。神宮球場、どんよりした空、黒雲低く垂れた空。カラスが一羽、二羽、三羽、四羽、戦雲いよいよ急を告げております。早慶の決戦、あとわずかに一分。慶応の先攻、早稲田の守備。第一戦、第一投手、早稲田のバッテリーは、伊達、宮脇。慶応のバッテリーは、水原、小川。これに配する両軍のベストメンバー。戦機いよいよ熟す。知らず、凱歌はいずれに上がるや。

（「プレイボール！」）（サイレン）（声援）（喚声）

慶応の一番打者、楠見、例の太いバットをひっさげてボックスに入りました。（慶応声援）〔…〕▼注[6]

体言止めの短いフレーズがたたみかけるように連続し、ときに反復や連鎖を積み重ねながら、テンポ良く情景が描かれていく。語彙としては合戦や戦闘に関連するものが多く援用され、印象的な決めゼリフがときに混じる。

ところで、このレコードの早慶戦は実はフィクションである。試合開始のサイレン、双方の応援合戦、そして松内の実況などが周到に再現されたこのレコードは、「野球放送」とラジオ時代のもう一つの人気番組、ラジオ・ドラマとの親近性を端なくも暴いているかのようである。「実況」するアナウンサーの前で、本当に試合は行われているのだろうか。彼の語りの前では実は何一つ出来事は起こっておらず、彼は虚空から虚空に向かって言葉を連ねているだけではないのか？——試合を眼前に語る放送と、「実況」であるかのように語る放送との差異は、実は危うい。そのことをこのレコードは証してしまう。実際、一九三二年のロサンゼルス・オリンピックにおいては、オリンピック委員会と米国放送協会が放送権料等で折り合えなかったために、世界初となるはずだったNHKによるオリンピックの国際中継放送が不能となった。このとき日本放送協会が行ったのが、「実況放送」ならぬ「実感放送」、すなわち競技を終えた後にアナウンサーが放送局からそれを再現してみせるという擬似ライブ放送だった。

では、ラジオの聴衆が脳裏に立ち上げる虚像の世界とはいったいどのようなものなのだろうか。『文藝春秋』一九三三年五月（一一巻五号）のA・K・A「ラヂオ匿名批判」は次のような「お上りさん」の野球ファンを描写する。

> 花のお江戸見物に出て来たお上りさんがラヂオで聴いてあんなに面白いリーグ戦なら見物したらどんなに面白いだらうと外苑球場に出掛けてみた。どれがピツチヤーやらバツターやらとんと判らず、それにのろ〳〵と合図をしあつてから球を投げる。一向に面白くもなければ興奮もしなかつた。野球なんて実につまらないものだと云つた。翌日宿屋で野球放送を聴いてみると故郷にゐた時と同じく実に面白い。二時間近くの放送に一喜一憂手に汗を握つて興奮させられた。ゲームは昨日見てつまらなかつた試合の二回戦なのである。見てつまらないゲームを聴いて面白くさせる。其処にアナウンサーの魔術が秘んでゐるのである。（二六七頁）

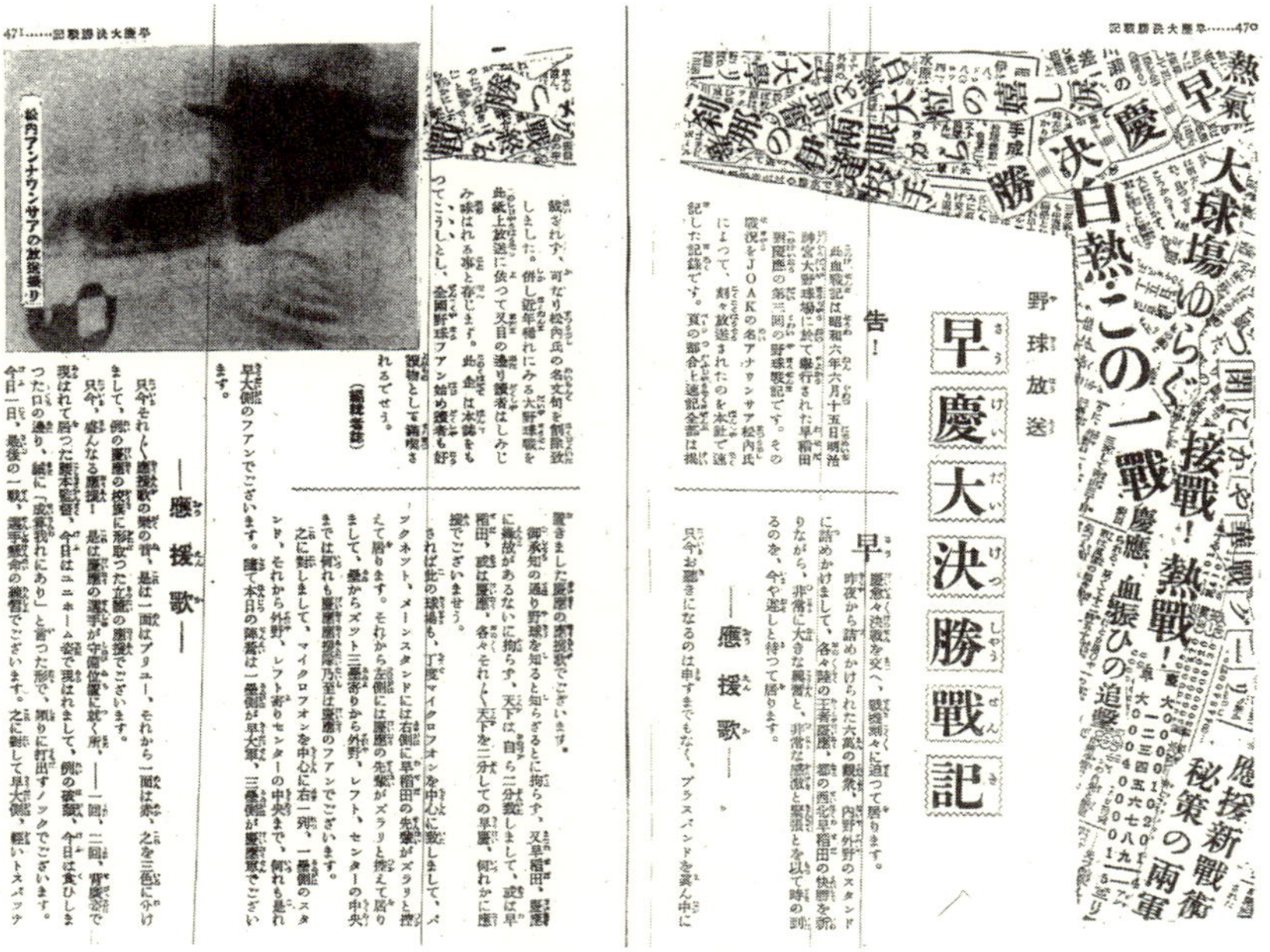


図 9-2　メディアのコラージュとしての『文藝春秋　オール讀物』の誌面（「野球放送　早慶大決勝戦記」『文藝春秋　オール讀物』1 巻 5 号、1931 年 8 月）

竹山はこの記事に着目しつつ、「実況放送が、スタジアムで行われている現実の野球とは別の、〝ラジオの作り出す独自のゲーム空間〟を創造した」（一八六頁）と指摘する。

この「ゲーム空間」のあり方が重要な考察の対象となる。考えてみれば、スポーツのラジオ放送とは非常に困難な行為である。勝敗を中心としたゲームの展開は伝達可能であるにしても、スポーツ観戦の大きな楽しみの一つが空間の中で激しく躍動する肉体（さらにしばしば器具）を主に視覚によって享受することにあるとするならば、ラジオは音声言語という線状性と語彙との両面で制限のある媒体を使ってそれを再現・伝達しなければならない。本来それはほとんど不可能に近い試みとすら言えるだろう。実際、競技の性格によってラジオ放送の向き不向きが存在するという指摘もある。▼注[7]

だが、野球や相撲などある種の競技は、言語による試合（取組）の伝達に成功し、聴衆たちを熱狂させる。竹山のいう「ゲーム空間」が見事に構築されるわけである。

本章では以降、この「ゲーム空間」を拡張的に考察していく。聴衆はラジオから響く声に導かれ、それぞれの脳裏に試合の展開を思い描いていった。だが多くの聴衆は、たんにラウド・スピーカーやヘッド・セットからの声だけをもとに「ゲーム空間」を構築していたのではない。オーディエンス(=聴取者/読者)である彼らが描いた想像的なスポーツの空間は、より多種多様な関連情報によって創りあげられていた。

このことは、ラジオを通じて流れた声が活字によって捉えられ、再配布されていった場を見るとよくわかる。『文藝春秋　オール讀物』一九三一年八月(一巻五号)に掲載された「野球放送　早慶大決勝戦記」の誌面を見てみよう(図9―2)。誌面および記事の内容が、各種メディアのコラージュとなっていることが見てとれるだろう。新聞、実況、その速記=録音、写真、歌、ブラスバンド、雑誌編輯者の注が見開きのページの中に所狭しと詰め込まれている。この誌面は、竹山のいうラジオの「ゲーム空間」を前提としそれを引用しつつも、それに折り重ねるようにさらなる情報を搭載している。

先行研究は「実況」の分析のために「速記録」を利用した。だが、私はそれを別のものとして分析を行うべきだと考える。雑誌紙面に掲載された「速記録」あるいは「放送記」は声の記録ではあるが、それだけではない。そこで声は記録され、複製され、異なるコンテクストへと移され、別の情報と組み合わされながら、再配布されているからである。

## 3　スポーツ・ジャーナリズムの拡大と〈スポーツ空間〉

この声が再配置されるコンテクストについて考えてみよう。多少迂回することになるが、考察に先立ちスポーツ・

ジャーナリズムのたどった道筋について整理しておく。

「スポーツ」と呼ばれることはなかったが、明治期から今日的な意味でいうスポーツ・ジャーナリズムの先駆的な形態は存在した。新聞に掲載された相撲の取組結果などがその早い形態である。また雑誌としても『運動界』(一八九七年創刊)、『運動世界』(一九〇八年創刊)などがあった。大正期中期までも含め、ここまではジャーナリズムの役割としては、主として「速報」が期待されていた。むろん「速報」といっても、新聞でも一日、二日遅れであった。昭和初期になりラジオ放送が登場する。スポーツ熱の高まりを受け、各種スポーツ誌も創刊が相次ぐ。活字メディアは速報性で圧倒的にラジオに劣るため、棲み分けが行われ、媒体の特性を生かして「記録」「経過」「戦評」「評論(精神論・技術論)」の掲載に力を注ぐようになる。▼注[8]

本章にとって重要なのは、もちろんこの昭和初期の局面である。たとえば一九二七年ごろの雑誌『野球界』を見てみよう。試合記録や試合後の選手たちの所感、戦評、次の試合やリーグの予想が掲載されるのは当然として、「稲門軍の剛将河合君次論」(一七巻九号、一九二七年七月)といった選手論の特集が頻繁に組まれる。経歴紹介や逸話、ゴシップ、生い立ちの記——これらは充実したグラビア写真をともなうことも多く、試合風景やプレーする姿のみならず、顔や手、全身像、はたまた合宿所の私室でくつろぐ姿までもが掲載される。さらに興味深いことに、試合や選手たちとならんで、しばしば熱狂する観衆の姿が掲載されていることにも注意を向けておきたい。「入場を急ぐファンのむれ」「厳重に警戒してゐる招待席の入り口」「ラヂオで戦況を放送するところ」「満員の掛け札を見て落胆するファンのむれ」(いずれも一七巻一四号、一九二七年一二月)。

先の引用にあった「お上りさん」が脳裏に描いた「ゲーム」が、「アナウンサーの魔術」によるものであったのは確かである。だが、大多数の聴取者たちの脳裏には、多かれ少なかれこうしたさまざまな情報が蓄積されていたはずである。『野球界』などの専門誌を見ずとも、六大学野球などの人気スポーツにまつわる記事は、この時期の通俗的

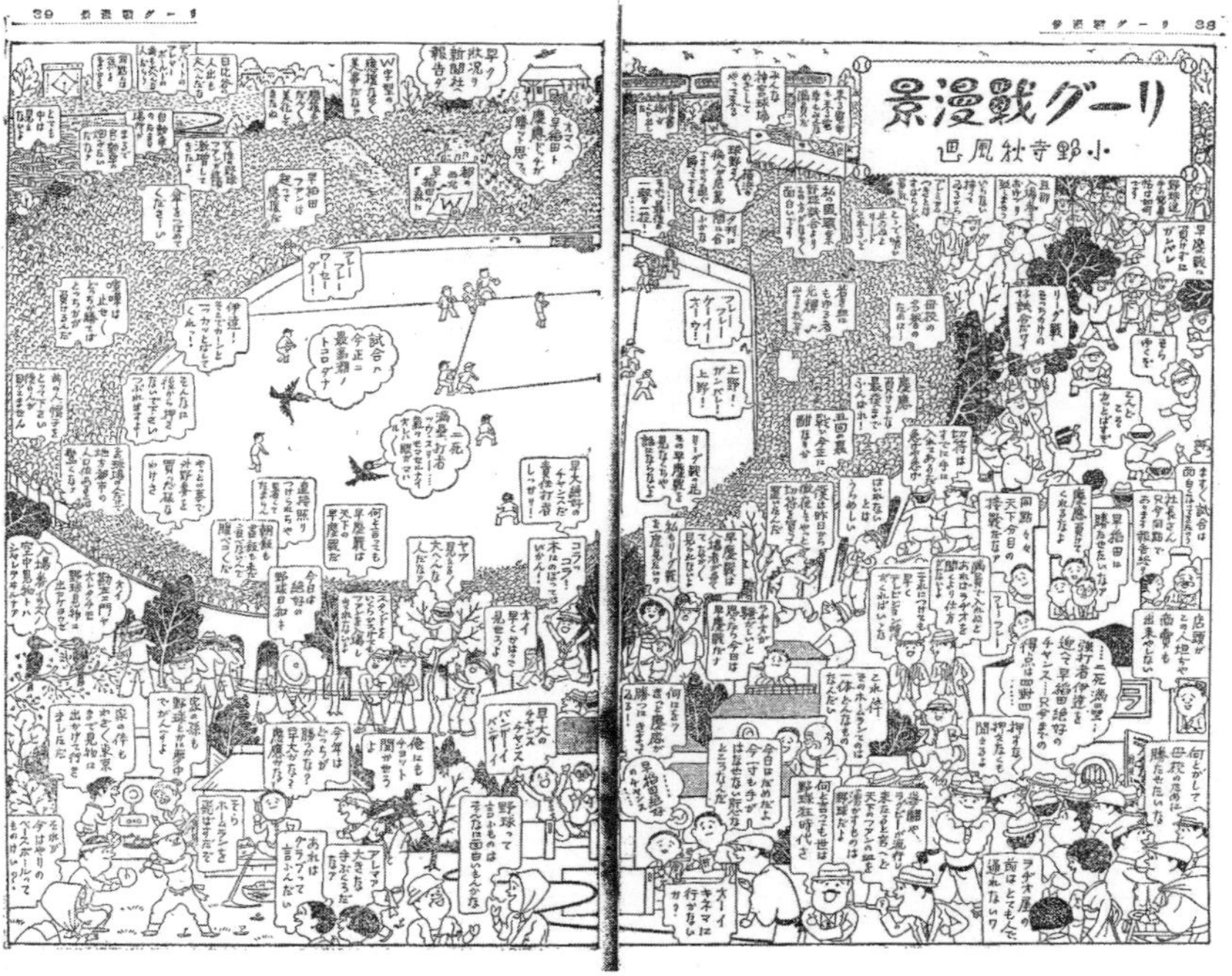


図 9-3　小野寺秋風「リーグ戦漫景」（『キング』8 巻 6 号、1932 年 6 月）の描く野球の〈スポーツ空間〉

な娯楽雑誌や新聞の運動欄に盛んに掲載されていた。ラジオを聞くスポーツ・ファンはこれらの記事を読み、自分なりのデータベースや物語を構築しながら、その時々のゲームの展開の中に差しはさみ、総体として一つの奥行きのある仮想空間を随時構築していたはずである。

この時期、ラジオ、新聞、雑誌などの諸媒体が一つのコンテンツへと殺到したことにより、各メディアが輻輳しながら構築する領域ができあがっていた。現実のゲームや選手にもとづきつつも、膨大な表象と言説によって支えられ肥大させられながら立ち上がるこの領域を、以後〈媒介されたスポーツ空間〉、あるいはたんに〈スポーツ空間〉と呼ぶことにしよう。

この時期活躍した漫画家小《お》野《の》寺《でら》秋風《しゅうふう》に「リーグ戦漫景」（『キング』八巻六号、一九三二年六月）という作品がある。〈媒介されたスポーツ空間〉

が展望できる楽しい俯瞰図だ。（図9―3）

中央のグラウンド（神宮球場）では、まさに早慶戦が開催されている。両側のスタンドからは応援歌が響き、場内放送がかかり、声援が飛び交う。画面上方の縁には戦況を伝える伝書鳩が飛び、新聞社へ報告する声が上がる。左上には日比谷公園が遠望され、「プレヤーボールド」（試合の展開を図示しつつ解説した）がそびえ立つのが見える。このボードはデパートにもあったらしい。そして場外では「自動車の畑」ができ、満員電車がつづき、入れない人々が群れをなし、ダフ屋が券をさばき、少年や大人たちが草野球をする。そしてなにより、小野寺の絵はいくつもの茶の間、個室、街頭に鳴り響くラジオの姿を捉えているところが面白い。スピーカーやヘッド・セットの前で、野球を知る者は試合の経過に一喜一憂し、知らぬ者は人々を熱狂させる「野球」とは何なのかと興味を持ちはじめる。

小野寺の「リーグ戦漫景」は、基本的には目に見える風景だけを切りとっているものの、その視界の中に「プレヤーボールド」や新聞、ラジオといった諸メディアの姿をも捉えている。この画は単なる神宮球場の周辺図ではない。捉えられているのはそこで生起している出来事であり、同時にそれが媒介されていく様相なのである。むろん、〈媒介されたスポーツ空間〉の主要要素である言説の集積が描かれない（描きようがないわけだが）という限界はある。しかしそれとてこの作品が『キング』という当時の大娯楽雑誌の一ページだったというコンテクストに差し戻して考えれば、この漫画そのものが「リーグ戦漫景」の中にあってもおかしくないという、再帰的な構造を想定することもできる。

そしてこの視点から見れば、先にふれた「野球放送　早慶大決勝戦記」がいったい何であったのかが明らかになるだろう。それは新しい声のメディアと古い活字のメディアが競合し、貪欲に利用し合った葛藤のなかで産み落とされた声の二次的複製物＝商品だったのである。

ところで、この小野寺の漫景は、さまざまな景物と同時に数え切れないほどのファンの姿で覆われている。人々はスタンドを埋めつくし、街頭のラジオに群がり、茶の間でスピーカーに耳を傾け、そして会話を交わし合う。われわれはここで、〈媒介されたスポーツ空間〉の要《かなめ》ともいうべき、読解者としてのスポーツ・ファンの姿を見い出す。〈スポーツ空間〉を構成する要素は、そのままでは単なる文字やイメージや音声の集成にすぎない。「空間」を構築するのは人々の営為である。声を聞き、文字を読み、写真を見、そうしてそれらを節合させながらあるスポーツの演じられる空間を構築していく。その意味で〈スポーツ空間〉は観衆の能動的な読解と創造の作業があってはじめて現出する空間なのである。

モダニズム作家の楢崎勤《ならさきつとむ》に「野球と護謨菓子《ちういんん・がむ》」（『文藝春秋　オール読物』一巻八号、一九三一年一一月）という小品がある。慶応―帝大戦のスタジアムで、主人公の女性がかつて少しだけ個人的な関係をもった男性の弟とめぐり逢い、追憶と感慨にうたれる、という他愛もないコントである。ただ、この主人公の女性の造形が興味深い。

> 齋藤夫人には、子供はなかつたし、閑があるので、スポオツといふスポオツにひどく興味をもつやうになつてゐた。だから、朝の新聞をひろげて先づ最初に読む記事は、決して、一面の政治欄でもなければ、三面の社会欄でもなかつた。だといつて、評判のいい連載小説でもなかつた。運動欄だつた。例へば、野球の試合経過の記事が出てゐると、齋藤夫人は、その前日に、ラヂオでその経過を聴いてゐるのだつたが、改めて叮嚀に、そのチイムのメムバアから、経過を見直すのだつた。そして、誰が過失をしたとか、誰が安打を何本打つたとか云ふことで、興味をおぼえた。そして夫人は白い球がぐんぐんのびて、外野席の塀にとどくやうな三塁打に、どんなに観衆が熱狂したらうかとか、投手の暴投で、折角の機会を、むざむざと逸して敗けたチームにひどく同情するのだつた。（二七〇頁）

この齋藤夫人の造形は、スポーツ・ファンがどのように〈スポーツ空間〉を創りあげていたのかを物語ってくれる。

夫人はゲームを単独のメディアで一度だけ享受するのではない。彼女はまずラジオで野球放送を聴く。その翌日、新聞記事により、さらにそのゲームを反復享受すると同時に、チームのメンバー構成やエラー、安打といったスコアからその試合を再度吟味する。球場に足を運ぶ彼女は「気のせゐか今日の前田にはコントロオルがあるやうに思はれた」という判断を下しており、相当な見識をもったファンであるらしい。すなわち彼女はこうした反復的なゲーム享受を日常的に行っており、その脳裏には様々なチームや選手の成績や背景、調子、戦歴などのデータが蓄積されていると見ていいだろう。彼女が実際に球場に足を運ぶにせよ、ラジオに耳を傾けるにせよ、そこで展開されるゲームは、彼女の手持ちの情報あるいは参照可能となっている外部の情報によって肉付けされながら、より深みのある〈スポーツ空間〉を形作っているはずである。であるからこそ彼女は、たんに試合の結果を欲するだけでなく、「敗けたチームにひどく同情」したりもするのである。

ここで注意しておくべきなのは、彼女の振る舞いの中に、人々が自然に行っていたであろうラジオと活字との使い分けが見てとれることである。すでに指摘したように、この時期のラジオは広範な同時伝達性をもって登場した新しいテクノロジーではあったが、一方、録音することはかなわない、はかない媒体であった。それゆえ聴衆は耳をかたむけるあいだ、そのライブ性を堪能しながらも、停止不能で不可逆的な時間を生きねばならなかった。これに対比したとき、紙媒体のもつ蓄積性と縦覧性という特色が際立つ。戦歴や勝率などのデータ、さらには視覚的なイメージが紙面に載せられてファンの手元に届き、長くとどまる。それは貯め置かれ、繰り返し参照される知の貯蔵庫として機能する。

〈媒介されたスポーツ空間〉の構築は、こうした複数の異なるメディアの異なる利用の乗算として現出する。そしてもちろん、その空間の構築には各種情報を掛け合わせていく、齋藤夫人のような能動的なオーディエンスが必要である。

もう一つ、その能動的なオーディエンスは孤立して存在していたのではない、ということが重要である。齋藤夫人は三塁打に自身興じるだけではなく、「どんなに観衆が熱狂したらうか」という想像をもまた行っていた。先に言及した『野球界』の記事にも、「入場を急ぐファンのむれ」などといったファンの姿が繰り返し登場していた。ファンは個人であると同時に集団である。このことが、声の複製技術時代の〈スポーツ空間〉を考える上では、決定的に重要だ。

## 4　ファンの姿が描かれることの意味

この時期のスポーツ・オーディエンスを考えるうえでに非常に面白いのが、サトウ・ハチローのテクストである。彼は、一九三〇年代にスポーツに関わる数多くの小説やエッセイを書いていた。彼の『鍛錬スポーツ小説集　赤い顔黒い顔』（南方書院、一九四二年六月）は、ファンと選手を六対四程度の割合で描いている。

本節では、この短篇集に収録されたラジオ実況に関わる短篇「チヤンスとは!!」（初出『アサヒ・スポーツ』一九三七年一〇月一日、引用は南方書院版によった）を検討する。あらすじは次のようなものである。帝都随一の食堂デパート松福屋の副支配人日比野は、ラジオの野球放送を聴きつつ若い社員に訓話をする。訓話は東京大学野球部時代の友人とのエピソードで、「チヤンスとは、何であるか」というものだった。日比野は、友人で名二塁手山口がいたために六年間控えである。あるとき山口は日比野の家族の思いを偶然知り、一試合だけ彼のために出場を譲る。この試合で日比野は活躍し、山口は日比野と一緒に就職する。松福屋の現・総支配人松村氏は山口その人である。語り終わった日比野の後に、実況のアナウンサーの声が響く。

この作品は二つの点で興味深い。まず一つは、ラジオを聞く聴衆＝ファンの描出を行っている点である。作品冒頭、副支配人の日比野が訓話をする場面には、きっかけとしてラジオ屋から流れ出る野球放送の音がある。「感ガイ深げに、うなづ」き、「チヤンスとは、何であるかといふことを話さう、固くならないで聴きたまへよ、一篇のスポーツ小説なんだから」（二六四頁）と言う副支配人は、試合を行っているチームのOBであり、むろん野球ファンである。回想シーンに入り、日比野の現役時代のエピソードがつづられる。日比野の父親は病で臥せっているが、控えに甘んじる息子を必死に応援している。

「〔…父親は〕このごろ身体、を悪くして、ずッと寝てゐるんですよ。寝てゐるとひまだからラヂオでせう、秀一の奴、今日も出てをらんとアナウンサーがラインアップを申し上げますといふ度におこるんですよ〔…〕」（二七二頁）

ラジオは病床にまで進出し、思うように活躍しない息子の状況を伝え、父親の神経をいらだたせる。「寝てゐるとひまだからラヂオ」というほどに、ラジオに親しむファンの姿が描き出されている。

もう一つこの作品で興味深いのは、ラジオの声が届く経路が描き出されていることである。いま引用した父親の場面も、ラジオの声が病床にまで届くさまを書いていた。病床にあり歯がゆい思いをする日比野の父親について耳にした正二塁手山口が、一試合だけポジションを譲る場面も、やはり同様である。その時彼が日比野の弟に言うセリフは次のようなものである。

「お家におかへりになつたらね、お父さんにかういひたまへよ。明後日のラヂオを聴いて下さいツてね」（二七三―二七四頁）

ラジオは思い合う親友同士の感情を、電波に乗せて父親のもとへと届ける。

考えてみれば、いまここで自分が聞いているラジオを、他の誰かもまた同時に聞いているという保証はどこにもない。ラジオは瞬間的に空間を越え、同じ言葉や音を同じように受信機をもつ者たちへと届ける装置である。このことは聴取者であれば誰でも知っている。だが、それは想像的にそうであろうと考えるだけであって、そのことを説得的に示してくれる機会は容易にあるわけではない。サトウ・ハチローの「チヤンスとは!!」は、その通常は不可視で暗黙の了解となっている、ラジオの声が伝達されていく経路を可視化しているのである。

同様の想像力は『少年倶楽部』一九三二年九月（一九巻九号）に掲載された、竹田《たけだ》敏彦《としひこ》「野球小説　父よいづこに」においてもみられる。主人公輝夫は香川第三中学の投手である。大事な地方大会決勝戦の朝、突然輝夫の父が事業に失敗し失踪したことが明らかにされる。輝夫は衝撃を受け試合に敗れてしまう。この輝夫が父を捜し出すときに使われるのが、ラジオである。輝夫は自分が甲子園に行けば、父のいるという大阪に行けるという希望に燃え、試合に勝ち進む。甲子園でも見事決勝まで駒を進めたとき、ついに父からの手紙が来る。

〔…〕毎日素晴しい成績で大評判、それと知つた父はどんなに喜んでゐるだらう。それからは毎日近所のラヂオ屋の前に立つて、お前の勇ましい奮闘ぶりを聞いて楽しんでゐる。いよ〳〵明日は大事の決勝戦だ、学校の名誉のため、ひとしほの奮闘を、父は明日もラヂオの前で祈つてゐる。（一六九―一七〇頁）

輝夫は決勝のマウンドで最後の一球の前、「街のラヂオ屋の前に立つて、心配さうに胸を躍らせてゐる父の姿が、ふと浮か」び、「さうだ、お父さんが祈つてくれてゐる」と「全身の勇気を振ひ起」こす（一七三頁）。輝夫の勝利を語った後、語り手は同時刻のとあるラジオ屋の前へと場面を切り替える。そこでは聴衆の中にいた「四十五六歳の労働者

図 9-4　野球ファンの表象　(庄野義信編著『六大学野球全集』下、改造社、1931 年 12 月)

風の男が、突然、声を挙げて、おい〳〵と泣き出した」(一七四頁)。依頼を受け手配していた巡査がそれを見つけ、輝夫の父はこうして無事発見されるのである。ラジオの声がどう伝わるのか、伝えられる側と聞き取る側の双方を視点を切り替えながら同時に描出することにより、小説は声の届いていく経路を可視化してみせる。

そしてこの伝達の可視化の問題は、ファンの描出の問題と連動する。先節の末尾において、メディア上に繰り返しファンの姿が登場することを指摘した。それはたとえば図9―4の写真や、『読売新聞』(一九三一年六月一二日)の記事が描写する次のようなファンの狂態である。「球場に夜明しの群」「ルンペン引き連れ繰込んだ買占め隊」「スポーツの興行化の反面に、切符を得ようとするファンたちは、入場券買入れを立派に企業化し、更にひとつの見事なスポーツにしてしまつた、――血湧き肉躍る、早慶戦のなんとナンセンスな序景!」(七面)。

〈スポーツ空間〉を構築するうえで、このファンの表象は重要な役割を果たす。それは、媒体と享受者の〈鏡像〉を読者やオーディエンスの前に繰り広げる。オーディエンスの前に、オーディエンスの姿とメディアの伝達のありさまを示すことは、そのコミュニケーション回路の確かさを強調し、聴取者それぞれに自分も他の皆と同じようにその場に参加しているのだという一体感と安心感を与えることにつながる。

オーディエンスは、さまざまな情報を取り入れながら〈スポーツ空間〉を構築する。各メディアは、そのオーディエンスに種々の情報を提示するだけでなく、当のメディアとオーディエンスに関するメタレベルの表象をも伝達し、呼びかける。ここに同じような人々がいる、あなたも加わってはどうか、と。オーディエンスは、個別の情報とともにそうしたメタ・メッセージをも受け取り、その呼びかけに応え、より強く動機づけられた参加者としてその空間の構築に参与していくだろう。

## 5――呼びかける声の向こうに

六万人という大群衆が一つのイベントを見るために一カ所に集まり、かつその数百倍もの人々が国内のあちこちで同じ関心を持ってイベントに耳を傾けるという事態は、かつてなかった。小野寺の漫景には「この球場の人だけで地方都市の人口位あるとは驚くなア」というセリフが書き込まれていたが、試合の報道と時には肩を並べるほどに大きく扱われるこうしたマスとしてのファンの姿は、大衆スポーツ時代の人々の驚きをたしかに代弁していよう。

これらの観衆はメディアのうちに表象される風景・風俗として存在したが、だが同時にそれはメディアの前に立ち、その誌面に目を注ぎ、声に耳を傾ける者たちの似姿としてもあった。メディアは観衆を描き出し、その熱狂を語り、伝え、呼びかけることによって、その声に耳を傾ける者たちをも同時に観衆として主体化するのである。

昭和七年版の『ラヂオ年鑑』（日本放送出版協会）は、逓信局事務官小松三郎「放送プログラムの監督方針」という文章を載せている。監督者側から見たラジオ放送の特徴が指摘されており、小松は次の五点を上げている。「一、ラヂオの中正不偏性」「二、ラヂオの公益的存在性」「三、ラヂオの同時的全社会震撼性」「四、ラヂオの絶対滲透性」「五、ラヂオの公物独占性」（一五六―一六二頁）。とりわけ三と四がここでは興味深い。「三、ラヂオの同時的全社会震撼性」としては、「ラヂオはその聴取者が増加するに従ひ、益々その偉力を発揮して、全く同一時刻に於て、何百万又は何千万といふ多数の社会民衆全体の感情を動かし又はその思慮に訴へるものである」と指摘される。「四、ラヂオの絶対滲透性」では次のようにその特徴が語られる。

今日のラヂオは街頭に鳴り響いて路行く人の耳をも傾けさせる。またあらゆる階級に属する人が聴取する。しかのみならず家庭の奥深く入り込んで幼児も、少年少女も、妻も、祖父母も、また傭男雇女も主人と共に之を聴く。かくの如き絶大なる滲透性は、如何なる書籍も新聞も雑誌も劇場も寄席も之を備へてゐない。

社会を「震撼」させ、人々のもとに「滲透」するラジオの威力——というよりも脅威を、存分に触知した文章といえるだろう。▼注[9] このあと小松は、無線電信法、治安維持法、軍機保護法、刑法、著作権法などの名をあげながら、禁止されている事項、慎まなければならない事項について概略を説明していくのだが、そこにスポーツ放送のことは出てこない。

スポーツは健全かもしれない。スポーツ放送はこの上ない娯楽かもしれない。だが、〈スポーツ空間〉の構築のあり方、オーディエンスの参与の仕方を検討してきたいま、スポーツの熱狂を構成するシステムの上で、別の熱狂が走り出す事態を想像することはもはやさほどの飛躍ではあるまい。

松内則三はラジオの前で次のように語りかけていた。

早慶戦は天下を二分すると申しますが、誠に見渡したところ、目の前に厳然と早慶の旗幟を現はして三万づゝの観衆正に天下数千万の野球ファンの気持ちを現はした縮図であります。恐らくスピーカーを通してのお聴の方は数十万、数百万と存じますが、確に早稲田色、慶応色に分れて居ること、存じます。六万観衆は正に皆様の心を代表してセンターを中央に二つに分れて一方は早稲田、一方は慶応と皆様の心持を縮図に現はしたものがこの球場の観衆であります。▼注[10]

むろん、この声が読めるのは、それが雑誌へと転載されたからである。「同時的全社会震撼性」「絶対滲透性」をもつラジオと活字メディアとが補完しあいながら、オーディエンスに呼びかける。声はスタンドで熱狂するファンを描き出し、そのファンをスピーカーを通して聴取する数十万、数百万のファンと直結してみせる。熱狂は電波に乗り、興奮は活字にとどめられ、声の複製技術時代の司祭がオーディエンスたちをより強固なファンへと主体化していく。国家的な規模で駆動する声の複製技術の「魔術」に抗うのは簡単ではない。だが〈媒介されたスポーツ空間〉の要がオーディエンスの能動性であるならば、彼や彼女たちの読解いかんにより、その空間の姿も変わりうるに違いない。そのためには、アナウンサーの声の魔術とは何なのか、ここで今一度確認してみるのもよいだろう。

ベンヤミンは「複製技術時代の芸術作品において滅びてゆくものは作品のアウラである」と述べた。だが私には、これは転倒した認識であるように思われる。真正なる作品にアウラを帯びさせているのは、まがい物でありコピーたる複製品そのものではないのか。真正性は虚偽性を対比項として要求し、「本物」は模造品・複製品があるがゆえに「本物」として名指される。複製品なき時代には、「本物」もまた存在しない。

これは声にもあてはまるだろう。ラジオや蓄音機は、たしかにフィールドや劇場へ足を運べない人々に平等に複製品の声を届けただろう。だがしかし、その複製された声は、人々の中に本物への幻想――「アウラ」とあえて呼んでもよい――を育てはしなかったか。ラウド・スピーカーから響くノイズまじりの割れた音声は、むしろその彼方に、豊かでつややかな肉声を想像させはしなかったか。

この複製技術時代の転倒をもっとも効果的に発揮したのが、〈無音〉によって表象された天皇の声である。戦前、ラジオによる天皇の肉声の放送は厳しく制限され、式典の実況中、勅語の流れるあいだ音声は空白によって置き換えられた（竹山昭子「玉音放送」前掲『ラジオの時代』）。これは、何も伝えなかったことを意味していない。無音はここではゼロではなく、すべてである。すべてを語る複製された声が響き渡り、聴取者はその向こうに天皇の玉のような肉声を欲望する。複製品が本物を欲望させるという仕組みを極限的なかたちで利用した形式がここにある。

同様のことが〈媒介されたスポーツ空間〉にもいえる。複製された声や記事、データや物語などあらゆるものが積層し、現実でありまた仮想でもあるスポーツの〈空間〉を築き上げる。だが人々の欲望は、〈空間〉の構築と消費だけにとどまるわけではない。本物の試合を、選手を見たいという欲求を、複製という存在自体が高めるからである。

この観点からすれば、竹山により「ゲーム空間」を創り出すアナウンサーの力の例として引かれた記事を、別の読み方で読むことができる。「ラヂオで聴いてあんなに面白いリーグ戦なら見物したらどんなに面白いだらうと外苑球場に出掛けてみた」「お上りさん」は、複製技術の導きにしたがい忠実に本物への欲望を育てたオーディエンスの似姿である。竹山はこの記事をアナウンサーの魔術的な力の例として読んだが、私はこれを複製技術時代の本物と複製の転倒した関係を露呈させる寓話として読みたい。そしてそう読むことにより、アナウンサーの魔術とは何であるのかもまたわかるだろう。

竹山の引用が中略した箇所には、次のような文章がある。

『・・・・カウント2―3、最後の一投最後の一撃、これによつてサイレンが鳴り響くか或は又延長戦に移るか、両軍死物狂ひの攻防でございます。バッテリーのサイン極めて慎重サイン極つてピッチャー投げました。アッ！打ちました、打ちました、ヒット、ヒット、ヒット・・・』こんなアナウンスを聞いてゐると野球を見た事もない者でも、興奮せずには居られない。がしかしこのシーンを球場で見物してゐた者にとつてはどうか。成程場内には緊張した空気が漲つてゐやう、しかしラヂオで感ずる程の興奮は容易に得られないものだ。（二六七頁）

なるほど、本物は見てみたい。だが、その本物がいつも期待に違わぬ輝きを放っているとは限らない。球場にラジオを持ち運ぶファンたちは、本物であるはずの眼前のゲームを、その表象であり再現であり複製である媒介物なしには見られないのである。この風景は、いかに〝媒介〟を経ない生のゲームが冗漫かということを逆説的に証している。攻守の交代は長く、選手は遠く、周囲の観客はうるさく、そして頭上には何もない空がそっけなく広がっている。

アナウンサーの魔術が何であるのか、ここで気づくことができる。それは散漫な情景に色づけを施していく修辞と、散漫さそのものを滅しさる消去である。そして本物のゲームを不可知なままにして伝達する隠蔽である。オーディエンスは、飾られ、冗漫さを消された複製品をもとに〈スポーツ空間〉を創る。熱狂はこの操作ゆえに加速するのであり、幻像は複製の向こうの本物が不可知であるがゆえに持続する。

ラジオ屋の前の父親が本当に見つかるのは、おそらく小説のなかだけである。〈媒介されたスポーツ空間〉の向こう側には、雑多で茫漠とした現実が広がっていることを、われわれは幾度でも思い起こすべきだろう。メディアの差し出すオーディエンスの〈鏡像〉も、われわれによく似ているがそれは作り込まれた加工品である。アナウンサーは声を張り上げて「六万観衆は正に皆様の心を代表して」いるのだと呼びかけるかもしれないが、ラジオを聴取する者たちは、本来スピーカーの前で孤独であるのだ。

【注】

［1］有山輝雄『甲子園野球と日本人――メディアのつくったイベント――』（吉川弘文館、一九九七年四月）、吉見俊哉『〈声〉の資本主義――電話・ラジオ・蓄音機の社会史――』（講談社、一九九五年五月）を参照。

［2］ヴァルター・ベンヤミン「複製技術時代の芸術作品」一四四―一四五頁、引用は多木浩二『ベンヤミン「複製技術時代の芸術作品」精読』（岩波書店、二〇〇〇年六月）所収の本文（野村修訳）による。

［3］坪井秀人『声の祝祭――日本近代詩と戦争――』名古屋大学出版会、一九九七年八月、三頁。

［4］山口誠「スポーツ実況のオラリティ――初期放送における野球放送の話法について――」『関西大学社会学部紀要』三四巻三号、二〇〇三年三月。

［5］一九二七年六月一八日、前掲山口論による。

［6］『早慶野球争覇戦』日本ビクター蓄音機、J．O．A．K．松内則三他、一九三一年。

［7］たとえば野球に比してサッカーのラジオ中継は格段に難しい。それはサッカーが難しいのではなく、野球が数あるスポーツのなかでも例外的にラジオ実況に適合的であることを意味している。中澤忠正「野球が「言語による実況中継が可能な唯一のスポーツ」であるのはなぜか？――野球原論の初歩的試み――」（『ベースボーロジー』四号、二〇〇三年四月）を参照。

［8］牛木素吉郎「スポーツ・ジャーナリズム小史」（『現代スポーツ評論11』創文企画、二〇〇四年一一月）による整理を増補した。

［9］小松三郎「放送プログラムの監督方針」一五六―八頁。

［10］「血と肉相打つ　早慶大野球戦放送記」『文藝春秋　オール読物』一巻九号、一九三一年一二月、四七二頁。

第一〇章●

# 風景写真とまなざしの政治学

## ――創刊期『太陽』挿画写真論――

### 1 雑誌に写真が入った時代

博文館は、日清戦争のさなか一八九五（明二八）年一月、『太陽』を創刊した。同誌は、これまで博文館が出版していた『日本大家論集』『日本商業雑誌』『日本農業雑誌』『日本之法律』『婦女雑誌』の五誌を統合したもので、収録分野、発行部数、執筆陣、どの点においても既存の雑誌を上回る、まさに日本初の巨大な総合雑誌として誕生した。部数は一〇万部超を誇り、時の著名論客を執筆陣に迎え、二〇〇頁を超える紙数を擁する。永嶺重敏「明治期『太陽』の受容構造」▼注[1]は、このようなあり方を指して「『太陽』は旧来からの「小冊子」的雑誌の概念を根底から覆し、それに代わる全く新しい雑誌モデルを提示した」と評価している。

『太陽』が採用したこの総合雑誌という体裁は、別の角度から言えば、『太陽』の商業雑誌性の表れでもある。鹿野政直「『太陽』――主として明治期における――」はいう。「『明六雑誌《めいろくざっし》』『六合雑誌《りくごうざっし》』『国民之友』『日本人』などが、思想上の一つの目標をもって創刊されたのとことなり」「『太陽』は、商品であることを至上の課題とした▼注[2]。それも、ある特定の集団をターゲットとした商品ではなく、「新たに形成されつつある国民全体」を相手取った「総花的で、通俗的な巨大雑誌▼注[3]」としてあったのである。

斬新な百科事典的体裁を持ち、かつ俗向きな商品性をも持つ、というこの『太陽』の特徴を、象徴的に体現したのが、写真版の採用である。折しも雑誌メディアに初めて本格的に写真が掲載されはじめ、対外戦争に煽られた民衆の情報への渇望によく応えうるこの新しい「伝達媒体」の力が、商業的に証明されつつあった。博文館が日清戦争中に刊行した『日清戦争実記』の圧倒的な成功はそれを物語る。『太陽』はこの経験に学び、積極的にビジュアル面に力を注いだ。

本章は、この日清戦争期に雑誌メディアへ本格登場した写真に注目する。なかんずく検討課題とするのが、創刊期三年間（第一巻〜三巻、一八九五〜九七年）の『太陽』における風景挿画写真である。対外戦争のまっただ中に創刊された巨大雑誌が、新しい迫真的な報道媒体として注目を集めていた写真を用い、なにを映し出し、なにを伝えたのか。自らが所属する日本という国家が、清という外国を相手取って戦いを行っている。必然的に「外」を向いたであろう人々の視線の先に、『太陽』はどのような外国像を提示したのか。また「外国」と戦うことによりその輪郭を際だたせることになる「内＝ウチ」、すなわち「日本」という国家を、『太陽』はどのように表象したのか。そして戦時期の昂揚が過ぎ去った後、「太陽」はどのような風景をもってその空隙を埋めようとしたのか。写真はその迫真性と複製可能性によって強力な可視感を人々に与え、視覚的な情報の増大に大きく寄与する。しかしその一方で、迫真性ゆえに、その画像を切り取っている枠取り《フレーミング》の効果には目がいきにくく、複製可能性ゆえに、枠取り《フレーミング》による偏向が流布しやすくもなる。写真の「透明感」のもつ政治的な力を、『太陽』がどう利用したのかが本章の一つの焦点となる。

簡単に考察の筋道を紹介しておく。「2」では『太陽』の挿画写真の意味を印刷史的な角度から確認する。その上で創刊期『太陽』の挿画写真の全体を概観し（「3」）、そのうち風景写真に論点を絞って、外国風景（「4」）、日本風景

（「5」）とそれぞれ検討し、最終的に風景挿画写真の機能と効果について考察を試みる（「6」）。イメージはそれ単独で誌上にあったわけではない。直接、間接に連関する記事の言葉と組み合わされ、読者の前に提示された。挿画写真と記事の言葉との相互関係の様相も視野に入れる必要があるだろう。

## 2 写真版印刷の登場と『太陽』

日本に最初期の写真ダゲレオタイプ（銀板写真）が渡来したのは一八四八（嘉永元）年とされる。以後時代が下るとともに、進歩した技術が次々に流入し、銀板《ぎんばん》から湿板《しっぱん》、そして乾板《かんぱん》写真へと移ってゆく。容易に、廉価に写真が撮れるようなってゆくのである。『太陽』発刊時における写真の位置づけは、写真史的な視点からすれば、乾板写真の普及が進みつつあった時代、と表現できる。技術的に難しく、したがって写真師の数も少なかった湿板写真から、撮影も現像もより容易で、しかも比較的器機の値段が安くなった乾板写真へと、写真界の流れは明治二〇年代から動いていた。むろん安くなったとはいえ、上層階級でなければ買えない値段ではあったが、それでも使用者の裾野は確実に広がり、アマチュア写真家たちが育とうとしていた。技術面でも、撮影に数秒から数十秒の露光を要し、撮影現場に暗室を持ち運ぶ必要のあった湿板写真に対して、乾板写真は瞬間的な撮影が可能となり、さらに嵩張る暗室からも解放された。

『太陽』編集者の大橋乙羽《おおはしおとわ》も、こうしたテクノロジーの進歩の恩恵に与った一人であった。坪内祐三が述べるように、雑誌のビジュアル面での充実とそれに寄与する写真の力の大きさに敏感であった乙羽は、『太陽』に挿画写真を掲載するに際し、寄せられてくる写真の数だけでは満足できず、写真術を学び自身の手で種板を撮りためていったのである。▼注[4]

享受の側面からいっても、写真の利用法として一般的であった肖像写真撮影の値段は、一般の庶民にも手の届くところまで下りてきていた。▼注[5] 小沢健志「記念写真の庶民たち」▼注[6] は次のように言う。「乾板写真の時代となると、早取り写真と呼ばれて大衆化がすすみ、写されると寿命が縮むというような迷信も消えはじめ、写真は大衆の日常性のなかに、ようやく定着をしてゆくのである」。もちろん『太陽』創刊時の一八九五年には、都市部における写真の享受は日常的なものとなっていたと考えてよいだろう。▼注[7]

印刷史における写真を見ておこう。写真を活字メディアへと導入するため、その最初期には写真を直接貼付するという方法が採られていたようだ。もっとも早く写真版印刷を取り入れたのは美術雑誌の領域であった。岡倉天心《おかくらてんしん》らが一八八九年に創刊した『国華』に、小川一真《おがわかずまさ》のコロタイプによる美術品の複製図版が掲載された。ただ同誌は美術雑誌であり、読者層が美術趣味を持つ集団に限定されていたため、広く人々の目に触れたとは考えにくい。それゆえ写真版を導入した印刷物が一般の読者の目に触れだしたのは、『日清戦争実記』以降と考えてよいだろう。『日清戦争実記』の売れ行きと、それに与った写真版の力については、次の坪谷善四郎《つぼやぜんしろう》『博文館五十年史』（博文館、一九三七年六月）がよく語っている。

> 当初館主の海外視察を了て帰朝せらるゝや、最新の技術を応用して出版に試みんと期せしに、偶々此時写真師小川一真氏は、其頃諸外国に行はるゝ写真銅販の技術を我国にも利用せんと欲して来り勧めた。是まで我国雑誌の人物肖像は、専ら石版のみを用ひたが、「日清戦争実記」は始めて写真銅版を採用し、〔…〕記事と写真と相待ち、従来比類無き雑誌を発行したれば、当時敵愾心の最高潮に達したる全国民の要求に適合し、本誌一たび出でて忽ち雑誌界を風靡し、〔一八九四年〕九月九日第二編の出るまでに、第一編は既に数版を重ねた。其頃は他に同種類の雑誌を発行する者稀なりし故、販路の盛んなること、真に雑誌界に未曾有であつた。（八八頁）

この点に関しては、川田久長『活版印刷史』（印刷学会出版部、一九八一年一〇月、一五八頁）も「その好評を博した原因のいろいろあった中で、最も与って力があったと思われるのは、陸海軍の出征将校や戦死者の肖像、或はわが内閣の諸公及び清国の人物、ならびに戦地の写真などを、始めて網目写真版に複製して挿入したことである」と認めている。

この『日清戦争実記』の成功をきっかけにして、博文館は写真版の雑誌への本格的な導入を試み、一八九五年の『太陽』創刊もこの路線を踏襲したのである。印刷史の面からいえば、写真版が日本に導入されてから、四、五年がたつ時期である。明治二〇年代半ばまでは技術的な理由からあまり写真版は普及を見せないが、それ以前から、直接写真を貼付した雑誌、新聞が好評であったこと、貴族階級や著名な政治家、芸妓などのブロマイド写真を売る商売が盛況を見せていたことなどを考えあわせれば、この種の写真入り雑誌の成功は充分に想像できよう。

図 10-1 『太陽』1 巻 12 号表紙、1895 年 12 月 5 日

とすれば、『太陽』の誌面を飾った挿画写真は、写真入り雑誌の大衆化の幕開けを告げるものであったと言えるだろう。そして、このことを押さえないと、なぜ雑誌の顔ともいうべき表紙がその号に掲載されている挿画写真のリストによって占められているのか、ということの意味が理解できない（図10―1）。雑誌を手に取り、また購入する際にもっとも重要な要素の一つとなるであろう表紙を、『太陽』は、重要記事や著名執筆者を強調するのでなく、挿画写真のリストをもって飾ったのである。▼注[8]

## 3 創刊期『太陽』の挿画写真概観

個別の検討に入るまえに、まず一冊の『太陽』がどのような挿画写真の構成を持っていたのか、また創刊期三年を総体としてみたときどのような傾向がうかがわれるのか、概観しておこう。

『太陽』一冊には、第一巻でほぼ毎号八頁前後の挿画写真の頁があり、以後例外もあるが第二、三巻では一三頁前後と増加を見せる。一頁には通常複数葉の写真が掲載されている。構成としては、第一巻の場合人物関係が三、四頁、風景二、三頁、美術一頁、その他一、二頁といったところが標準的で、二、三巻ではこれにそれぞれ一頁ずつ足したかたちになる。たとえば第一巻第九号（一八九五年九月五日）の挿画写真の構成は、「瀑布六景の奇観」「華頂宮故博経親王／同妃」「枢密院副議長及顧問官」「旅順及横須賀の鎮遠号」「日本名勝十二景」「以太利名勝六景」「西比利亜土人風俗」「シカゴ大博覧会優等画山水の図橋本雅邦筆」（表記は目次に従う）となっている。

第一巻第二号までは、これら挿画写真に対する解説記事は存在せず、その分記事と連動させて写真を載せているようだ。第一巻第三号からは、写真版を用いた頁（紙が厚く硬く上質である）の裏に解説記事が入るようになる。そのため本文記事との連動率は下がる。再び第二巻からは裏の解説がなくなり、かわりに「地理」欄、「雑録」欄などを中心に、適宜解説が付されてゆくことになる。

全体としての傾向も確認しておこう。掲載される挿画写真のジャンルは、多岐に渡っているようにも見えるが、実際の『太陽』の目次と見比べた場合、やはり偏りがあることがわかる。特に多いのが、肖像写真であり、数量的に圧倒的な多数を占める。もともと明治の人々は「貴顕」の肖像が好きであり、名所風景、役者、芸者などと並んで明治初期から土産写真の販売店でも売られていた。▼注[9] 博文館『日清戦争実記』もこの嗜好を踏まえ、高官・将校・戦死者たちの肖像写真を掲載していた。これは明治二〇年代から引きつづく伝記や人物評論の流行とも関係があるだろう。▼注[10] 内訳としては、政治家と外国人の肖像がとくに多い。また内外を含めて、王族関係の肖像が多いのも特徴的である。軍人も多い。需要はあったと思われる芸妓の写真は皆無であり（この種の写真は同じ博文館の『文芸倶楽部』に掲載された）、役者の写真も第三巻第二四号（一八九七年一二月五日）になってようやく市川団十郎、女寅が一度登場するにすぎない。

風景写真も多い。著名な建築物を含め、内外の名勝・奇観は人気が高かったようだ。次節から詳しく検討するが、西欧・米国の風景写真は、建築・街並を取り上げることが多いのに対し、その他の地域を映す写真は、そこに住む民族の生活や衣装・住居などとともに提示され、「〇〇風俗」という形でよく掲載されるという傾向もある。日本風景も、「名所」の風景写真から、北海道・小笠原・隠岐などといった「辺境」の写真、竣工した近代建築、四季折々の風景など幅広く採られている。

そのほかに特徴的なことは、戦中戦後ということもあってか、軍事関連の写真が多いこと、毎号ほぼ必ず美術作品の写真が掲載されていることなどが目につく。美術作品では、絵画共進会の展覧会出品作が、『太陽』一冊の挿画写真すべてを費やして数度に渡り特集されていることも注目されよう。また第一巻では京都で開催中の第四回内国勧業博覧会にちなんだものも多くなっている。多くの国民に読まれることをめざした『太陽』が、〈国家〉の輪郭を描き出してゆくのに大きな役割を果たした戦争と美術——ここに博覧会を加えてもよいだろう——を、積極的に掲載・提示していったことは、当然といえば当然だろう。▼注[11] また巻を追うに従い、時事種を取りあげる報道写真的なものに価値が見出されてゆくようすもうかがわれ、興味深い。

創刊期『太陽』の挿画写真の構成は、人物・風景・軍事など表面的にはほぼ当時人気のあったジャンルをそのままなぞっていると考えてよい。また、需要があったことは確実である役者や芸妓の写真がほとんど収録されていないことは、全国の家庭で読まれることを想定し、健全かつ趣味の高い内容を伝えようという編集意図のあったことが窺われる。これはほぼ毎号に美術作品の写真が掲載されていることとも符合するだろう。

だが、このように一見一般読者たちの嗜好に合わせて選択したかのように見える挿画写真も、単純な迎合の産物であったとは言い切れない。たとえ編集部の意図がそのような迎合的なものであったとして、実際それが紙面上で果たしてしまった役割は、無色無害の中立的なものではありえなかった。次節からは、風景写真に絞ってこの点を詳しく検討する。

## 4　外国風景の挿画写真——机上旅行と人類学のまなざし

『太陽』の挿画写真が対象とした外国風景は多岐に渡り、様々な国・土地の名勝・旧跡・奇観が登場する。その掲載の判断基準となっているのは基本的に珍しさ、美しさであり、それに適うものならば種板が手に入り次第構わず載せる、といったありさまのようだ。ただしその中でも、やや方向性に固定した傾向が見られる二種類がある。第一巻第九号（一八九五年九月五日）を例にとれば、「以太利六景」と「西比利亜土人并風俗」とが、その二種に相当する（図10—2、3）。一方においては「欧州文化の淵源」としてイタリアを位置づけ、その「文明国」の余香を留めるものとして風景を提示する。対する一方では、「露国の某博士が探検の際自ら撮影したるもの」と写真を説明し、「研究」の対象として読者の前に提示される。

ではこのような二種類の外国風景は、どのような企図のもと掲載されていたのだろうか。いくつか記事がそのヒントを与えてくれる。まずは「地理」欄の欄枠のなかの文言が目を引く。「地文地質風俗土宜より名境勝区古蹟遺墟に至るまで、紀行あり論評あり話説記事あり探検実記あり、明暢雅健の文章に参するに精緻美妙の図画を以てし、坐して万里に遊ばしむ」（『太陽』第一巻第一号、一八九五年一月五日。以下巻号は一—一などと表記）。風景写真には、「地理」欄と連動するものが多い。とすれば、「地理」欄の持つ傾向は、写真を取り上げる際の方向性とも重なる部分があるはずである。引用した「地理」欄の趣意の要点は、「坐して万里に遊ばしむ」の部分にある。この欄は、その記事と写真とによって、その読み手を「坐して」読むままに、旅行へと連れ出すという役割を担っている。つまり読者たちの前に提示される写真は、旅行者の眼前に広がる光景として演出されているのである。イタリアにせよ、シベリアにせよ、サンフランシスコにせよ、読者たちは写真を眺め、記事を読んで、居ながらにしてそれらの風景を目の当たりにしているような錯覚を得ることができるのだとされた。重森弘淹▼注[12]は次のようにいう。「洋の東西を問わず、写真術の誕生は、大衆の〈見る〉欲望を刺激し、一挙に拡大させた。交通の発達が未知の国や土地への冒険旅行をうながし、その際、カメラも必ず同伴したのである」。これは「横浜写真」についてのものだが、日本人が海外へ向ける視線にも同様のことが言えよう。この時代、海外へ出る機会を持つ日本人はほんの一握りの存在に過ぎない。風景写真のまなざしには、そういう機会を持ちえなかった大多数の日本人たちの見る欲望が重ねられていたことだろう。

とすると問題になるのは、述べてきたような二

図 10-2 上　「以太利六景」『太陽』第 1 巻第 9 号，1895 年 9 月 5 日
図 10-3 下　「西比利亜土人并風俗」『太陽』第 1 巻第 9 号，1895 年 9 月 5 日

種の外国表象が、「地理」の名のもとに一括し並列的に提示されてしまうことである。読者の前に提示される外国のイメージは、写真という「真景」（当時よく用いられた表現）を〈写す〉ことを標榜するメディアと、『太陽』という大雑誌への掲載という事実とによって権威づけされ、「真実らしさ」を身に纏う。いいかえれば、それらの挿画写真の透明度が高くなるわけである。挿絵写真は、そこに提示される諸外国のイメージを固定化してゆく。

「文明」化された町や建物の景色が強調する西欧・米国の「先進性」のイメージの繰り返しも見逃すべきではないが、一層注意を払うべきなのは、その他のアジア・中東・東欧などの「風俗」の写真である。なぜなら、固定化されてゆくそれらのイメージには、人類学的な縁取りが介在していたからである。「西比利亜土人并風俗」は、明瞭にその様式を踏襲している。飯沢耕太郎「人類学者のカメラ・アイ　鳥居龍蔵」（前掲『日本写真史を歩く』所収）も指摘するように、［図10―3］両下端に見られる、人を正面と側面から捉える構図は、人類学がフィールドワークの記録で用いた様式である。読者たちは、知らぬ間に人類学的なまなざしを内面化し、シベリアや南洋、エジプト、アラビアなどを偏向した視線で眺めるよう馴らされてゆく。飯沢同論は次のようにいう。

> これらの人類学調査特有のポートレイトを見るたびにいつも感じるのは、写真撮影につきまとう〝視線の権力〟とでもいうべきものである。つまり、カメラを持つ側（この場合は人類学者）は、被写体となった男女を一方的に見つめている。撮影者は調査対象を一種の〝モノ〟として眺め、計測し、分類することができる。反対に見られる側は見つめ返す自由を奪われている。

〝視線の権力〟という問題は、おそらく人類学という学問そのものに常につきまとってくるものだろう。十九世紀に近代的な人類学が成立してくる過程は、帝国主義列強の植民地拡大とぴったり重なりあっている。〝未開〟

の人々をヨーロッパ人の視線で見つめ、標本箱のなかにきちんと分類しておさめていく――そんな欲求が人類学者たちの意識を支配していたのは間違いないだろう。見る側は常に優位に立ち、見られる側を強化し、導いていく。そんな権力関係を固定するのに、写真が重要な役目を果たしたのは否定できない。(二〇一頁)

人類学の出自と西欧の植民地主義的なまなざしとを、分離することはできない。奇異なるもの・人に出会い、集め、分類し、系統立てる。そこでは常に観察者は、基準点であるゼロ地点に温存され、そこから高下・善悪などの価値判断を伴いつつ、階層構造が構築される。スペンサー流の社会進化論的思考が導入されるのも、この地点である。『太陽』第一巻第一号に寄せられた、日本の「人類学」の草分け的存在である坪井正五郎《つぼいしょうごろう》「事物変遷の研究に対する人類学的方法」の述べるところは、正にこの論理の中にある。

全世界の人民は決して同一様の開化の度に達して居るのではございません。諸人種悉く一定の状況に存在して居るのではございません。全世界諸人種を通覧すれば、様々の階級を知る事が出来ます、恰も一人民が数千年間若くは数万年間に経過したものと同じ様な諸種の階級を一時に知る事が出来ます。甲の人民が最下級の位置に居り、乙の人民が其上に居り、丙の人民が其上に居るとすれば、是等人民に就いての或る事物の比較研究は、丁度一人民が甲の状態より乙の状態に移り、夫より丙の状態に移るに連れて、現はれる所の或る事物の変遷を調査するのと同様でござります。故に人類学的方法は歴史的経過を一時代に引き寄せて示すものと申しても宜しい。(三三頁)

最新の「学」の衣装を身に纏って、世界の「人民」の「開化の度」が測られ、上下の序列を伴う「階級」付けがなされてゆく。「事物の変遷を調査する」という「学」的な作業は、日本の外にする様々な国や地域の人々を、「開化」

の尺度のもとに格付けする。創刊期『太陽』には、坪井や鳥居といった人類学者の論説・報告がしばしば寄せられる。もちろんそれらの記事のすべてがこうした人種間の序列化を図るものであったというのではなく、むしろ彼らの文章には人類学に対する熱意や学問的誠実さを感じさせるものの方が多いほどである。しかしながら当時の人類学がフィールドとし、また自らの存在価値を認めたのが、たとえば新しい日本の領土となった台湾であり、そこに住む人々についての「知識」をもたらしうる、ということだった。こうした領域を自らの学的場の一つとして選択した人類学が、植民地主義的な傾向をまとってしまうのは避けがたい。『太陽』第一巻第一号に載ったこの坪井の論説を読んだ読者たちは、「以太利六景」と「西比利亜土人并風俗」とを見て、前者を「上」、後者を「下」と位置づけ、自らの所属する日本を、その単線的階層のどこかに位置づける、という思考を体得してしまいはしなかったろうか。

写真は、誕生と同時にこの序列化するまなざしの構築作業のなかへと巻き込まれた。交通機関の発達と旅行の流行、撮影技術の進歩と、印刷技術の発展、これらテクノロジーの進歩に後押しされて、写真という「透明な」媒介に身を潜ませた植民地主義的なまなざしは、爆発的に広がってゆく。『太陽』の挿絵図版が機能していたシステムも、まさしくこの中にあった。ただし日本の場合、観察者のゼロ地点の「上」に、つねに欧米の列強が想定された。日本においてまなざす者たちは、西欧の創り上げた体系に身を寄せ、その序列のなかで上昇を試み、同時に他の地域の文化を自らの下位に位置づけていった。居ながらに楽しめる旅行を提供しようという、一見無邪気な企図を有した「地理」欄は、それを享受する人々へ、知らず知らずのうちにこのような偏向した階層構造を刷り込んでいったのである。

## 5　日本風景の挿画写真

『太陽』はさまざまな形で日本風景を取り上げていたが、大きく言ってその主要なものは三種類を数えることができる。必ずしも読者自身の実際的な参加を求めない〈机上旅行的なもの〉と、読者自身の行動に誘いかける形で提示される〈旅行案内的なもの〉、そして災害などの時事的な出来事の光景を伝える〈報道的なもの〉である。

### (1) 机上旅行

先にも触れたが、『太陽』「地理」欄の趣旨は「坐して天下万国の勝景奇蹟を探る」[注13]というものであった。『太陽』「地理」欄を読む読者は、座ったままにして全ての国の名勝を訪ねることができるという主旨だ。そして挿画写真はこの「地理」欄と密接に連動し、読者の眼前にリアルな名所風景を示してみせる。これが本章の言う机上旅行である。[注14]

図 10-4 「芸州厳島の全景」『太陽』第 1 巻第 4 号，1895 年 4 月 5 日

この机上旅行タイプは、さらにいくつか下位分類できる。まず、「日本名勝十二景」（『太陽』一―九、一八九五年九月五日）など、著名な景勝地の数々を一つのセットとし日本を代表する風景として提示するというものがある。これにはほかに「日本新三景」（一―一〇、一八九五年一〇月五日）、「瀑布六景の奇観」（一―九、一八九五年九月五日）などがある。また、「芸州厳島の全景」（一―四、一八九五年四月五日）や「大和名所」（二―六、一八九六年三月二〇日）、「函山三勝」（三―一九、一八九七年九月二〇日）など、個々の地方の名所を取りあげるものも多い。第一巻には比較的前者が多く、以降個別地域のものが増えてゆく。ここに戦時・戦後のナショナリズムの昂揚を見ることもできようが、単に対象となる材料の豊富さの違いによるものでもあるだろう。

この種の挿画写真の場合、それに付される記事やコメントは、名所図絵的な類型に収まっていることが多い。たとえば、「芸州厳島の全景」（図10―4）

に付された解説を見てみる。位置的な概略を述べ、周囲の眺望を語り、それについての詩的な感興を漏らす。また、その場にちなむ古歌、漢詩、俳諧を紹介する。おおよそ他の記事もこの形式は外れない。また表現の特徴として、類型的で紋切り型の表現が多いことが挙げられる。たとえば「東都四季風景真図」(『太陽』一―六、一八九五年六月五日)として挙げるものが、「芝浦の汐干、龍眼寺の蓮、瀧の川の紅葉、上野の雪」であるといった具合である。またこういったセットにする形式では、写真のレイアウトやページのデザインに凝るものが多いのも特徴である。

そこで語られる風景は、非常に文辞的なものである。風景はそのままの姿ではなく、先立つ文学的な知識や、修辞的な枠組みを通してしか見られない。そして面白いことに、そこで示される風景、すなわち挿画写真の名所風景もまた、きっちりとその枠内に収まってしまうものなのである。自ら写真を撮った経験をもつ者ならば誰でも知るように、写真はレンズの前にあるそのままの光景を複写するため、元来非常に雑多な夾雑物を含んだノイズの多いイメージを映し出してしまう。また対象としたい物象をいかに切り取るかによって、強調されたものにも散漫なものにもなる。『太陽』の名所風景の写真は、この点から見て、あからさまに行儀がよいのである。紋切り型であった語られる風景と同じく、読者の前に示される風景もまた、フレーミングによって巧妙に取捨され脱臭化された名所絵そのものの風景である。そこでは実際に訪れた者のみが得る生きられた経験は跡形もなく抹消されている。そして写真という新しいテクノロジーが持ちうるはずの暴露的な力もまた、飼い慣らされてしまっているのである。

机上旅行タイプの記事として、興味深いものがもう一種ある。探検記の類がそれである。具体的なものとして、たとえば渡辺千吉郎「利根水源探検紀行」(『太陽』一―一、一八九五年一月五日)を見ておく。「芸州厳島の全景」が周知の名所を紋切り型の麗句で飾るものであったのに対し、こちらは未踏の地についての報告記である。探検の目的にも、水源の確定、国境の画定、地質調査、開拓地の有無、山林・動植物の調査、さらには鬼婆、神憑り的暴風雨、水源としての文殊菩薩などの「迷霧」を晴らすこと等々、学術的なものが掲げられている。表現レベルでは、漢詩文脈の定型的表現を用い、感慨を俳諧や和歌に託すなど、既存の文脈に依ることもままあるが、名所図絵的枠組みとは大きくかけ離れていることは明白である。

この探検記が、地理学という学術的な形を借りながら（あるいは借りることによって）領土拡張的な言説と相同的な構図を保持しているところに、注目したいと思う。[注15] 水源の確定、国境の画定、開拓地の有無の調査などを目的とした渡辺千吉郎らの「探検」は、群馬県知事の命を受けたものであり、つまり未だ行政システムの及ばない地域を、その版図へと取り込もうとする種類のものである。この図式を海外へとずらせば、そのまま植民地主義的なものになることは見易い。台湾の先住民の村を訪ね、住民たちに「台湾は日本の領土に帰し、爾等も日本の臣民となりたれば、能く志を傾けて日本に服従せざるべからず」と託宣する行政官を伝えた中島竹窩「生蕃地探検記」[注16]は、その典型的なものである。こうした探検記には直接関連する挿画写真が掲載されることはないが、代わりに挿絵や別の号に載る風俗写真（台湾の「生蕃」はこの時期頻繁に誌面に登場する）がその代用をしたであろう。図10―1の『太陽』第一巻第一二号表紙の文言「図南の大志を抱ける人に非ざるも南洋風土の真景を観よ人類学者も！好奇の士も！」も想起される。

以上見てきたように、『太陽』に見られる机上旅行的な風景叙述には、主に名所図絵的な枠組みを受け継ぐものと領土拡張主義的な探検記との、おおよそ二種に分けられ、[注17] 叙述対象の取り上げ方から、その表象法に至るまで、まったく異なった方向性を持っていた。また推定される読者層の面からも、両者の差異は補足できるかもしれない。一見してわかるように、伝統的修辞によりかかることの多い記事は活字も大きく、総ルビであることが多い。挿画写真と連動していることが多いことも述べたとおりである。それに対し、探検記は活字も小さく、ルビも少ない。挿画写真も直接連動することは少ない。この扱いの差は、想定する読者の質の違いを物語っていると見てよいだろう。それぞれの読者層は、互いに排他的なものではなかったろうが、風景を紋切り型の枠組みの下で享受しようとする層と、領土拡張的なイデオロギーを内在した学術的まなざしで風景を眺めつつあった層とが存在していたことは、心に留めておくべきだろう。

## (2) 旅行案内

「坐して天下万国の勝景奇蹟を探る」という机上旅行タイプに対し、『太陽』には実際に読者を旅行へと誘う種類の記事・挿画写真も存在した。実際に読者を旅行に誘うような記事とは、たとえば『太陽』第一巻第七号（一八九五年七月五日）所載の羽峰外史「日光」などをさす。

図 10-5 「日光勝景」『太陽』第 1 巻第 7 号，1895 年 7 月 5 日

> 客は日光下駄の土産を携へ来りて天工人為の美観を説き。（ママ）主は汽車時間表を開きつゝ日光見ぬ内結構といふなの語を繰返す。此くの如きものは此夏の避暑旅行を何くに定めんなど考へつゝある人の家に往々見るところなり。今や満山の新緑漸く老いて炎威人界を圧せんとす。いさゝか初めての人の為めに路案内をなして結構といはるゝ人たらしめんとするも強ち無用のことならざるべし。（八六頁）

夏の避暑旅行に出かけようとする人たちのため「路案内」をしてみようという記事である。原文には総ルビに近いほど振り仮名が振られ、想定する読者層を広くとっていることが窺われる。記事は続いて「汽車線路」、汽車の時刻・距離・料金などをまとめた表、「日光町」、という具合に、準備から出発、見て回るべき名所名物に至るまで、懇切丁寧に説明を加えてゆく。この記事が机上旅

行的な風景叙述と明らかに異なるのは、対象となる土地へたどり着くための方法や道筋、料金、時間などが非常に実用的なレベルで具体的に書き込まれていることである。「坐して…探る」という机上旅行とは、本当に読者を連れ出そうとする意図をを持つという意味において、記事の方向性がまったく異なっている。

そして、実際に読者をして旅行へ赴かせようというこの案内に、強力な援軍として採用されているのが、「日光勝景」の挿画写真である（図10―5）。実際の誌面では、この挿画写真は「地理」欄の記事「日光」と見開きで並んで掲載されている。「陽明門」「華厳の瀑」などといった名所風景が、案内記事と並列されることによって、より強力に読者たちを誘ったことであろう。

羽峰外史「日光」を見てもわかるように、このような旅行案内記は鉄道網の発達と密接に連関している。全国の各地へと鉄道網が伸び始め、それにともなって旅行の姿も変容を遂げてゆく。無署名「青山白水と旅行」（『太陽』一―七、一八九五年七月五日）は、このあたりの事情をよく語る汽車旅行の初心者向け手引き記事である。

> 編笠一蓋草鞋一足の旅の空、もとより趣味ある者なれども、虚弱の人の為しうべき処にあらず。〔…〕故に身体虚弱の人は、よろしくその処を撰びて可なり。《〔ママ〕》」あはれ幾多の俗件を放念し、万事快活なる旅行には、或は汽車にてし或は汽船腕車にてすべし。〔…〕まづ汽車行よりせんか、日光車窓を射て暑く、流汗衣を潤す折は、日影てらさぬ片窓を開け放ちて、空気を流通せしむる事を怠るべからず。されどいと長き隧道中は、堅くその戸を閉ぢ、黒烟の入るをふせぐべし。尤隧道を出でたらんには、黒烟の入ると入らざるとに論なく、いち早くその戸を開くべきなり。（一二六頁）

羽南外史「汽車旅行」（『太陽』一―四、一八九五年四月五日）も同様に「今春は京都大博覧会の開かるゝありて之が初乗を為す人も多かるべければ。先づ之より始めて沿道の謂ゆる天然と人とを案内せんとす」（六〇頁）と、汽車旅行に慣れない人々に対する解説を試みる。どちらの記事も座席の位置や窓の開け閉めから、乗車時刻の選定、休憩の取り方に至るまで、事細かに解説を加える。記事の頻度、内容のレベルからみて、これまでには利用していなかった人々にまで汽車を用いての旅行が浸透しつつあり、そうした汽車旅行の初心者たちに向けてこれらの記事はあっただろう。汽車旅行は、以前とは比較にならないほど遠い距離を短時間に移動することを可能にした。また壮健な人々だけでなく、体力的に劣る人々も旅行することが出来るようになった。これまでは名所図絵や、雑誌新聞記事、挿絵などで眺めるだけであった遠くの土地へ、時間と資金さえ許せば、多くの人たちが出かけられるようになったのである。

そして、『太陽』第一巻（一八九五年）という時期においてみれば、汽車旅行の広がりを押し進めている大きな要因として、この年の四月から開催されていた京都の第四回内国勧業博覧会の存在が挙げられる。これは、先の羽南外史の「今春は京都大博覧会の開かる丶ありて之が初乗を為す人も多かるべければ」という言葉の示すとおりである。『太陽』第一巻にはこれについての関連記事が多く（挿画写真は計二度）、その注目度の高さが窺われる。注[18]

日清戦争という対外的な「巨大イベント」が巻き起こった直後、今度は京都で内国博覧会という国内的な大イベントが開催された。人々はかつてない規模で博覧会へと吸い寄せられてゆき、そこでの経験を共有した。そして戦争と博覧会という二つの大きな出来事への参画に人々を駆り立てていき、またその出来事の経験を、個人的なものでなく同胞と分かち合う集団的なものへと変質させるのに与ったのも、雑誌記事・写真・鉄道といった明治の新しいメディアだったのである。

## （3）報道写真

戦時の昂揚が去り、巻が進むに従って目につくようになるのが報道写真である。もともと『太陽』への写真版導入を準備した『日清戦争実記』の成功が写真の報道性によっていたのだから、こうした方向の開発は当然といえば言えよう。だが、新聞紙面にいまだ写真が登場しない時代において、報道写真を積極的に雑誌の機能の一つとして採用していった『太陽』のジャーナリスティックなセンスと、その先見性はやはり見逃されるべきではない。

第二巻第七号「土佐丸欧州開航式」（一八九六年四月五日）をはじめ、「信濃水害」（二―一八、一八九六年九月五日）、「神戸水害」（二―一九、一八九六年九月二〇日）など、月二回刊行の速報性と写真の視覚的精細さを生かした誌面を構成してゆくが、何と言っても特筆すべきなのは、第二巻第一四〜六号（一八九六年七月五日〜八月五日）において連載した「三陸大海嘯」と、第三巻第四号（一八九七年二月二〇日）の「孝明天皇御式年祭紀事／英照皇太后大葬紀事」である。

一八九六（明二九）年六月一五日に起こった「三陸大海嘯」は、その被害の大きさが明らかになるにつれ、人々の関心を強く引きつけていった。博文館はこれに対応するため、大橋乙羽を現地に派遣する。彼を派遣した理由は、彼が他ならぬ写真術を身に付けていたためであるという（乙羽「嘯害実況桑田碧海録」）。もちろんこれは、より早くそして詳細に津波のようすを知りたいという読者の欲求に応えるためであったことは言うまでもないが、それだけにとどまらず、『太陽』は写真という伝達媒体のもつ視覚的情報量の抱負さを、よりジャーナリスティックで俗向きな方向へと振り向けたのである。人々の視覚的好奇心を狙う〈災害報道〉がここに誕生した（図10―6）。水浸しになった村景や、倒壊した家屋、転がる死体、「孤児路傍に啼泣する光景」。これらの光景の有する、

図10-6 「三陸大海嘯」より『太陽』第2巻第14号，1896年7月5日

衝撃力と人々の好奇の目を吸い寄せる力とを、『太陽』はよく知悉しフルに利用した。このことは詳細な見聞記であり、被災地紀行文でもある特派員乙羽の「嘯害実況桑田碧海録」が雄弁に語る。往路の汽車が出くわした、災害とは何の関係もない轢死の細密な死体描写をもって幕明けるその文章は、同情のまなざしと被害状況を伝達しようとする誠実な意図とを感じさせはするものの、ややもすれば破壊の巨大さと、被災者の悲惨さ、死者の数え上げと死体の描写といった、興味本位の喚起的情報とグロテスクな描写に流れてゆく。記者であり編集者でもある乙羽は、明らかにこれを自覚的に行っている（傍点による強調の仕方からもそれはうかがわれる）。

事件・ニュースを知りたい、見たい、という人々の欲望を、戦争報道で成功した博文館編集部は十分すぎるほど学んでいたはずである。対外戦争というニュースとして破格の大きさをもつ出来事が過ぎ去った後、彼らは『太陽』へと場を移し、より細かな社会的な事件の視覚的報道へと、道を切り開いていったのである。

一八九七年、孝明《こうめい》天皇の没後三〇年の記念と英照《えいしょう》皇太后の逝去とに際して執り行われた一連の出来事の報道にもまた『太陽』は力を尽くした。この二つの国家的な祭礼を、『太陽』は誌上で〈再現〉しようと目論んだかのようだ。両者の年譜や性行、徳などを紹介・追慕する記事をはじめ、その死を悼む声や詩歌などを集めて、故人についての知識の共有と喪失感の伝播を図る。と同時に、大橋乙羽と坪谷善四郎による祭礼の体験・見聞記である「三十年御式年祭」（乙羽）、「大葬拝観記」（坪谷）により実況を語ってゆく。そしてここに挿画写真が加わる。冒頭に孝明天皇、英照皇太后の肖像写真を掲げ、参列者した華族・高官たちの顔をずらりと並べる。その中に「御代拝御参拝之図」「英照皇太后御霊柩京都七条着御」などといったスナップショットが配置される。式次第を追うことによって誌面上に浮かび上がる儀式の行程は、それを読み進める読者をして否応なくその式典へと参加させ追体験させる。

面白いのは、挿画として写真だけではなく、画家たちによる絵画も数多く掲載されていることである。写真は、参加者の肖像に比べ式の情景を写したものの方が少ないことを見ると、この絵画の役割がおそらくは写真の不足を補うためのものであっただろうことが想像される。写真の撮影には許可が必要な場面も多かったろうし、すべての行事を追えるものでもない。掲載された絵画を見ると、行列や人物を描く際の伝統的類型を踏襲する一、二の例外を除いて、他は全てスケッチ風の画面である。乙羽生「挿絵の説明」が、これらの絵画の「実地」に「直写精模」されたことを強調しているのことを見ても、美術品として誌面に掲載されたというよりは報道写真的な機能を果たすべく要請されていたと考えるほうがよいだろう。

絵画作品の「美術的」な効果はいったん押し止められ、写真の与える臨場感と迫真性が挿絵に求められる。写真と絵画の二つの挿画は、出来事の誌上における再構成のために奉仕する。そして、挿画のフレームによって切り取られ、記事による整理を経たその出来事は、読者間の視覚的、情報的な知識の共有を可能にする。事件は均され、咀嚼しやすい共通理解へと誌面で変換されてゆくのである。

## 6――創刊期『太陽』挿画写真の機能と効果

以上『太陽』の風景挿画写真を、外国・日本それぞれ取りあげるものにわたって検討してきた。一見無邪気に、外国の建築物、風俗、日本の名所風景など映し出していた挿画写真も、それが連動する「地理」欄他の諸記事との関係のもとに読んでいけば、それぞれさまざまな枠取りがあらかじめ施されていたことがわかる。外国の写真は、「文明」を担い体現する西欧・米国の建築・風景と、「奇異」「未開」の徴を身に纏ったそれ以外の地域の人々の住居・風俗、というステレオタイプをなぞり、人類学の記述がそれを「学」的に補強していた。もちろん実際にそれらの国々を旅行することができ先入観に縛られずに見てみれば、西洋の「文明国」に「野蛮」を見い出し、「未開」の国々に「文化」をみてとることは、あるいは可能であったはずである。しかし大多数の『太陽』読者たちはその機会に恵まれることなく、あらかじめ取捨された外国イメージを、写真という「透明な」媒体により与えられた。「坐して天下万国の勝景奇蹟を探る」という触れ込みのもと、固定化し植民地主義的色彩を帯びたイメージのフィルタを通して、人々は外国を「知った」のである。

日本風景は、挿画写真という面に限ってみれば、圧倒的に名所名跡を取り上げたものが多かった。それらの写真は、夾雑物をフレームの外に追いやることによって成り立った行儀のよい固定的な景勝イメージのみを示しており、その多くには庶民レベルの読者にも馴染みが深かったと思われる名所図絵的な形式を踏襲した解説記事が付されていた。そこで立ち現れる風景は、実際に訪れることによって獲得できる生きた経験を抑圧して成立する抽象的な構成物である。そしておそらく「日本」風景というのは、そうした抽象性の上にしか現れえない。「坐して」その風景を見るしかない読者たちが、その抽象性のいかがわしさに気づくのは難しい。

またもう一つ目を向けておきたいのは、映し出され解説される日本の風景は、同じ号のなかに掲載された外国の写真や記事と併存していたという点である。読者はページを繰ると現れる外国の風景と、日本の風景とを、比べてみるように促されていたと言ってよい。ここにおいて挿画写真は、単なる風景の「写真」であることをやめ、日本という国の輪郭を形成する作業に参与することになる。読者たちは、外国と日本と両方の風景を見比べることにより、なにが日本に特徴的であり、なにが外国と日本とを分けているのかということを考えさせられるだろう。「日本三景」などといった、セット化し要所をまとめ上げる手法は、ここで力を発揮する。

挿画写真を伴うことは少ないにせよ、探検記にあらわれるのは、より露骨な領土拡張的まなざしである。日本の国土は、探検家の前に開発・開拓さるべき沃野として横たわる。名所風景が「日本風景」の頂点を構成しようとするものとすれば、こうした探検記は、その底辺を明確化し、あわよくば押し広げようとするものといえよう。日本国内に向けられたこのような視線は、周囲の国々への転化を準備しただろう。実際『太陽』は、樺太や台湾・南洋へ、その視線を延ばしていっている。

また、一方で『太陽』の挿画写真は、「坐して万里に遊ばしむ」という机上旅行の楽しみを与えただけでなく、実際の旅行へと読者を誘う役割も果たしていた。それは名勝地であったり、博覧会であったりした。発行部数一〇万部超を誇った大雑誌『太陽』は、鉄道、写真といった新しいテクノロジーと連動し、その読者をして、誌面の提供するさまざまな経験を共有させる。国家行事や災害などの報道写真も、この点からすれば〈体験〉の共有と言うこともできるだろう。かつてない規模で、人々が体験を共有しはじめ、仲間意識を育ててゆく。「日本人」という集団の内実が、こうして形成されてゆく。

もちろんこれは、『太陽』の執筆者、編集者がすべて自覚的に行っていたことではないだろう。誌面に写真を取り込んだのも、人類学的な知見に基づく記事・写真を掲載したのも、災害を取り上げたのも、購読者数増加のためであったということも可能である。しかしながら現在の目から見て、そのなかのある部分の記事や写真が一定の方向づけや価値づけを帯びており、知らず知らずのうちに読者へ刷り込まれていたこともまた事実であろうし、伝えられた情報の共有が知識的均質性を生み出したのも確かだろう。こうした情報とイメージの流通の現場で、写真は〈真〉を〈写す〉透明な媒体として強力な役割を果たした。迫真性の高い画像が実際には撮影・編集段階で経てきた取捨選択を、素朴な読者は知るべくもない。ノイズの消去と抽象化、強調、隠蔽、といったカメラの枠取り《フレーミング》には、焼き付けられた画像のみを見る者は気づきにくい。

ともすれば透明に見えてしまうメディアの偏りに目を凝らすことを忘れてはならない。レンズから目を離し、フレームの外にあるものを見、そこにあるフレームが何を切り取り、切り捨てているのか、意識することが大切だろう。

## 【注】

［1］永嶺重敏「明治期『太陽』の受容構造」『雑誌と読者の近代』日本エディタースクール出版部、一九九七年七月、一〇七頁。

［2］鹿野政直「『太陽』――主として明治期における――」『思想』四五〇、一九六一年一二月、一三七頁。前掲永嶺論文にも以下の指摘がある。「そして、この文章家的伝統の『国民之友』から「単に商売的に文章を収集する」大冊・百科スタイルの『太陽』への移行は、新聞界で既に進行していた、政論を主とする大新聞から報道重視の商業新聞への変化と軌を一にするものであった」（一一三頁）。

［3］鈴木貞美「創刊期『太陽』論説欄をめぐって」『日本研究』一三集、一九九六年三月、六五頁。

［4］坪内祐三「編集者大橋乙羽」（前掲『日本研究』一三集）がこのあたりの事情に詳しい。

［5］たとえば一八九五年の東京木挽き町鹿島清兵衛経営の写真館「玄鹿館」の広告には「手札六枚一組一円五十銭、カビネ三円、四切八円」とある（松本徳彦「文明開化のなかの写真」『日本写真全集1　写真の幕あけ』小学館、一九八五年一二月）。また北海道地区では、一八八四年で七五銭～三円、一九〇五年で七〇銭～一円二〇銭という（週刊朝日編『値段史年表　明治・大正・昭和』朝日新聞社、一九八八年六月）。一八九五年の小学校教員の初任給は三円である（『値段史年表』）。

［6］前掲『日本写真全集1　写真の幕あけ』、一〇一頁。

［7］写真史についてのここまでの記述は、以下を参考にした。日本写真家協会編『日本写真史 1840-1945』平凡社、一九七一年八月。前掲『日本写真全集1　写真の幕あけ』、飯沢耕太郎『日本写真史を歩く』新潮社、一九九二年一〇月。木下直之『岩波近代日本の美術4　写真画論　写真と絵画の結婚』岩波書店、一九九六年四月。

［8］英文目次における挿画写真の位置は、「LIST OF ILLUSTRATIONS」として、他の項目と並ぶ一部をなしているに過ぎない。

［9］小沢健志『幕末・明治の写真』筑摩書房、一九九七年七月、二二七頁。同書二二八頁には土産写真「有名高官」（明治中期）が紹介されている。

［10］樹下石上人（横山源之助）「人物評家の変遷」（『文章世界』二巻一三号、一九〇七年一一月）、木村毅「解題」（『明治文学全集九二　明治人物論集』筑摩書房、一九七〇年五月）などを参照。

［11］戦争・美術と写真については、次の木下直之『写真画論』（前掲）の指摘が鋭い。「日清戦争の写真は、市販された写真集とい

う形式で、あるいは創刊が相次いだ写真雑誌（たとえば『日清戦争実記』や『戦国写真画報』）という形式で、はじめて戦争の全体像を構成した。写真集は、おおむね出陣に始まり、戦場となった朝鮮半島や中国大陸の広大な風景、行軍の様子、ほんのわずかな戦闘場面、陣地内での暮らしぶりなどを伝えたあと、日本への凱旋で終わる。そうしたメディアの中でしか、戦争は全体像を現さなかった。同時にまた、戦争を遂行した国家の姿を、写真はようやく映し出せたともいえるだろう」（一〇五―六頁）。「〔論者注 岡倉天心の日本美術史を作り上げる仕事について〕その一連の仕事は、日清戦争写真集の編集作業に似ている。写真集の中に国家の姿が見えたように、作品図版の集積の中にこそ、日本美術は姿を現した」（一〇七頁）。

[12] 重森弘淹「「横浜写真」にみる風俗」前掲『日本写真全集1　写真の幕あけ』、八五頁。

[13]『太陽』第一巻第一二号（一八九五年一二月五日）所載の「『太陽』増刊並に大改良趣旨」にある「地理」欄の趣意、頁なし。

[14] 机上旅行については、藤森清「明治三十五年・ツーリズムの想像力」（『メディア・表象・イデオロギー』小沢書店、一九九七年五月）のアームチェアー・トラベルの論述に示唆を受けた。

[15] 当時の地理学は、地理的知識の衆知とともに、植民地主義的な欲望に資するための知識を提供することもまた目的としていたようだ。佐藤能丸「国粋主義地理学の一考察――志賀重昂論――」（『史観』八六・八七号、一九七三年三月）を参照。また地理学はその啓蒙的使命の一つに「愛国心を養ふ」（神保小虎「地理学教授略論」『太陽』二―三、一八九六年二月五日）ことを数えていたことも付け加えておく。学術的な知見を武器としながら、欧米・朝鮮・中国と比較対照して、「江山洵美是我郷」と日本の風土の素晴らしさを賞揚した志賀重昂『日本風景論』と、その後の志賀の帝国主義的なありようは典型的と言ってよいかも知れない。志賀と『日本風景論』については、山本教彦・上田誉志美『風景の成立――志賀重昂と『日本風景論』――』（海風社、一九九七年六月）が参考になる。

[16] 中島竹窩「生蕃地探検記」は『太陽』二巻二一号（一八九六年一〇月二〇日）から二五号（同年一二月二〇日）まで連載。引用は二四号（同年一二年五月）、二三〇頁。

[17] 細かなもので他に興味深いものとしては、紀行文と挿画写真との連携を『太陽』が生み出したことである。幸田露伴文・大橋乙羽写真の「東京百景」（二―八、九、一八九六年四月二〇日、五月五日）、「東北七州奇勝」（三―二三、一八九七年一一月二〇日、表紙は六州）などは、いま読んでも楽しい、その優れた達成である。また後に取りあげる乙羽の三陸大海嘯の写真付きルポルタージュは、このバリエーションとも考えられよう。

［18］この第四回内国勧業博覧会には、一一三万七〇〇〇人の入場者があったという（吉見俊哉『博覧会の政治学――まなざしの近代――』中央公論社、一九九二年九月）。読者を旅行へと誘う記事群の中で、大きな位置を占めていたのがこの博覧会見物の記事であった。たとえば大和田建樹「汽車旅行」（『太陽』一―五、一八九五年五月五日）は、こぞって博覧会へ出かける人々の様子を描く。また関連する記事のなかには、博覧会そのものを取り上げるのではなく、博覧会見物のついでに京都を見物してゆこうする人々のための記事も混ざっていた（紫明楼主人「京都の新案内記」一―一、一八九五年一月五日）。

第一一章◉

# 誰が展覧会を見たのか

## ――文学関連資料から読む文展《ぶんてん》開設期の観衆たち――

### 1 「観衆」とは誰か

観衆とは誰か。

画家について、作品について、また展覧会についての言葉は、無数にと言っていいほど産出されてきた。だが、観衆という存在について考えようとしはじめたとき、いやおうなく気づかされるのは、観衆の具体的な姿について語った言葉が、極端に少ないという事実である。

本章で取り上げようとしている文展開設期の観衆についても、このことは当てはまる。一九〇七（明四〇）年の一〇月二五日から東京上野公園内の元東京勧業博覧会美術館で開会された第一回文部省美術展覧会の出品者が誰であり、受賞者が誰であり、その作品が何であり、審査員が誰であり、入場者数がどれくらいで、入場料がいくらだ、ということを、われわれはほとんど正確に知ることができる。ところがその一方で、そこに足を運んだ人々が、いったいいかなる者たちであったのかということについては、かなり答えることが難しい。資料が、ほとんどないのである。

これはむしろ当然で、美術展覧会に足を運んだ人は、美術作品を見に出かけるのであって、そこに集まった人々がどういう人々なのかを観察しに行くわけではない。それを記録する、ということになれば、なおさらである。展覧会に人を見に行くという奇妙な作業を敢えて行うのは、少々変わった人物だけである。いま、われわれの手元に残されているのは、一つにはそうした一風変わった人物――たとえば内田魯庵《うちだろあん》のような――の残してくれた記録である。

もう一つある。公式な記録というわけではないし、時には少々の粉飾すら混じっていたりもする。だが、その時期の社会のスナップショットを、しばしば思いもかけない鋭さで切り取ってくれるもの。文学作品である。たとえば文展開設期である一九一〇年前後に書かれた小説を通覧していくと、そのなかのいくらかに展覧会へ出かける人々が描きこまれているのを見い出すことができる。

文学作品はもちろん虚構だが、そのことはそこに描出された対象が信用するに足らない嘘だということを意味しない。小説にしろ、詩にしろ、そこに描き出された場面、人物は、むろん事実そのものではない。たしかに、文学作品には典型化や理念化、潤色、単純化などが不可避的にともなう。しかしそうした表象行為そのものにつきまとう変形は、「事実」の単純な歪曲にとどまるわけではない。文学作品による表象は、ある歴史的文化的な基盤の上から提示された視角の一つとして取り上げる価値がある。作品に書かれたことがらを、たとえば展覧会が開かれた場所の名前であるとか、入場者の数のような種類の情報と同列におくことはできないものの、かといってまったく信ずるにたらない虚構／虚偽の言説であると切り捨ててよいわけでもない。一定の手続きを踏み、その資料のもつ性格を見極めるならば、文学資料は非常に豊かな情報をもたらしうる。文学作品は、たとえば作品の背景的描写の中で、通常では記録に残らない、些細な日常の一コマを書き残すことがある。また社会の多数派の視野に入らない、少数者のまなざしによって浮かび上がるものを書き記すことがある。過ぎ去った心の風景を、書き留めることがある。

本章は、展覧会の観衆、とりわけ文展開設期（一九一〇年前後）の観衆のあり方を、主として文学作品の表象分析をとおして論じる。文学作品の表象の分析から浮かび上がるさまざまな観衆の姿は、文展という官製システムの始動と、人々の観衆化との関係を明らかにしてくれるだろう。

## 2 美術展覧会と近代観衆

一九〇七年に第一回が開催された文部省美術展覧会、いわゆる文展は、フランスのサロンを模して作られた「官」展である。一九〇七年から一九一九年まで計一二回とり行われ、以後帝国美術展（帝展）、文展などと変遷をたどり、現代の日展につながっている。勅令によって委員制度が布かれ、文部大臣の管轄のもとで事務官も文部省内から出すなど、官僚制度のなかに組み込まれた審査体制をもった展覧会であった。

小集団に分かれて競っていた美術団体を一つに糾合して統一的な発表舞台を用意したこと、内国勧業博覧会的な殖産興業策から文化振興策への転換、「官」という権威性と作品の買い上げ制度とがもたらした美術家たちの意欲増進など、これまでにも文展はさまざまに評価されてきた。日本の近代美術史に占めるその役割の大きさを考えれば当然である。だが、その観衆にかかわる点については、いまだ研究は途につきはじめたばかりと言わねばならない。たとえば、児島薫が「美術家が増え、美術市場が拡大し、一般の人々にも美術が知られるようになった」[注1]と述べるように、先行する研究においては、文展を介して美術に親しむ人が増えたという程度の概括に終わっている場合が多い。その制度性という観点から文展の分析を行った北澤憲昭の論考も、次のような指摘にとどまる。

文展は、こうして美術界に君臨しつつ、国家にとって望ましいかたちの美術を「国定芸術」として創出してゆく一方、副産物として洋画の市場を誕生させ、また、絵画・彫刻を中心とする美術のヒエラルキーを確立して、美術の制度化をおしすすめてゆくことになる。しかも、文展をめぐって、にわかに活気づいてきた美術ジャーナリズムは（批評的言説も含めて）かかる制度化を民衆レヴェルで推し進めていった。こうした官民の動きが相俟って、美術とその鑑賞は、文化システムとして社会的に確立されていったのである。▼注[2]

北澤の論は、洋画市場の誕生とジャーナリズムの活動を視野に入れたとはいえ、観衆論に踏み込んでいるわけではない。

もちろん、美術に親しむ層の拡大という観点が重要であることはいうまでもない。本章が文展に焦点を合わせているのも、美術展覧会としては空前の規模の来場者を呼んだという事実に着目すればこそである。次に掲げた［表11―1］は、文展の来場者数をまとめたものである。▼注[3]

［表11―2］に掲げた白樺主催のいくつかの展覧会と比べてみても、文展の入場者数の多さは歴然だろう。白樺主催展覧会の入場者数が一日平均で二〇〇人を越えたり越えなかったりで推移しているのに対し、文展は第一回から一日当たり一〇〇〇人を越え、大正期に入ると四〇〇〇人、最終的に一九一八年の第一二回では七〇〇〇人を越すまでになっている。

なぜこれほどまで文展には人が入ったのだろうか。さまざまな要因が考えられるが、ここで問題になる観衆の視点から考えれば、次のような点が指摘できるだろう。まずは「権威性」である。文展は文部省すなわち国家が保証する美術展としてあった。そこで陳列される作品は、国家によって任命された審査員の鑑査を経ているものばかりであり、そのうちのいくつかは国が買い上げるという仕掛けにもなっている。作品の価値は、まさに文字どおり、国家が保証する仕組みになっていたわけである。

| 開催年 | 名称（場所） | 入場者数 | 会期 | 一日平均 |
|---|---|---|---|---|
| 1907年 | 第一回文展 | 43,741人 | 37日 | 1,182人 |
| 1908年 | 第二回文展 | 48,535人 | 40日 | 1,213人 |
| 1909年 | 第三回文展 | 60,535人 | 41日 | 1,476人 |
| 1910年 | 第四回文展 | 76,363人 | 41日 | 1,862人 |
| 1911年 | 第五回文展 | 92,765人 | 37日 | 2,507人 |
| 1912年 | 第六回文展 | 161,795人 | 37日 | 4,372人 |
| 1913年 | 第七回文展 | 168,708人 | 35日 | 4,820人 |
| 1914年 | 第八回文展 | 146,486人 | 35日 | 4,185人 |
| 1915年 | 第九回文展 | 183,418人 | 32日 | 5,731人 |
| 1916年 | 第一〇回文展 | 231,691人 | 38日 | 6,097人 |
| 1917年 | 第一一回文展 | 242,662人 | 36日 | 6,740人 |
| 1918年 | 第一二回文展 | 258,371人 | 36日 | 7,176人 |

表11-1　文展の入場者

| 開催年月日 | 名称 | 入場者数の記述▼注[4] |
|---|---|---|
| 1911年10月11-20日 | 版画展覧会 | 「毎日の入場者は招待した人をのぞいて平均百二十四人コンマの七」 |
| 1912年　2月16-25日 | 白樺第四回展覧会 | 「平均すると一日二百人と一寸」 |
| 1913年　4月11-20日 | 白樺第六回展覧会 | 「入場者は十日間に壹千八百八十八人で、平均百八十八人強」 |

表11-2　白樺主催展覧会の入場者

もう一つは、先の北澤論文も指摘していたメディアによる宣伝活動である。これは先行する東京勧業博覧会（一九〇七年三―七月）との接続からみておいた方がよいだろう。東京勧業博覧会ではこれまでの博覧会の通例どおり、会場内に「美術館」建設されていたが、この美術館をめぐってはさまざまな事件が紛糾していた。▼注[5] 彫刻家北《きた》村《むら》四《し》海《かい》による自作《霞》破壊事件、審査問題、褒賞返却騒動などが新聞雑誌でさかんに報道されたのである。これにより、「今回の博覧会に就てはあらゆる方面の人大に美術館に注目し、新聞雑誌の大に批評紹介に努めたると共に、種々の事件は世人を美術館に傾意せしめたり」▼注[6]と報じられるような事態が出来していたのである。文展は、この会期中に周知され、同年一〇月にスタートする。つまり人々の耳目が、スキャンダラスな色彩を持ちつつではあるが美術に向けられているなか、文展はその産声を上げたわけである。実際、東京府下の各紙は、文展開催にあわせて審査の経過や出品作の紹介・批評を継続的に行っていく。

東京勧業博覧会との接続の点でいえば、会場となる「場所」の問題も注意されてよいだろう。文展は東京勧業博覧会の跡地（上野公園内）で、同じ「美術館」の建物を利用して開催された。ゼロからスタートするに際し、開催地の知名度を利用できたことの有利さは、少なく見積もるべきではないだろう。

さらに重要だったと考えられるのが「入場料の安さ」である。文展の入場料は、一貫して一〇銭である。[注7] これがどの程度の値段だったのかは、その当時の別の娯楽、鑑賞施設の利用料と比べるのがよいだろう。任意にあげれば、映画館の入場料が一五銭（一九〇九年）、帝国劇場観覧の最低料金が二〇銭（一九一一年）、上野動物園の入園料が五銭（一九〇七年）である。都電乗車賃四銭（一九一一年）、『中央公論』一冊二〇銭（一九〇九年）、ビール大瓶二三銭（一九一四年）も参考としてあげておこう。[注8] 文展を見るのは映画よりも、『中央公論』よりも、ビールの大瓶よりも安かったのである。当時の観覧記や批評記事を見ていると、執筆者が何度も会場に足を運んでいることが書かれている。高村光太郎も、青少年向けの入門記事で「少くとも四度は足を会場に運びたい」と述べていたが、[注9] この値段ならば、光太郎がさほど無理を言っていたわけではないこともわかる。

こうして文展は、数多くの、さまざまな人々を吸い寄せはじめる。次の二つの記事をみてみたい。一つめは『万朝報』の一九〇八年の記事、二つめは一九一二年の内田魯庵の文章である。

> 昨日も上野へ行つて見ると、展覧会の賑ひは意想外である、その賑ひをなせる観覧者の要素の啻に美術学生等の専門家ばかりでなく、あらゆる職業の人を集めてゐるのには、一驚を喫せざるを得なかつた、やがてこれは美術思想の普及を示すものである、兎角の批評は擱いて、文部省が一臂の力をこの方面に仮〔ママ〕した為に明治美術の存在が世人に知られた一事は徳としなければならぬと思ふ[注10]

十月十三日　朝、根岸へ用事があつて上野を通り抜けようとすると文展会場の前が人の山をなしてる。尚だ開場時間前なのだ。若い紳士や学生の多いは不思議は無いが、十五六の娘連れもある、孫の手を牽くお婆アさんもある、夫婦親子隠居さんまで伴れた一家族もある。文展は美術家及び鑑賞家の専有のヱキジビシヨンでなくて殆んど全社会の公共歓楽場になつた観がある。▼注[11]

文展には「あらゆる職業の人」が集まりつつあった。「十五六の娘連れ」も「孫の手を牽くお婆アさん」も、紳士も芸者も兵隊も学生も上野へやってきていた。或印刷所の主人が魯庵にむかって言ったように、画家たちはすでに「相撲と同じに矢張贔屓の先生がありますから」などと語られるまでになっているのである（魯庵、三二五頁）。

先行の論者たちが指摘していた観衆の拡大は、まさしくこうした記事から裏付けを取ることができる。だが、単純に拡大に注目するだけではなく、先の引用が含んでいた人々の雑多さにこそ、目を向ける必要がある。大量の人々は、大量であればあるだけ、多様な種類の人々を含んでいる。量の増加とともにたどったはずの観衆の複層化の動きこそが重要だ。文展を見に詰めかけた人々は、多種多様であったようだ。いったいどのような人々が、秋の上野に集まっていたのか。先の引用に現れただけでも、美術学生、若い紳士、娘連れ、お婆さん、家族などがあげられる。では彼らは何を見、何を考えていたのか。この雑多な人々は、同じものを見ていたのだろうか。美術展覧会だから美術作品を見た。もちろんそうだろう。だが本当に、それだけだろうか。

## 3――複層化する観衆

ここで私は、これまで観衆と呼ばれ、雑多な顔つきを見せていた人々を、いくつかの層に切り分ける作業を行ってみたい。もちろん、これは仮設的な作業になるが、この作業によって、人々は一括されることも、またその反対に個別化されすぎることもなくなり、展覧会という場において彼らがふるまうあり方に応じて、それぞれにまとまった特徴を見せてくれることになるだろう。

ヒントになるのは、次の有島壬生馬《ありしまみぶま》の展評である。

見物人は十中八九若い男——学生風の人許りであつた。此事は彼地での展覧会などに比べると余程異様な感がします。サロンのベルニサーヂが今日では巴里人士の年中行事中の最大なもの、一つになつて居る事、如何なる新派の芽生えの様な展覧会にも各種類の人々が集つて見に来る事などは云ふまでもありませんが、夫れは絵画其物に興味があるからで、文部省の展覧会だから行く行かぬと云ふのでは少し心細い。〔…〕然るに太平洋画会の有様を一寸見ると芸術家、学生の外は全く社会と没交渉の様に見受けられた。▼注〔12〕

有島が見た「見物人」たちは、明らかに万朝報記者や内田魯庵が見た文展の観衆とは異なっている。引用に書き込まれているとおり、有島が見たのは太平洋画会の展覧会である。広く一般の注意を引く要素を兼ね備え、多様な人々が観覧に集まっていたらしい文展に対し、白馬会と並ぶ洋画の研究・教育団体であった太平洋画会の展覧会には、ある程度専門化した関心をよせる人々だけが集まっていたのである。あらためて先の『万朝報』と魯庵「気まぐれ日記」を見直せば、そこにはやはり「美術学生等の専門家ばかりでなく」であるとか、「若い紳士や学生の多いは不思議は無いが」と断りがつけてある。つまり、これを言い換えれば、当時美術展覧会に集まる観衆といえば、一般的には美術に関心を持つ若者がまず想起される存在であったといえるだろう。そしてつけ加えるならば、彼らはおそらく大部分が男性であった。▼注〔13〕

こうした美術趣味を持つ若い観衆たちを切り分けるとすれば、それ以外の人々も見えてくる。有島の表現を借りれば、「文部省の展覧会だから行く」人々である。美術趣味を持つ若い観衆たちは、当然文展が開設される以前から存在しただろう。明治美術会や日本美術院、白馬会、太平洋画会、无声会などその時々の先端を行った美術展覧会の観衆は、彼らだったはずである。このことを踏まえれば、一九〇七年から始まった事態とは「文部省の展覧会だから行く」ような人々の出現だと言いかえることも可能だろう。

以上を踏まえ、ここでは仮に次の四層に観衆を切り分けてみたい。

（1）もっとも専門化した観衆
（2）美術趣味をもつものの、さほど専門化していない観衆
（3）「文部省の展覧会だから行く」観衆
（4）なお見えない観衆

## （1）もっとも専門化した観衆

この層に相当するのは、美術家や画学生、批評家など、美術に関する高度な知識をもち関心を寄せている人々である。従来の美術研究が力を注いできたのは、この層の考察ということになる。こうした人々については研究の蓄積もあり、本章では（2）以降の観衆の分析に焦点化することとし、次のような諸特徴を指摘するにとどめたい。観覧行為と自らの創作活動とが地続きとなっている、展評などを通じて情報をメディア上で循環させる役割を果たす、自らも展覧会の企画者側にまわる、などである。美術家や美術批評家あるいはその予備軍である彼らは、文展の作品に対し自らの表現行為との関係のもとで対峙し、批評する。時にはそれをメディアを通じて発表する。フューザン会のような反、文展的な活動を開始するのも、彼らの担った役割である。文学に近いところでは、白樺の同人たちをここに

加えるべきかも知れない。彼らの美術の知識には精粗があり、アマチュア的な色も強く保持していたが、フォーゲラーの版画やロダンの彫刻を入手し自ら展覧会を開いたり、新しい西洋の画家たちの作品を『白樺』誌上で積極的に紹介していった活動は、これまでも高く評価されてきたとおりである。若き里見弴《さとみとん》の小説「君と私と」には、展覧会の準備に奔走する主人公たちのようすが書き込まれている。▼注[14]

### (2) 美術趣味をもつものの、さほど専門化していない観衆

この層は学生を中心とした美術に関心を向ける知識人層から構成されたと考えられる。文学者の多くはここに入るだろう。一九一〇（明四三）年一一月の『早稲田文学』（第六〇号）には、「文部省美術展覧会印象記」と銘打った、同人たちによるアマチュア意識を前面に出した印象記集が組まれている。そこに掲載された相馬御風《そうまぎょふう》の「女と猫」という文章は、この層の心性のある部分をよく語っているように思われる。

> まるで五月雨のやうにジメ〴〵した雨が幾日も〳〵降りつゞいた後の快い秋晴の半日を、わざ〳〵人間の手で拵らつた絵などの中で費すのはまつたく惜しかつた〔…しかし〕一つの虚栄心があつた〔。〕これを見なければ以て当代の芸術を談ずる能はずと、仲間の人達から笑はれないために、出来るだけ早く文部省の展覧会と云ふものを見て置かねばならぬ、さう云ふ虚栄心があつた。そ〔さ〕うして此の虚栄心を奥にひそめた私の眼は、展覧会場での遇つた多くの女や男に対しても、此の中で幾人真に心から芸術の香を慕つて来た人があるだらうかと云ふ疑の念を帯びざるを得なかつた。▼注[15]

自然主義文学の代表的若手論客であり、自ら詩や小説も発表した御風だが、美術に関しては、秋晴れの半日を「絵

などの中で費すのはまつたく惜し」いと感じてしまう程度の関心を持っているにすぎなかったようだ。だが、そうした彼でさえ、文展には足を運んだ。「これを見なければ以て当代の芸術を談ずる能はずと、仲間の人達から笑はれないために」。御風は驚くほど率直に自らの「虚栄心」を語り、のみならずその「虚栄心」を、他の観衆のなかに見い出そうとさえしている。同時代美術の一堂に会する文展を見に行くことが、ある種のポーズとなるような心性が、ここにはある。

虚栄心からであるか否かはおくとしても、さまざまな趣味的活動の一環として、文展に出かけた知識人は多い。先にも引いた内田魯庵の「気まぐれ日記」を見てみれば、「南葵文庫紀念会」や「文芸協会試演」、「帝劇の博文館記念会」、「文明協会の披露会」、「ルツソー二百年記念会」など、さまざまな「会」に彼が連日のように参加しており、文展はその中の一つとしてあったことがわかる。同様に、経済学者でのちに慶應義塾塾長になった小泉信三《こいずみしんぞう》の若き日の日記をみても、演劇、活動写真、小説、テニスなど彼が情熱を注いだ種々の楽しみの一部として美術は位置していたことが知られる。[注16]

一方、この時期の小説に目を転じると、作品のなかに現れる観衆も、やはりこのアマチュア的な観衆が多かったようである。白柳秀湖《しらやなぎしゅうこ》の「黄昏」は、文展以前の一九〇五年を舞台にした中編小説であるが、ヒロインの兄がこのアマチュア的な美術愛好家として造形されている。

長兄は少年の時から絵画に趣味を持つて水彩画などは可なりの上手で、今に暇さへあれば絵葉書にスケツチなどをして楽しんで居る。工学士といふても部屋にはあまり読んだことのない沙翁や、ウオルズウオルスなどの洋書が綺麗に飾り付けられて、塑像もあれば、油絵の額面もかゝつて居る。[注17]

長兄は工学士で現在は鉄道庁の技師をする人物だが、美術、文学に若い頃から関心を持ち続けているとされる。彼の仲間も「東京の中等階級に育つた新しい青年の群で、話は何時でも白馬会や太平洋画界の評判、それから世間の噂に上つて居る大作の批評、文壇の消息などで持ち切」(一九二頁)るような若者たちだった。

文展に関しては、森鷗外の「青年」をあげることができる。上京したばかりの主人公小泉純一は、まだ住居を決める前に「上野へ行つて文部省の展覧会を見て帰つ」[注18]ている。作品ではさらにその後、先に上京していた同郷の友人瀬戸が、純一を連れ出そうと「上野の展覧会へ行つても好い。浅草公園へ散歩に行つても好い」などと誘ったりしている。ただし「純一は画なんぞを見るには、分かつても分からなくても、人と一しよに見るのが嫌である」ため、断ったのであるが(三〇四頁)。

「青年」がよく対比される夏目漱石の「三四郎」にも観衆は登場する。主人公三四郎とヒロイン美禰子が、丹青会の展覧会に行く場面がある。しかし三四郎は純一ほどには絵に関心がない。彼はむしろ、次で論じる(3)に分類される観衆であるといえそうだ。「会場へ着いたのは殆んど三時近くである。妙な看板が出てゐる。丹青会と云ふ字も、字の周囲についてゐる図案も、三四郎の眼には悉く新らしい。然し熊本では見る事の出来ない意味で新らしいので、寧ろ一種異様の感がある。中は猶更である。三四郎の眼には只油絵と水彩画の区別が判然と映ずる位のものに過ぎない」。招待券をもつ美禰子に誘われるままに会場へおもむいた三四郎だったが、「鑑別力のないものと、初手からあきらめ」、「いつこう口をあかな」[注19]かったのである。

この層の観衆がもつ美術リテラシーの形成を考えるときに、興味深い資料がある。博文館から出ていた青少年向け文芸投書雑誌『文章世界』に掲載された、高村光太郎の文章である。「美術展覧会見物に就ての注意」と題されたそれは、いかに美術展覧会――文展が想定されている――を見るかという、いわばマニュアルである。「展覧会へ行つて作品の芸術的価値の上下を見極めようなどと思つて見て歩くのは最も損な見方である。〔…〕眼に角を立て、重箱の隅をほじくらない方が可い」[注20]。「会場の中では力めて虚心平気になり、まづ楽しまうと思つて見て歩く心懸が必要である。〔…〕そして少くとも四度は足を会場に運びたい。第一日には、〔…〕」、「作品の鑑賞の興味、といつて悪ければ愉快さは、作品そのものを通して作者と膝を割つて話の出来る処にある」（三二頁）などという調子で進められる文章は、明らかに初心者に向けて書かれている。文展の開催に時期を合わせて掲載されたこの文章は、文学には関心が深かったはずの『文章世界』の読者たちを、美術鑑賞の世界へも誘うものとなっている。雑誌の読者たちは全国に広がっており、これを実行できた者は少なかったはずだが、片上天弦が「文章世界で高村光太郎氏が言つてゐた通り、「三角の机」を探し出さぬやうに、たゞ見て楽しまうといふつもりで見た」[注21]と書いているなど、意外なところまでその効力が確認できる。

### （3）「文部省の展覧会だから行く」観衆

この層にあたるのは、展覧会に足を運ぶものの、とりたてて美術に深い関心があるわけではない観衆たちである。これまで論じてきた二種の観衆がそれぞれ創作や批評のかたちで自らの存在を書き残すことがあったのに対し、この観衆たちはそうした機会からは遠い。その意味で、実際の会場ではもっとも大多数を占めていただろう彼らは、現在のわれわれからすれば、逆にもっとも見えにくい観衆であるといえる。

事実、彼らの姿を明らかにしてくれる資料は乏しく、本章においてもわずかな資料から可視化の試みを行うしかない。一つめの資料は、一九一三（大二）年の『新潮』に掲載された史朗生「文展見聞記」である。

　秋晴れの一日――。
其の日、上野公園前の電車を降りる人々の半分は、皆、文展へ！と、ぞろ〴〵足を運ぶ。動物園前の広い通りには、時々自働車が奇怪な声を立て、馳る。——皆文展の入口を目がけて——。
何しろ、文部省の展覧会も、非常な流行になつたものだ。▼注[22]

こうして始まる史朗生の見聞記は、やや斜に構えた姿勢を示しつつ、一般の観衆たちに混じって展覧会場を巡回しはじめる。面白いのは、彼の記事が通常の批評記事とは異なり、作品の品評と同等かむしろそれ以上に、そこに集まった人々——とりわけさほど絵に関心がなさそうな人々——の観察に向けられていることだ。彼の見聞記は、電車内の「小官吏らしい二人の腰弁」（八二頁）の観察にはじまり、「全《まる》で戦争の有様」（同）の切符売り場のようす、会場での「商家の細君《かみさん》」（八三頁）とその娘の会話、その娘を「此の絵よりか、あの方が美人だ」（同）と囁く人々、「一高の帽子を被つた四人連れの学生」、「美術学校の生徒らしい二人連れ」、「紳士」「老人連」（八四頁）と順々にめぐっていく。

注意しておきたいのは、彼の記事が単にただ見たままをつづっているわけではなく、ある差異化の欲望を内にはらんで構成されている点である。満員の電車の中で史朗生は、すぐ前にいた「二人の腰弁」——すでにこの言葉が蔑称だ——の次のような会話を書き取っている。「「何しろ、文部省の展覧会も一種の流行となりまして、絵も何も分らんやうな連中まで出かけるのですから、閉口しますて。」／「ほんとです。」」（八二頁）ここには、観衆同士のなかに芽生えている差異化の意識がうかがえる。しかも、この意識は、語り手である史朗生自身によってさらに「さう云つて頷づき合つた二人も、何うやら絵などが真の意味で分つて居るのか何うか、疑はしいやうな顔付きである」（同）と重層化される。史朗生の批評自体がそれほど専門家的でもなく、また公平なものでもないように思えるのだが、ともあれ彼は、観衆の種々を紹介すると同時に、それを階層化し、その最上位に自分自身をおいて語っていく。

彼の記事のもつ階層構造を、仮にここまでの本章の分類に当てはめれば、（1）史朗生、美術学校の生徒、（2）腰弁、一高の学生、（3）商家の母娘、娘を見る人々、紳士、老人連とすることができる。批評家として語りを進める史朗生は、日本画の部屋をひとまとめにして「斯う云ふ日本画の描法は、恰度旧派芝居の型《タイプ》と同じものである」（八三頁）と断案を下し、美校の生徒たちは「馬鹿に固い絵だな。」「こんなものは、俺だつて書く。」（八四頁）と言ってさっさと行き過ぎる。一方、一高の学生たちは上村松園の「蛍」を前に画中の女性を「令嬢か知ら?」「令嬢にしちゃ品がない。――令嬢が蚊帳を釣る筈がない。」「〔与謝野〕晶子の歌にでもありさうな情景だね。」（八三頁）などと、もう少し大づかみな印象を思い思いに述べあう。

この小節で注目している（3）の観衆については、次のような描写がなされている。「商家の細君《かみさん》らしいの」として紹介された女性は、上村松園《うえむらしょうえん》「蛍」をみて、「此の女の帯は何処に結んであるのだらうねえ?前かしら、それとも横か知ら・・・」（八三頁）と娘に話しかける。ピントの外れたことを話題にしている場面が、ことさらに取り上げられていると言えるだろう。しかも、すでに述べたように、この後には周囲の人々が彼女の娘の美しさに気を引かれているようすが書き込まれ、「此の絵よりか、あの方が美人だ」（同）という呟きまで添えられている。このほか史朗生が「愚作」（八四頁）と断じた島成園の作品（「祭りのよそほひ」）に「頻りに感服してゐる紳士」や、「土田麦仙〔僊〕の「海女」の前に立つて、首を傾げて居る老人連」、「僕には西洋画と云ふものは何うしても分らん。之れから少し勉強して分る様にならうかな」と言いつつ会場から出て来る紳士、などが登場する（同）。紳士たちは美術への関心のはらい方からすれば、（2）の層に含めることもできそうだが、史朗生の彼らをまなざす眼は冷淡だ。

この種の観衆たちは、必ずしも絵を見ていない、という点に注目したい。彼らは作品を前にしてその描かれた帯の位置を気にしたり、あるいは作品ではなく人間を鑑賞したりしてしまう。次に紹介する資料は、こうした展覧会で美術作品以外を見てしまうような人々の心性を、独特の視線から穿って見せてくれている文学作品、川柳である。

もちろん、川柳の句はすべてが事実であるわけではなく、その点注意が必要である。しかし、人々のある種の典型性や、人情の機微を滑稽味をきかせた切り口で提示するというこの文芸の特色は、それだけ尖鋭に対象を描き出すという効果ももっている。ここで取り上げる川柳は『風俗画報』第四〇〇号（一九〇九年九月五日、四四―四五頁）に掲載された。選・課題は九尺舎吝人、題は「展覧会、開帳」である。「展覧会」の出題に応じた投稿者たちは、どんな観覧ぶりを見せているだろうか。

展覧会茶菓子駄賃に見て貰ひ　　塵悟楼左刀

文展会場には休憩所があり、そこには風月堂が入っていた。句は、これを指しているのかもしれない。文展の休憩場にあった風月堂の売店に関しては、高村光太郎の記事「銀行家と画家との問答」にも、「『今日で四度目だが、展覧会といふものは、観るのに中々疲れるものだね。まあ、休憩室で一休みしよう。』／『又、風月の脂くさい紅茶でも飲むかな。』」[注23]という会話が見え、『美術新報』には、「文部省第三回美術展覧会会場内に御休憩室の設備有之候間緩々御休憩被下度候」という「風月堂米津支店　伊藤商店」の広告も掲載されている。[注24]この句の作者は、観衆が入場料を支払って展覧会を見に行く、という通常の関係を、主催者が茶菓子を出して観衆に展覧会を見に来て貰う、という関係に転倒させて面白みをねらっている。展覧会に行って美術品以外のところに目をやった観衆の行動の一例を示した句だといえるだろう。これに類するものとしては、

下足代展覧会の余徳なり　　久世東籬

という句もある。この句は二通りに読め、判断に迷う。「下足代」を、入場料を指すものとして読めば、展覧会は美術鑑賞という恩恵を受けることができるだけでなく、お金まで差し出させてくれるありがたいところだという、皮肉

な視線の句ということになる。また「下足代」を、字義どおりに履き物を預ける代金としてとれば、入場料を支払って観覧したのにさらに下足代までとるとは、という非難を込めた句ということになる。だがいずれにせよ、芸術に理解を示そうとする観衆たちならばあえて無視したであろう些事を、ことさらに取り上げて皮肉って見せていることはたしかである。恩沢と料金とを天秤にかけつつ展覧会へおもむいた観衆の、せせこましくもたくましい視線を示すものといえるだろう。

これにとどまらず、こうした「よそ見好き」な観衆たちは、「絵の様な人も交りて展覧会」（京光人）とやはりここでも絵を見る人を見てしまったり、「展覧会売約済に注目し」（吉備のや）といって絵の横に付された売約済みの札に目をとられたりしている。▼注[25] 当時の展覧会の出品作はその多くが売り物である。とりわけ文展のような大規模で権威的な展覧会でもこうした体制が採用されたことにより、三越呉服店に洋画部が設立されるなど絵画市場の整備拡大をもたらしたことはすでに先行論を参照しつつ確認したとおりだ。ここでみてとれるのは、そうした絵画市場の一端が展覧会の陳列現場にも侵入し、「売約」が即その作品の価値を保証するといったかたちで、観衆たちの視線と志向を制御している事態である。

絵を見る行為自体にも、本来的な鑑賞以外の要素が混じり込んだりもする。

　　腰巻をしたが不平の来館者　　井石庵
　　展覧会に相応しい裸体の画　　選者客人

裸体画は、いまだこの層の観衆にとって好奇の対象であり続けている。「▲裸体画の前には一番多く人が集まる。無論見る人の心は異るであらうが、矢張女ならでは夜の明けぬ国だね。君なども一番先に集る方だらうア

ハ、、、、、、、」とは某政治家談の展覧会評だ。▼注[26]

この層の観衆たちは、とりたてて美術を愛好しているわけでもなく、また作家や作品についての知識を仕入れようという欲求も強くはない。まさに有島壬生馬の言った「文部省の展覧会だから行く」観衆たちだ。もちろん鑑賞・享受の仕方はさまざまであってよく、彼らの姿勢は何ら批判されるべきものではないが、指摘しておきたいのは、さまざまな指向をもつ人々が同時に集まった結果として、不可避的に相互に差異化する視線が生まれて来ているという事態である。文展という場に参入した人々は、そこで避けようなく切り分けられ、差別化されてしまうのだ。この点については次節4で詳述しよう。

## （4）なお見えない観衆

この節の最後として、なお見えない観衆について論じておきたい。たとえば、史朗生の引用中に登場した二人の「腰弁」をあらためて考えてみる。先の分析では、（2）の層の観衆として分類しておいたが、「絵も何も分らんやうな連中まで出かけるのですから、閉口しますて」などと慨嘆していた彼らも、実は文展開催中の上野に近づいた電車内で会話しているだけであり、『朝日新聞』の文展評を見ている一方の男は、実はまだ見に行っていないと言明している（八二頁）。こうした新聞の展覧会評や出品図版の前の人々をも、「観衆」と考えてみることはできないだろうか。文展の開設に合わせて、審査や作品評の報道が新聞各紙をにぎわしていたことはすでに述べた。新聞の購読者数に比べれば、実際に文展へ足を運んだ人数など微々たるものだ。もちろん、『太陽』をはじめとする雑誌類にもこうした情報は数多く掲載された。ほかにも、絵はがきや図録といった媒体も考えられる。しかもこうした媒体は家族内や仲間内で回覧されることも少なくなかったはずだ。もし仮に、紙面の前の読者たちも「観衆」として捉える立場をとるならば、文展の「観衆」の裾野は、飛躍的に拡大するだろう。

この視座にたった場合、文化的に見た「中央」と「地方」の格差が問題化するはずである。雑誌メディアなど、場合によっては海外にまで届けられた媒体は、「中央」と「地方」の情報格差を小さくする方向で働くこともあるが、ことに美術作品を鑑賞しようという場合などには、複製を目にする機会が「本物」への欲望を喚起する場合も出てこよう。たまたま拾った地方の若い女性の手紙を抜き書きしたという体裁の芥川龍之介「文放古」は、そうした地方在住の「観衆」の欲望を書き取った短編小説である。

……あたしの生活の退屈さ加減はお話にもならない位よ。何しろ九州の片田舎でせう。芝居はなし、展覧会はなし(あなたは春陽会へいらしつて? 入らしつたら、今度知らせて頂戴。あたしは何だか去年よりもずつと好ささうな気がしてゐるの)音楽会はなし、講演会はなし、何処へ行つて見るつて処もない始末なのよ。おまけにこの市《まち》の智識階級はやつと徳富蘆花程度なのね。きのふも女学校の時のお友達に会つたら、今時分やつと有島武郎を発見した話をするんぢやないの? そりやあなた、情ないものよ。▼注[27]

舞台はすでに春陽会の時代であり、本章の対象とする時期からは少し下っているが、起こっている事態はさほどかわっていないはずである。「九州の片田舎」に住む彼女は、去年の春陽会の展覧会も見たかどうかはあやしい。だが、徳富蘆花《とくとみろか》を見下し、「芥川龍之介と来た日には大莫迦だわ」と言ってのけ、帝展ではなく春陽会を選択する彼女は、今年の春陽会が「何だか去年よりもずっと好さそうな気がしているの」と言う。▼注[28] 彼女がそう述べる根拠は、たぶん新聞や雑誌の展覧会評か、あるいはそれを読んだ別の人から聞いた噂話である。ここで表象されている人物像は、高等教育を受け、文学や美術、音楽などへの興味を呼び覚まされながらも、地理的な制約に阻まれて「本物」に接触することがかなわないでいる地方の知識層のある類型である。引用からうかがえるとおり、この小説を語る「わたし」(芥川自身になっている）の、こうした地方の人間に対する目は冷たいが、そこには東京に生まれた芥川の傲慢さが含まれていなくはないだろう。彼女のように文化的虚勢を張るか否かは別としても、情報は伝わるがそれを実際に目にする機会からは阻まれている地方の読者／「観衆」たちは、数多かったはずである。

## 4
## 展覧会システムと観衆化

文展の果たした役割の一つを、美術に親しむ層の拡大にみることは、ある部分では正しく、ある部分では正しくない。たしかに展覧会へは数多くの人々が足を運び、会場は雑踏した。しかし、そこにつどった人々を単に「観衆」と呼んで終わらせてしまってよいだろうか。これまで分析してきた資料が語るとおり、集まった観衆は実にさまざまな相貌を見せている。出品作を褒貶する批評家もいれば、虚栄心からなかば義務的ででもあるようにやってくる文学者もおり、せっかくの会場で絵ではなく人間を鑑賞する人々もいた。そして会場の外にも、やはり文展を「見ていた」人々が存在していた。「観衆」は複数、もしくは複層だったということを、われわれは肝に銘じておかねばならない。

ここで注意しておきたいのは、こうしたさまざまな姿の観衆たちは、展覧会場に来る前からさまざまだったわけではない、という点である。むろん個々の人間がそれぞれに異なった生活と人生を生きており、その性別も階層も嗜好も色々だということは言うまでもないが、ここで述べたいのはそうした一般論ではない。観衆が、専門家／アマチュア／さほど関心のない層／紙面の前の観衆に分かれるのは、彼らが展覧会場（あるいはその図版）の前に立った、まさにその時である。この節のタイトルを「観衆化」としたゆえんはそこにある。観衆が、展覧会場に来る前から存在したかのように想像してしまうのは錯覚である。観衆は、会場に来たときに、観衆となる。

この「となる」の部分に目を凝らす必要がある。観衆を、すでにそこにいたものとして考えるのではなく、ある状況の中で「となる」存在として考えた場合に見えてくるのは、人々と〈制度〉との間の関係である。人々が〈制度〉の埒内に参入するときに、彼らの身体と思考が変容を起こす。いままで「商家の細君」だった女性は、会場では絵画の拙い読解者となる。「売約済」の札を気にする観衆は、文展という鑑査と売却のシステムが用意した価値体系に、知らぬまに巻き込まれている。

こう考えてくれば、文展という官設の〈制度〉が人々の間にもたらした複層化と、それにともなう序列化のようすがわかってくる。募集・鑑査・陳列・褒賞・売却からなる文展システムの誕生は、否応なく人々を組み込んでいく。作家たちは、出品するしないの選択に始まり、鑑査通過の成否、褒賞の有無、売却の成否といった一連の関門に直面する。そこで下された評価は、文展会期中のみならず、その後の彼／彼女の「市場価値」に直結していく。批評家にしても、文展の出品作あるいは文展という制度そのものを批判するにしろ評価するにしろ、この年に一度の大きな美術展の前に立場を明らかにすることを余儀なくされる。しかも仮にその批評家が文展について批判記事を書いたとしても、日々飛び交う多数の情報のなかにおいて文展に関する情報に場を占めさせたというすでにそれだけで、彼は文展というシステムが社会内で機能していく一翼に参与したことになってしまう。

そして、以上の動きはすべて、観衆となるだろう人々と無関係ではない。人々は新聞の文展記事の前で、雑誌に載せられた出品作の図版の前で、文展に行って来た人の噂話の前で、そしてもちろん、文展会場の中で、観衆となる。彼らはそのとき、記事や図版や噂話や作品や売約済みの札やの、〈呼びかけ〉に反応するのだ。[▼注29] 複層化はここで始まる。知識のストックはどれぐらいあるか、美術のリテラシーの程度は、好みの種類はどうなのか、どれくらい誠実に〈呼びかけ〉に答えようとするのか、そこに立つに至った動機はなんだったのか、予断は、党派は――。その他さまざまな要因が〈呼びかけ〉に応じて起動して来、彼らはその個々の場合に即してそれぞれのタイプの観衆になる。

しかも、〈呼びかけ〉の場は、多様な指向がそのままで放置されるような性格の場ではない。単線的ではないにしろ、美術の場は、価値づけと序列化のともなう闘争の場だ。嗜好や信条やリテラシーの程度に応じて、さまざまな観衆はそれぞれの価値のヒエラルキーのなかに位置づけられる。本章で参照した幾人かの批評家のように、その序列化を自覚的に示してみせるものもいる。観衆たちの複層性は、展覧会というシステムの中に人々が巻き込まれた瞬間から生成されるのである。

## 5 文展観衆のなお「外」に

本章では、文展開設期に焦点を合わせ、観衆の拡大の内実を、同時に生起したその複層化の出現として捉えてみた。文学作品に描き出されたさまざまな観衆の姿は、人々が展覧会というシステムと取り結んだ多様な関係を考える手がかりとなる。美術関連の資料だけではなく、文学資料を並行的に利用することによって、こうした細部の動向が視野に入ってくるのである。

論を終えるにあたり、私は観衆に関わるもう一段の切り分けを示しておくことにしたい。それは、観衆とそれ以外の人々との間の切り分けである。表11―3と、前出の表11―1を比較してみる。

文展の入場者数と博覧会のそれとの間の目眩がするほどの隔たりを、あらためて確かめておきたい。文展の観覧者が多いといっても、博覧会との差は歴然である。東京勧業博覧会の一日平均にした入場者数五〇七六六人は、それだけで同年秋に同じ上野で開かれた第一回文展の総入場者数を上回っているのである。

私がここに述べておきたいのは、文展の観衆を過度に一般化すべきではない、ということである。たしかに文展へはこれまで美術展に足を運んだことのないような人々が来るようになった。それ以前

| 開催年 | 名称（場所） | 入場者数 | 会期 | 一日平均 |
| --- | --- | --- | --- | --- |
| 1890 年 | 第三回内国勧業博覧会（東京） | 1,023,693 人 | 60 日 | 17,061 人 |
| 1903 年 | 第五回内国勧業博覧会（大阪） | 5,305,209 人 | 104 日 | 51,011 人 |
| 1907 年 | 東京勧業博覧会 | 6,802,768 人 | 134 日 | 50,766 人 |

表 11-3　博覧会の入場者数

の美術展の観衆と比較して、量的な拡大が進んだのは事実である。しかし、その「外」には、目もくらむほど膨大なそれ以外の人々が控えていた。この落差を、忘れてはならない。「観衆」という言葉は、たとえば「国民」という言葉と同じように、その内部に横たわる無数の裂け目を見えなくし、しかもその外部との輪郭をすらあいまいにする。この言葉のもつ平準化の作用には、注意をしておくべきだろう。

**【注】**

[1] 児島薫「序文」『文展の名作［1907-1918］』展図録、一九九〇年、九頁。

[2] 北澤憲昭「文展の創設」『境界の美術史――「美術」形成史ノート』ブリュッケ、二〇〇〇年六月、七五頁、初出『日本洋画商史』美術出版社、一九八五年五月。

[3] 数字の出典は『日展史5　文展編五』（日展、一九八一年六月）の「展覧会期並びに観覧人数」（五七〇頁）による。会期の日数および一日平均の人数については、日比が算出した。

[4] 出典は以下の通り。版画展覧会は記者「版画展覧会」（『白樺』二巻一一号、一九一一年一一月、一一三頁）、白樺第四回展覧会はKS「第四回展覧会記事」（『白樺』三巻四号、一九一二年四月、一三七頁）、白樺第六回展覧会は記者「第六回美術展覧会記事」（『白樺』四巻五号、一九一三年五月、一三一頁）。

[5] 東京勧業博については五十殿利治の論考に詳しい。『芸術受容者の研究――観者、聴衆、観客、読者の鑑賞行動――』（科研費報告書、平成二〇―二二年度、文部科学省科学研究費補助金、基盤研究（B）、課題番号20320028、研究代表者五十殿利治、二〇一一年三月）所収。このほか、資料の所在を含め本章は多くの面で示唆を受けた。

[6] 望雲「小言」『美術新報』六巻七号、一九〇七年七月、一頁。

[7] ただし第九回からは「特別入場日」として三〇銭の日を設定している。

[8] いずれも週刊朝日編『値段史年表　明治・大正・昭和』（朝日新聞社、一九八八年六月）による。

[9] 高村光太郎「美術展覧会見物に就ての注意」『文章世界』五巻一三号、一九一〇年一〇月一五日、三三一頁。

[10]「美術展覧会の顛末（上）」『万朝報』一九〇八年一〇月一八日、一面。
[11]内田魯庵「気まぐれ日記」『太陽』一九一二年七—一二月、引用は『明治文学全集 二四』筑摩書房、一九七八年三月、三二五頁。
[12]有島壬生馬「太平洋画会合評 偶感四ツ」『早稲田文学』六七号、一九一一年六月、六七頁。
[13]南・有島の滞欧記念絵画展において、白樺同人たちは「婦人の入場第一人者」に署名を求める計画をもっていた。ただしこれは「若い御夫婦で工合が悪かつたので止め」になっている。致生「展覧会日記」『白樺』一巻五号、一九一〇年八月、二六頁。
[14]「里見弴君と私と」『白樺』四巻四—七号、一九一四年四—七月。
[15]相馬、七八頁。
[16]第二回文展が開催されていた一九一一年一〇月の日記から文展関連の記述を引いておく。「〔一〇月一七日〕上野の文部省展覧会を見た。西洋画と彫刻とを大急ぎで一べつしただけだ」（一一八頁）。「〔一〇月二一日〕新橋橋際に阿部君を待ち合わして文部省展覧会を再び看る。〔…〕エハガキを十二三枚買って来た。気に入った作物のはない」（一一九頁）。引用は『青年小泉信三の日記』（慶應義塾大学出版会、二〇〇一年一一月）による。
[17]白柳秀湖「黄昏」『黄昏』如山堂（一九〇九年五月）、引用は『明治文学全集83明治社会主義文学集（一）』（筑摩書房、一九六五年七月）、一九二頁。
[18]森鷗外「青年」『スバル』一九一〇年三月～一九一一年八月、引用は『鷗外全集』第六巻、岩波書店、一九七二年四月、二九〇頁。
[19]夏目漱石「三四郎」『朝日新聞』一九〇八年九—一二月、引用は『漱石全集』第五巻、岩波書店、一九九四年四月、四九七—四九八頁。
[20]前掲、高村光太郎「美術展覧会見物に就ての注意」、二九頁。
[21]天弦「目に留つた絵」『早稲田文学』第六〇号、一九一〇年一一月、七九頁。先の相馬御風の引用も含まれていた「文部省美術展覧会印象記」特集の一部である。
[22]史朗生「文展見聞記」『新潮』一九巻五号、一九一三年一一月、八二頁。
[23]高村光太郎「銀行家と画家との問答」『文章世界』五巻一五号、一九一〇年一一月一五日、四二頁。
[24]広告は『美術新報』（九巻一号、一九〇九年一一月一日、一九頁）に掲載。
[25]「文部省告示第二百二号 第一回美術展覧会規則」（一九〇七年七月一九日）の第十三条には「売買約定ヲ為シタルトキハ出品札ニ左ノ雛形ノ付札ヲ貼附スヘシ」とある。『日展史1文展編一』（日展、一九八〇年七月、五四八頁）による。

[26] 某政治家談「公設美術展覧会評」『太陽』一三巻一六号、一九〇七年一二月、一四四頁。

この他にも、この「展覧会、開帳」を課題とした川柳はさまざまに興味深い事実を教えてくれる。簡単にまとめれば、一九〇九年という時点になってなお展覧会と開帳をひとまとめにする出題の仕方。古田亮「日本の美術展覧会　その起源と発達」(『MUSEUM』五四五号、一九九六年一二月、二九―五六頁)も指摘するように、日本における展覧会の先行形態としては(出)開帳が存在した。美術展覧会が古器物、書画骨董などの展覧会と肩を接するようにしてあった状況、比喩的な使用から知られる展覧会という名称の社会的浸透などである。

[27] 芥川龍之介「文放古」『婦人公論』九巻五号、一九二四年五月、引用は『芥川龍之介全集』第一一巻、岩波書店、一九九六年九月、九二頁。

[28] 徳富蘆花は、明治三〇年代から幅広い人気をえていた作家で、代表作「不如帰」は新派劇の人気演目にもなっていた。ここでは大正後半期の青年層、特に若い女性に人気のあった有島武郎と対比され、時勢に遅れた趣味の一例とされている。ちなみに芥川は、女性の境遇に理解がない作品を書いたという点で非難されている。

[29] 〈呼びかけ〉の議論については、ルイ・アルチュセール「イデオロギーと国家のイデオロギー装置」(『アルチュセールの〈イデオロギー〉論』三交社、一九九三年二月)を参照している。

# あとがき

本書に収めた論文は、これまでに私がさまざまな時と場において書いてきたものである。古いものから振り返ってみれば、第九章の横光利一「機械」論は、当時筑波大学にいらっしゃった今橋映子先生の授業での発表がもとになっている。第一〇章『太陽』の挿画写真論は、池内輝雄先生が数年続けておられた『太陽』研究の演習報告が原型であり、その後学内の共同研究論文集に発表させてもらった。文芸用語としての「モデル」を考えた第七章は、博士論文を準備する過程の副産物であり、博士論文に補論として収めていた論考である。文展の観衆を考えた第一一章は、筑波大学の五十殿利治先生の科研費のプロジェクトに誘っていただいたものだった。

第五章の漱石「吾輩は猫である」のパロディ論、第六章の漱石「野分」論は雑誌特集に寄せた原稿である。一九九〇年代後半からしばらくの間、漱石研究はもっとも活発で、かつ挑戦的な領域だった。批評理論の実験場的な雰囲気があったと思う。そうした中で翰林書房の『漱石研究』や、学燈社『国文学』の漱石特集に書く機会を与えられたことは、ありがたい経験だった。

第Ⅰ部に収めた三つの章は、京都教育大学に勤めていた時代に、地元京都の文学と文化に関心をもち、取り組んだものである。大学教員として始めて本格的に教壇に立ち、学生たちや関西の新しい研究仲間と出会ったその成果といってもいい。京都教育大学の学生たちには、これらのすべてを聞いてもらい、文学散歩にも一緒に出かけた。第一章の梶井基次郎「檸檬」論は、三谷憲正先生に誘っていただいた佛教大学の共同研究会における成果でもある。

第九章は、日高佳紀さん、疋田雅昭さんたちと行った、スポーツと文学についての共同研究の成果である。メンバーは、さまざまな競技種目に分かれてそれぞれの研究を行ったが、研究会も、論文集の編集も、楽しく刺激的だった。第四章の二葉亭四迷「浮雲」論は、慶應義塾大学出身者が中心の近代文学合同研究会に呼んでいただいて報告を行い、論文集にも書かせてもらったものである。

それぞれ初出は次の通りである。

第一章　身体と空間と心と言葉の連関をたどる――梶井基次郎「檸檬」――

「身体・空間・心・言葉――梶井基次郎「檸檬」をめぐる――」『佛教大学総合研究所紀要　別冊』二〇〇八年一二月、一〇五―一二三頁。（佛教大学総合研究所共同研究、京都部門・基礎研究、研究班主任・三谷憲正、研究課題「京都における日本近代文学の生成と展開」二〇〇五年四月～二〇〇七年三月の成果である）

第二章　文学から土地を読む、土地から文学を読む――菊池寛「身投げ救助業」と琵琶湖疏水――

「傍流に生きる――菊池寛「身投げ救助業」と琵琶湖疏水」『佛教大学総合研究所紀要』第一四号、二〇〇七年三月、二一―三三頁。

第三章　鉄道と近代小説――近江秋江「舞鶴心中」と京都・舞鶴――

「鉄路の道行――近江秋江「舞鶴心中」――」『国文学　解釈と教材の研究』第五三巻第六号、二〇〇八年四月、五一―五八頁。

第四章　笑いの文脈を掘り起こす――二葉亭四迷「浮雲」――

「「浮雲」で笑う」『近代文学合同研究会論集』第九号、二〇一二年一二月、七六―九三頁。

第五章　作品の死後の文学史――夏目漱石「吾輩は猫である」とその続編、パロディ――

「吾輩の死んだあとに――〈猫のアーカイヴ〉の生成と更新――」『漱石研究』翰林書房、第一四号、二〇〇一年一〇月、一四九―一六三頁。

第六章　人格論の地平を探る――夏目漱石「野分」――

「翻訳と感化の詩学――「野分」の人格論をめぐって――」『国文学　解釈と教材の研究』第四六巻第一号、二〇〇一年一月、一一八―一二五頁。

第七章　文学と美術の交渉――文芸用語「モデル」の誕生と新声社、无声会――

「文芸用語としての「モデル」・小考――新声社と无声会――」『文学研究論集』筑波大学比較・理論文学会、第一五号、一九九八年三月、七七―九五頁。

第八章　表象の横断を読み解く――機械主義と横光利一「機械」――

「機械主義と横光利一「機械」」『日本語と日本文学』筑波大学国語国文学会、第二四号、一九九七年二月、一一―二六頁。

第九章　声の複製技術時代――複合メディアは〈スポーツ空間〉をいかに構成するか――

「声の複製技術時代――〈スポーツ空間〉と複合メディア状況――」疋田雅昭・日高佳紀・日比嘉高編『スポー

ツする文学――1920―30年代の文化詩学――』青弓社、二〇〇九年六月、一〇九―一三一頁。

第一〇章　風景写真とまなざしの政治学――創刊期『太陽』挿画写真論――

「創刊期『太陽』の挿画写真――風景写真とまなざしの政治学――」筑波大学文化批評研究会編集・発行『植民地主義とアジアの表象』一九九九年三月、六一―八七頁。

第一一章　誰が展覧会を見たのか――文学関連資料から読む文展開設期の観衆たち――

「絵の様な人も交りて展覧会――文学関連資料から読む文展開設期の観衆たち――」『美術展覧会と近代観衆の形成について』二〇〇二年三月、二三―三六頁。（平成一〇―一三年度科学研究費補助金（萌芽的研究）研究成果報告書、研究代表者 五十殿利治、課題番号 11871009 の成果である）

このようにリストを作っていくと、これまでに指導を受け、お世話になった先生方、大学院時代をともに過ごした仲間たち、共同研究で出会った同じ分野、異なる分野の研究者たち、京都教育大学、そして名古屋大学の学生たちの顔が次々と浮かんでくる。金沢大学の学部時代に始めて近代文学研究の手ほどきを受け、卒業論文の指導を受けた上田正行先生、筑波大学大学院時代の指導教員だった名波弘彰先生。同じく大学院時代の荒木正純先生、池内輝雄先生、故・阿部軍治先生、今橋映子先生、宮本陽一郎先生、新保邦寛先生、五十殿利治先生。筑波大学大学院文芸・言語研究科一般文学研究室の仲間たち、そして日本文学研究室と学際カリキュラムの研究仲間たち。京都教育大学の同僚と、学生のみなさん。名古屋大学の同僚、元同僚と学生のみなさん。佛教大学の三谷憲正先生はじめ佛教大学の共同研究班のみなさん。日高佳紀さん、疋田雅昭さん、『スポーツする文学』共同研究のみなさん。近代文学合同研究会のみなさん。

本書の編集は、笠間書院の岡田圭介さんが担当して下さった。「文学の歴史をどう書き直すのか」という私の問題意識を引き出し、形にして下さったのは岡田さんである。校正のやり取りを交わしながら、書物としての輪郭が次第に明確になっていく――私はそのプロセスから今回多くを学んだ。心より御礼申し上げたい。

これまでの人生といまの生活とを支えてくれている両親、義母、亡くなった義父に感謝する。息子にも――いつか彼がこの本を読む日が来ることを楽しみにしながら。最後に、学生時代から現在まで、家族として、そして研究仲間として、支え、そして励まし続けてくれた妻・天野知幸に感謝する。

二〇一六年九月二二日

日比嘉高

# 索引

## ——人名索引——

### □た



### □な



### □は



### □ま

## ――書名・作品名索引――

## ――事項索引――

# 文学の歴史をどう書き直すのか

## 二〇世紀日本の小説・空間・メディア

著者

日比嘉高

（ひび・よしたか）

名古屋市出身。金沢大学文学部卒、筑波大学大学院博士課程文芸・言語研究科修了。博士（文学）。筑波大学文芸・言語学系助手、京都教育大学教育学部講師、同准教授を経て、2009年 4月より現職（名古屋大学大学院文学研究科准教授）。カリフォルニア大学ロサンゼルス校日本研究センター客員研究員（2002–2003）、ワシントン大学客員研究員（2009）。近現代日本文学・文化、移民文学、出版文化が専門。

著書・論文に、『〈自己表象〉の文学史—自分を書く小説の登場』（翰林書房　2002年）、「プライヴァシーの誕生—三島由紀夫「宴のあと」と文学、法、ゴシップ週刊誌」（『思想』1030 号　2010年）、『ジャパニーズ・アメリカ—移民文学・出版文化・収容所』（新曜社　2014年）、「越境する作家たち—寛容の想像力のパイオニア」（『文學界』69巻 6号　2015年）、『いま、大学で何が起こっているのか』（ひつじ書房　2015年）などがある。

平成 28（2016）年 11 月 15 日　初版第 1 刷発行

ISBN978-4-305-70823-6 C0095

発行者

池田圭子

発行所

〒 101-0064

東京都千代田区猿楽町 2-2-3

笠間書院

電話 03-3295-1331　Fax 03-3294-0996

web :http://kasamashoin.jp/

mail:info@kasamashoin.co.jp

装丁　笠間書院装幀室　　印刷・製本 モリモト印刷